旅途不寂寞

韩峰 著

中国财富出版社

图书在版编目(CIP)数据

旅途不寂寞/韩峰著. —北京:中国财富出版社,2014.9
(传奇中国图书系列. 美文卷)
ISBN 978-7-5047-5289-5

Ⅰ.①旅… Ⅱ.①韩… Ⅲ.①散文集—中国—当代 Ⅳ.①I267

中国版本图书馆 CIP 数据核字(2014)第153891号

策划编辑 宋 宇　　责任印制 方朋远
责任编辑 康书民 宋 宇　　责任校对 梁 凡

出版发行 中国财富出版社
社　　址 北京市丰台区南四环西路188号5区20楼　　邮政编码 100070
电　　话 010-52227568(发行部)　　010-52227588转307(总编室)
　　　　 010-68589540(读者服务部)　　010-52227588转305(质检部)
网　　址 http://www.cfpress.com.cn
经　　销 新华书店
印　　刷 北京兴星伟业印刷有限公司
书　　号 ISBN 978-7-5047-5289-5/I·0154
开　　本 710mm×1000mm 1/16　　版　　次 2014年9月第1版
印　　张 15.25　　印　　次 2014年9月第1次印刷
字　　数 234千字　　定　　价 29.80元

序

淇水之畔的一曲佳音

王剑冰

韩峰将他的散文集托人捎来，嘱我在前面写点文字。我欣然受命，不仅因为韩峰是一位有成就的作家，还因为我与他长期的友情。

豫北地区写散文的不多，有成就的更少。韩峰不是写散文起家，他拿手的是小小说。我记得20世纪80年代初，韩峰有篇小说叫《捎……》，写得很有意味，也很有影响力。这成了他的成名作，也给了他很大的动力。他相继写出了不少作品，其中还有剧本，由剧团排演参加省市优秀剧目汇演。在淇县那个小城里，他成了名人，也成了唯一一个在创作上有成就的作家，这使他坐到了县文联领导的位置上。

韩峰所在的淇县原来叫朝歌，殷纣王的国都，是个很有韵味的地方。西部是太行山的余脉，有着著名的云蒙山，很多传说在这山中。东部有两条河流，淇河和卫河，这两条河流都曾在《诗经》中缠绕，在《史记》中显形。城中部有高高的屹立于传说中的“摘星台”。小城不大，却有一围始于殷商时代的板筑城墙。20世纪60年代的时候，城墙上面的宽度可以并着赶三四辆马车。城的四周植被很厚，藤草蔓蔓，松柏森森，很有些气象。多少年后，山还在，河还流，城却没有了。这种缺憾不仅是小城的，也是整个中国的。“文化大革命”当中，给人们带来的灾害太大了。我和韩峰这一代，是在残缺的环

境中成长的,属于带有这样那样“缺陷”的青年。那个时候有什么理想呢?学校毕业只有下乡。能进厂当一名工人,是一种奢望,遥不可及的奢望。一群孩子,在整日学工学农而不学文化的“学校”里,会集到一个能够吹、拉、弹、唱的宣传队,实属一种福分。同学们无师自通地摆弄会了小提琴、手风琴、单簧管、长号等西洋乐器。某些聪慧就是在这个环境下开启的。不少有成就的同学,就是出自那个不起眼的小宣传队,而宣传队的队长,就是韩峰。

韩峰先于我进入宣传队,吹一手好笛,我那个时候就觉得他是个天才,能进入更高的音乐团体。韩峰后来在《想念笛子》《当兵》中写出了一个少年的钻研与失落,对此我十分地理解。多少年后,我走出了那个小城,而他留了下来。一晃又是多少年过去。不敢想象,一个人的生活经历竟是这么简单,多少复杂都隐含在了这种简单的时光中。我有时想,韩峰是困在了小城里,他该比我走得更远,也应该比我走得更好。在我的心目中,韩峰一直是那个在台上独奏的翩翩少年,他对笛子的理解和把握,显现着他的聪慧和机敏。我曾经非常努力地想把笛子吹成他那个样子,最终没有实现。他是一个对艺术悟性很高的人,却像一株很好的松苗栽在了盆子里,盆子就那么大,再发挥也只能成为一株不错的盆景。

同学一场的人多少年后都各奔东西,韩峰始终是那种让同学们关注的人。这种关注表明韩峰一直在努力,他不甘于自己的生活境遇,他自学了很多乐器,只要他想学,他就一定能学好。初开始拿起尘封在仓库里的单簧管,没有老师教,他是一个音符一个音符地找出曲调的。虽然因为参军没有走进大学的校园,但他参加了自考,并且获得了证书。多少年的文字生涯中,韩峰写出了几十万字的作品。

在这部书稿中,可以看到韩峰是在写生活,他除了在小说上练笔运功,成就显著,就是把所历所感以散文的形式表现出来。我们知道,小说是一种再创作,是虚构形象,巧造故事,而散文是抒发内心情感,叙写真人真事。韩峰用好了两把刷子,他在这些散文中,写出了童年的快乐、青年的追求和中年的沉稳。通读全书，会看到一个作家成长的历程，也感受到他对淇县这个小城深深的感情。他几乎写到了小城的角角落落，品味出了小城人生活的酸甜苦辣，他融入其中，甘于其中，乐于其中。就此我又想到，韩峰在那个小城里，是没有什么遗憾的，那个小城就该有一个韩峰，该有这样一个发言人，一个代表人物。由此我为韩峰感到高兴，他是我第二故乡的骄傲呢。

看韩峰的简历，才知道我们都是河北人，是真正的老乡。我们是三有其缘，一是河北老乡，二是淇县老乡，三是中学同学。可惜相隔路远，我又不常回去，多少年间我们交流得很少，这倒是我的遗憾。我曾收到过韩峰出版的《韩峰剧作选》，我一直觉得他该有一本小说选和一本散文选，这些等待都在慢慢实现。韩峰真的是多侧面地体现出他在小城的价值，他供职过文化局，写过剧本，当过剧团的团长，又到了文联工作。这之前，他还当过工人，下过乡，参过军，他的人生经历应该是丰富的、多彩的，因而我觉得他的积淀太深太深，就像深处的岩浆，一直在积聚，一旦爆发，其势必猛必烈。韩峰的爆发应该还在后面，我期待着，小城也期待着。

（王剑冰先生系全国第二、第三届鲁迅文学奖评委，河南省作家协会副主席、河南散文学会会长、著名作家、评论家。）

目录

花盆里的狗尾巴草

忽然发现，阳台上的花盆里长出十九棵狗尾巴草。我像突然看到久别的老朋友似的，欣喜又怔怔地看着它，思绪忽地穿越时空，犹如影视剧中的回忆镜头展现开来——

与狗尾巴草的最初接触是童年时代。我虽出生在乡下老家，但出生后不久，母亲就抱着我随父亲进了城。童年时，母亲常带我回老家小住，我常像一匹欢快的小马驹，和小伙伴们在村外的小路上、田埂上撒欢儿。小路上、田埂上到处都是狗尾巴草，它们一个个伸着毛茸茸的小脑袋，在微风中弯腰点头，又像一条条微型的狗尾巴摇尾示好。我常和小伙伴们随手抽出一根，将那没有丝毫污染的清新嫩绿的茎咬在嘴里，吮吸它极少的汁液。然后，又捏住茎用毛茸茸的“狗尾巴”去相互撩逗，你将“狗尾巴”戳到我脸上，我将“狗尾巴”戳到你脖子里，那酥痒的感觉，立刻引发出阵阵笑声，在青绿静谧的田野上荡漾。有比我大的女孩儿还会用狗尾巴草编毛毛狗。我们就央求她编，编好后，每人先拿着自我欣赏，不一会儿，便又拿着毛毛狗去蹭对方的皮肤，又蹭出一串串天真无邪的笑。

爷爷奶奶去世后，我很少再回乡下老家，也很少看到狗尾巴草了。

20 世纪 70 年代初，随着上山下乡的滚滚洪流，我来到了远离城市的穷乡僻壤，又见到了狗尾巴草。劳动间隙，我常顺手抽一根狗尾巴草咬在嘴里，遥望着远天的白云，遐想着渺茫的未来，咀嚼着劳动的艰辛。有时谁躺在地上假寐，也有人抽一根狗尾巴草，将毛茸茸的“狗尾巴”蹭向那人的耳孔、鼻孔，直至将那人痒醒，惹围观者一笑。有的女知青将狗尾巴草编成戒指戴到手指上，自寻其乐。那时，我们都还不知道有这样一个神话故事：王子非常喜欢花园里唯一的一株狗尾巴草，入冬后却又喜欢腊梅，后来就把狗尾巴草淡忘了。王子与邻国公主的婚礼上，公主让王子将狗尾巴草编成戒指送给她。当王子将狗尾巴草掐断时，公主说，这狗尾巴草就是我，为了能天天见到你，我化身狗尾巴草在你的花园，可你后来却把我忘了。王子如梦初醒，将狗尾巴草编成的戒指戴到了公主的手指上。公主最后说了句“祝你幸福……”，便抱憾而逝。因此，狗尾巴草戒指代表着爱情、私订终身。

狗尾巴草还是牛、马、驴、羊等牲畜的美味佳肴。田野里常见老人或小孩放牧，构成一幅幅色彩斑斓的田园牧歌图。秋末，狗尾巴草枯干后，农民将它们收割成草垛，既可作为冬季牲畜的饲料，还可烧锅做饭、取暖，不仅节省了牲畜的粮食饲料，还节约了煤，真是一举多得。

狗尾巴草还是一味中药，《本草纲目》《纲目拾遗》《全国中草药汇编》《重庆草药》《贵州民间方草集》等书，都记载了它除热、祛湿、消肿、治疣目、痈癣、黄疸肝炎、风热感冒、小便不利、颈淋巴结核的功能，且外用内服均可。

后来当兵、复员都在城市，就很难看到狗尾巴草了。城市多的是钢筋水泥，多的是创建这创建那，就是哪里长出一些草来，也随时被环卫工和单位打扫卫生时除掉了，就像城管撵小贩一样。我的花盆里怎么会长出狗尾巴草呢？我马上想起，单位有一盆春兰，四季常青，特别是每条叶子都镶着乳白色的边，煞是好看，我便想掐一丛带回家，栽到花盆里。可花盆里没土。在到处是水泥地的城市，想取一花盆的土可真是难事，就像在沙漠里想找到一瓢水一样。我只好骑车到城外的庄稼地边取土。很可能就是这庄稼地边的土中蕴藏着狗尾巴草的种子。狗尾巴草不仅长得极像谷穗，它那毛茸茸的下面，也像谷穗中的米粒一样，等到秋后草枯时，秋风便伸出无数只手，将那狗尾巴草上的小米粒撒向了四面八方，当然也撒向了我取的那盆土。我不禁想感谢秋风，若不是秋风，我怎能在花盆里看到狗尾巴草呢？丛林般的高楼大厦、坚硬的水泥地，将狗尾巴草和它的伙伴们排斥在了城外，不仅排斥了一抹翠绿，阻隔了童年与青草的亲密接触，也阻隔了人们与青草的一份感情。

城市虽排斥了小草们，但挡不住它们家族的庞大。乡间房前屋后、小路旁、田埂上、山坡上、悬崖上……到处都有它们的身影。它们是那么质朴，那么弱小，虽没有花的艳丽，也没有树的高大，但它们的生命却是那么顽强。“野火烧不尽，春风吹又生。”它们历经风霜雨雪，电闪雷鸣，与贫瘠的土地抗争，在岩石的夹缝中生存，永远高举着生命的旗帜，给大地献上一片绿色。

艺术家们没有排斥狗尾巴草，狗尾巴草就像罗中立的《父亲》，就像凡·高的《向日葵》，带着浓浓的乡土气息，更是带着对生活的热烈渴望与顽强追求，走进了画家、摄影家、词曲作家和诗人的视野，走进了艺术的殿堂，感染撩动着人们的情感，为喧闹的城市送上一份清净，一份大自然的美。

我没有拔掉那十九棵狗尾巴草，我想再去取一盆土，让它有一个自己的家。

就在我写这篇小文时，忽感脖子后面爬上一条毛毛虫，伸手去摸，身后突然传来3岁多的小孙孙的笑声，原来是他拿“狗尾巴”在逗我。

诗意春天

当“春江水暖鸭先知”的时候，当“草色遥看近却无”的时候，当“不知细叶谁裁出”的时候，当“处处闻啼鸟”的时候，春姑娘正清新活泼地向我们走来。她走进诗人画家的笔下，她走进工厂矿山井架，她走进复苏的沃土，她走进军营哨卡。她将美丽的倩影展现在人们面前，她将暖暖的风吹向每个人的心田，她将希望的种子撒向大地，她将一首首甜甜的歌录制成一张张激光唱盘。

春是银装素裹的冬天孕育的宠儿，是天真烂漫的天使，是走向花季的少女，是将羊毛衫撑得含苞、将裙褶撑得欲放的青春涌动。红红的牡丹是她润泽的面庞，柔柔的柳丝是她如瀑的秀发，清澈的泉水是她明亮的眸子，潺潺的小溪是她婉转的歌喉。

面对魅力无穷的春姑娘，古代许多文人骚客无不倾倒在她的石榴裙下，创作出一首首脍炙人口的诗篇。韩愈吟出“天街小雨润如酥，草色遥看近却无。最是一年春好处，绝胜柳烟满皇都”的绝妙佳句，将早春二月雨后的景色描绘得细致入微。张栻的《立春偶成》，“律回岁晚冰霜少，春到人间草木知。便觉眼前生意满，东风吹水绿参差”则咏叹出一派冰雪消融、春回大地、草木萌发、绿水荡漾的盎然生机。《春日》踏青的朱熹，“胜日寻芳泗水滨”，顿感“无边光景一时新”，不禁慨叹出“等闲识得东风面，万紫千红总是春”的名句。田园诗人陶渊明的《拟古》，则又勾画出一幅栩栩如生的仲春图：“仲春遘时雨，始雷发东隅。众蛰各潜骇，草木纵横舒。翩翩新来燕，双双入我庐。”而孟浩然“春眠不觉晓，处处闻啼鸟。夜来风雨声，花落知多少”的五言绝句，更是家喻户晓妇孺皆知。

诗圣杜甫则与众诗人不同，他不仅为春天的景色所动，更为春天的丽人所动，在“三月三日天气新”的晴空丽日，他看到了“长安水边多丽人。态浓意远淑且真，肌理细腻骨肉匀。绣罗衣裳照暮春，蹙金孔雀银麒麟”。当然，全诗是讽刺杨氏国戚之奢侈淫乱，侧面反映玄宗的昏庸和朝政的腐败，但也不难看出诗圣上巳日曲江水边踏青时对丽人的迷恋。在《春望》中，这种迷恋却荡然无存，他目睹“国破山河在，城春草木深”，不由“感时花溅泪，恨别鸟惊心”，深深表达着“烽火连三月，家书抵万金。白头搔更短，浑欲不胜簪”的强烈的爱国思家情怀，令人肃然起敬。

春是美好的，春是可爱的，可春的脚步也是匆匆的。韩愈在他的《晚春》一诗中写道：“草木知春不久归，百般红紫斗芳菲。杨花榆荚无才思，唯解漫天作雪飞。”花草树木杨花榆荚在暮春里如此惜春、爱春、恋春，如此争奇斗艳漫天飞舞竞显芳姿，而人生岂能连花草树木杨花榆荚也不如？人生的春天更是短暂，人生的春天更是有去无回，更应在大好春光里像种子一样发芽，像花儿一样绽放，像小鸟一样歌唱，像雄鹰一样翱翔，把春装扮得更加美丽大方，带着美好的憧憬，去迎接夏的热烈、奔放，去收获秋的成熟、希望！

少年的玩具

少年时的玩具在今天看来，是根本称不上玩具的，而就是这些称不上玩具的玩具，伴我走过了终生难忘的少年时代。

泥　土

人与泥土的关系太密切了。从泥土里刨食，住泥土垒成的房子，离了泥土，还怎么活呢？

我最初的玩具，便是泥土了。用小棍儿将泥土挖成一条小沟，然后撒上一泡尿，那便是我的小河了。小河满后，我再用小棍儿挖条小沟，疏导小河流向远方。

雨天时，我和小伙伴们抓起一把硬泥（非雨天时只有用尿和泥了），捏成小盆状，我们称作“瓦屋”。然后朝“瓦屋”里呸呸唾上两口，口朝下，使劲摔到地上，听“瓦屋”因气流冲击而底部迸裂时那清脆的一响。

制这种玩具的土数黄土最好，用水或尿和成硬泥后，经反复揉、摔、捏，它的黏性大，韧性强，摔下去格外脆响。用其他泥土制作的“瓦屋”，那响声发闷。

玩到最后，一个个便成泥猴儿，一个个将手中的泥一块块摔到临街的墙上，方散。

琉璃蛋儿

琉璃蛋儿又称玻璃球儿，晶莹透亮，中间还有一或蓝或黄或红或白或黑或绿芽儿，那芽儿弯弯的，两头尖尖的，婀娜多姿。这是我和伙伴们经常随身携带的玩具。村街上、过道里、校园内，到处都有我们的固定场地。场地很简单，在地上挖一个窝头儿大的小坑，再在一两米处挖五个同样大的花瓣状的小坑便可。单独的小坑为“殿”，那五个小坑中四角的小坑为“司法科”（即现在的监狱），中间的小坑为“田”。开始玩，谁的琉璃蛋儿先弹进“田”内，谁便有了生杀大权，可以弹向其他的蛋儿。当然，关键准头要准，打准后，那琉璃蛋儿便被赢了过来。这是带有赌博性的。伙伴们对这都很上瘾，常常忘记吃饭，直玩到天黑得看不清琉璃蛋儿，才在母亲高声呼喊乳名的声音中回家。

铁圈儿

铁圈儿又叫铁环，简称圈儿。制作很简单，用一指头粗的铁棍儿弯成圆，将接口处烧红，用铁锤叮当几下便成。再找一截铁丝弯一小小铁钩，用这铁钩推铁圈儿滚滚前行，这便成为我们行走不离的玩意儿。

推铁圈儿也并非一学就会，像骑自行车一样，掌握不好平衡，车就翻。铁圈儿同样需掌握平衡，掌握它的前进方向。这也有一个技术问题。技术高者，走多远铁圈儿都不倒，地上有块砖也能翻越而过，小路再窄也能穿行自如。反之，只能倒了重推，再倒再重推了，完全没有了推圈儿的惬意。推圈儿的惬意，一点儿也不亚于今天驾驶自己的小轿车，那感觉在某种程度上我认为是一样的。

铁圈儿伴我走过了少年时代。去数里外的姥姥家，我推着它；在田埂上，我推着它；上下学的路上，我推着它……它不仅是我的玩具，还是我的伙伴。

杏 核

杏核，很不起眼，可它也是我们的玩具之一。拣一块随处都有的砖，每人将拾来的杏核按等分对上放到砖上，然后按先后顺序吹。从砖上吹下的杏核按单要双赔或双要单赔的规定，或据为己有或再赔上若干。

另一玩法是，在地上挖一馒头大的坑，将小杏核等分对上放到坑里，然后按先后顺序，用大杏核（称为“老冠”）猛向坑内砸，砸出多少便赢多少。小小的赌博调动了我们的情绪，竟也玩得上瘾，乐不思归。

弹 弓

弹弓是那时候最流行的玩具之一。

弹弓都是自制的。用铁丝弯成 Y 形的弹弓架，去钉鞋的小摊上买两根从自行车的破旧内胎上剪下的皮条，用细铁丝固定到弹弓架上，再用一小块皮作包头即可，“子弹”就是小石头子了，我的衣兜里常装得满满的。

那时麻雀被列为“四害”之一，玩弹弓主要是为了打麻雀。我常将小瓶子挂在远处练瞄准。其实玩了几年弹弓也没打下几只麻雀，麻雀又小又机灵，我的子弹能擦其身而过，心里就激动兴奋得不行。后来，麻雀们也熟悉了我，一见我便逃之夭夭。

光阴荏苒，时过境迁。昔日的玩具早已销声匿迹，早已被电子玩具、电脑取而代之。昔日的玩具虽原始、简单、落后，但里面却充满了情趣。今日的玩具虽先进，虽具有科技含量，但却少了昔日玩具的情趣，当然，今日玩具中的情趣也是昔日玩具所难以替代的。

老槐树下

床前明月光，疑是地上霜。
举头望明月，低头思故乡。

——李白

每当我看见那乳白色的月光，便想起故乡，想起故乡那两个人才能搂得住的老槐树，想起那老槐树的枝枝叶叶间藏着的童年时代的欢声笑语。

童年，是那么无忧无虑，每天一吃罢碗里照星星的晚饭，我们一群小泥鳅就不约而同地来到村中的老槐树下，玩那不知哪年哪月流传下来的游戏。

天还不冷时，我们常玩的是“鸡鸡麟砍大刀”。先将人分成两班，然后各班的人手拉手一字排开，遥遥相对对唱着：

“鸡鸡麟。”

“砍大刀。”

“恁的兵马叫俺挑。”

“挑谁?”

“挑王魁。”

“王魁不在家。”

“挑恁弟儿仨。”

“弟儿仨不会吭。”

“挑恁门后一棵葱，猛一——砰!”

随即，这一班就飞跑着向紧拉着手的另一班冲去……

这时，小妮儿们老老实实地坐在石头上，拍手唱着老掉牙的儿歌：

“月奶奶，明晃晃，

“开开大门小船洗衣裳。

“洗得白，浆得光，

“打发小孩上学堂。”

有时，我们也和小妮儿们一块儿玩“星星过月儿”。云云常以比别人大两岁自居，抻开小手，让小伙伴们的指头在她手心里鸡啄米似的点着，她却从容地唱道：“点点指头，开花石榴，一搦老——把！”她猛地攥手，抓住谁的指头谁便无条件地坐在她面前，让她那柔嫩的小手捂住双眼。其他人便模仿各种模样，依次从云云面前走过。云云则随时把各人模仿的是啥说出来。有时说得不准，模仿者就马上跑到云云跟前，趴到她耳朵上纠正，声明自己装的是啥（还怕被捂住眼的人听到呢）。全部过完后，云云便松开小手，让被捂眼者说刚才谁装的啥。如说不准，就还得坐到云云的两腿间，让她捂上双眼。那时数我小，我常常被云云那“开花石榴”的小手攥住，常常被她那热乎乎的小手捂住双眼，常常因猜不准谁装的啥而使劲扳云云细嫩的手指。云云也常常出于大姐姐之心，照顾我这个小弟弟，使我从她的指缝间得到解脱。

秋凉后，我们男孩玩的多是碰拐，也是分成两班，一班一个扳着腿上阵。狗儿是碰拐大王，谁都碰不过他。他个儿倒不高，但长得粗实，常常把对方碰个屁股蹲儿。我只要与他对阵，常常不敢交战，一上阵就望风而逃。而他却仍如饿虎扑食似的追我。慑于他的勇猛，不等他追到跟前，我就松开扳着的腿，主动败下阵来。于是他就像个斗胜的公鸡，昂首挺立，扳着腿在原地转上几圈儿，挥舞着一只手喊道：“胜利了！胜利了！”玩“中国打美国”，他也是当然的“中国司令”。他能冒着土坷垃的“枪林弹雨”，在尘土飞扬的“硝烟”中冲锋陷阵，也会绕到“美国”后面，高举手中的土坷垃高喊“缴枪不杀”。那时我又瘦又小，自然每次都当“美国”，也自然每次都当他的俘虏。

时光如白驹过隙。当我携妻带子从城市的喧嚣、官场的污浊、人与人的倾轧中回到披着轻纱的老槐树下时，童时的游戏早已荡然无存了。稚童们在一座座新房里或看电视或做作业，有的竟还玩着游戏机。

我多么怀恋童时的游戏，多么怀恋童时的欢声笑语啊！现代化的电子

游戏尽管多么有趣、多么高级，但古老游戏中的韵味和情调，它永远是代替不了的。

英雄梦

那时的我很清纯，心像那时的天一样明净、高远，那稚嫩的带着绒毛的脸，如同那时的阳光一样，很灿烂；那清澈灵活的黑白分明的单眼皮眼睛，也犹如那时的阳光一样，很明媚，整个一个阳光男孩儿。

星期天，不上学，但我还是早早就醒了。我没马上起床，拿起枕头边昨晚睡觉前看的《雷锋日记》，津津有味地看了起来。这是学校统一让学生买的，并要求每个学生都要向雷锋叔叔学习，做好人好事，做革命的螺丝钉，做毛主席的好孩子。我趴在被窝里看了好大会儿，直到妈妈喊我和妹妹起床吃饭。

早饭后，我戴上红领巾，一脸阳光地朝火车站走去。九点五十分有一趟慢车。这是我昨天晚上就想好的一个重要的行动计划。

火车站不远，只有二三里地。忽然，我看到一位抱着小孩儿的妇女，肩上挎着一个大包袱，右手臂还挎着一个小包袱。我立即走上前说，我帮你拿这个包袱吧？小手就伸了过去。妇女一惊，忙说，不用不用。我执意地抓住小包袱说，叫我帮你拿吧。妇女还不让。我几乎是硬抢似的，从妇女的右手臂上拽下了小包袱，挎到了自己弱小的肩膀上。妇女仍不情愿地说，我拿得动。我不管，只管挎着包袱往前走，好像生怕妇女再将包袱抢过去一样。到候车室，我将包袱递给妇女，扭头就走。妇女感激地想说什么，我已出了候车室。

列车停了两分钟又缓缓启动了。我马上在下车的旅客中寻找着自己的目标。忽然，我发现一位老大爷拄着拐杖，肩挎包袱，一手还提着提包。我随即跑到跟前，抓住了老大爷的提包，说：老大爷，我帮你提吧？老大爷还没弄清咋回事，提包就被我抢到了手里。你……你……老大爷莫名其妙地用手指着我。我说，老师让我们学雷锋的。老大爷哦了声，问，你是哪个学校的？我想了想，要当无名英雄，怎能说是哪个学校的呢！就说，是雷锋学校的。老大爷又问，你叫啥名字？我想，这更不能说，一说，那还是无名英雄吗？就说，我叫红领巾。老大爷愣了一下，仿佛又明白了什么，呵呵笑了起来：真是个好孩子啊！我听到老大爷的夸奖，心里真比吃了蜜还甜。

午饭后，我又开始实施今天第二个重要行动计划。我来到火车站南边的小桥上。小桥往西是一片沙地，拉沙的平车、小驴车便从那里装上沙，经过小桥，再上京广公路。而上小桥却是一溜慢坡。我原来和同学们在这儿"狗刨"时，曾看到每辆拉沙车到此，拉平车的都要弯腰弓背，付出很大的劲或在同行的帮助下，才能上到桥上。就是人驾辕小毛驴拉边套的车，也是人弯腰驴弓背，使尽了力气。所以，我就想出了来这儿帮助推车的主意。别看我还是个小孩，我那使尽全身力气的助推，使每个拉车的都感到了一丝轻松，每个拉车的上桥后，都要回头望一下我。他们不会说谢谢，只会给我一个感激的笑。我从这个感激的笑里便感到了甜蜜，感到了帮助别人的快乐。对着那个感激的笑，我也回报着自己甜蜜、快乐的笑。

不知推了多少辆，我红扑扑的脸上，汗水如蚯蚓似的爬了下来。我用袖子抹了下，又继续推车。不料，也许是脚下用劲太大，也许是右脚踩着的碎石子一滑，我一下子磕倒在地，卷起裤腿一看，右膝盖处的皮已黑青，鲜血也渗了出来。我忙从兜里掏出一片纸撕下一块，捂了上去。在路边坐了一会儿，看血已凝固，便又开始了推车。这点小伤比起刘胡兰、董存瑞、黄继光、邱少云算什么呢？

太阳快落山时，拉沙车越来越少了。我爬上铁路路基的小道，高唱着"学习雷锋好榜样，忠于革命忠于党……"走上了火车站的站台。站台上已有进站的旅客，一辆南下的列车即将到来。这是我今天第三个重要行动计划。在下车的人流中，我又把一位老奶奶的包袱挎在了肩上。

这天，报纸上登出了共产主义战士欧阳海舍身救列车的英勇事迹（后来，老师还让每个学生买了一本《欧阳海之歌》），从此，学习欧阳海的活动又轰轰烈烈地展开了。

欧阳海是在军马受惊窜上铁轨，一辆列车疾驶而来的危险时刻，为抢救千名旅客的生命和国家财产，勇猛冲上前去推开军马而英勇献身的。我想，怎样向欧阳海叔叔学习呢？星期天，我来到火车站北边无人看守的道口，两眼紧盯着铁路的两头和道口的两端，特别是紧盯着过往的马车，等待着马受惊、列车疾驶而来的那一刻，随时准备着像欧阳海叔叔那样勇敢地冲上去。马车不时地一辆辆过去，而那些马却没有一匹受惊的，神态都是那么自然，那么镇定自若。我感到非常的失望。不知过去了多少个星期天，我始终没有等到那危险的一刻。

这时，又开始学习草原英雄小姐妹龙梅和玉荣。12 岁的龙梅和 9 岁的玉荣为保护公社的羊群，与暴风雪进行英勇搏斗的事迹，又一次感动了我。

一天夜里，外面突然刮起了大风。我到门口看了一下，对妈妈说了声我去学校看看窗户（油漆的木质玻璃窗，那时还没有现在这样的铝合金窗或塑钢窗）关了没有，便飞快地跑了出去。妈妈在身后喊着要下雨了！我像没听到一样，心里只想着不能让公共财物受损失，只管朝前跑。龙梅和玉荣敢于和暴风雪搏斗，这点风雨又算得了什么？刘胡兰、董存瑞、黄继光、邱少云、罗盛教、向秀丽、麦贤得、刘文学、雷锋……一个个英雄早已从课本上、从报纸广播上、从老师的谆谆教导上，走进了我的内心深处，时时刻刻在鼓舞着我，激励着我，鞭策着我，我怎能不飞快地朝前跑呢?

跑到学校，果然有几扇没关的窗户，被大风刮得啪啪地响着。教室的门锁着，我从窗台爬上去跳进教室，将一扇扇窗户关好。剩下最后一扇，我站到外面窗台上，将窗户上的插销提起，扭到边沿的位置，然后借着关窗时的震动，把插销震得一扭，自动插到了窗户框的孔里。

回家时跑到半路，豆大的雨点便下来了。跑到家，已像刚从水里捞出来一样。睡觉前，我将顶风冒雨去学校关窗户的事，记到了日记里，表示一定要像英雄人物学习，一定要像爱护自己的眼睛一样爱护公共财物，不让公共财物受到丝毫损失。

刚学习过龙梅和玉荣，学习王杰的活动又开始了。老师让每个学生买了一本《王杰日记》，像学习《雷锋日记》一样，每天又读又背。王杰叔叔和雷锋、欧阳海一样，也是伟大的共产主义战士，他为了掩护12名民兵和武装部干部，扑向了即将爆炸的手榴弹，用自己年轻的生命谱写了“一不怕苦二不怕死”的英雄壮歌。

没有像欧阳海叔叔那样舍身救列车，我心里一直闷闷不乐。这次我又想像王杰叔叔那样，扑向嗞嗞响着的即将爆炸的手榴弹。可这比推惊马救列车更难。除了在电影上看到过中国、美国（当时少年儿童对好人、坏蛋的简单分类）投手榴弹，真正的手榴弹到现在我连影儿都没见过，只是偶然看到过县中队和武装部的解放军叔叔练习投弹时用的假手榴弹。我几次跑到原来县中队和武装部的解放军叔叔练习投弹的地方，心想能碰上他们投真正的手榴弹，可一次次都像我曾经吹过的肥皂泡一样破灭了。我哪里能想到，就是能碰上他们投真正的手榴弹，人家能让我这个小孩子在场吗？可我从不往这方面想，想的就是那惊险而英勇的一刻。直到后来，我问班里在人武部住的同学高军，解放军啥时候投真手榴弹？高军说，不知道。我说，你问问你爸呗。高军问了爸爸后对我说，我爸也不知道。你问这干啥？我说，不干啥。我就想看看解放军投真手榴弹。我不想向别人袒露我的英雄梦。

当我又为自己没有为革命、为人民、为国家而英勇献身郁闷不乐时，又一位共产主义战士刘英俊，为救6名儿童勇拦惊马光荣牺牲。学校又开始组织学生学习。我看着报纸上刘英俊叔叔勇拦惊马救儿童的插图，幼小的心灵又一次被震撼了，就像当初看到欧阳海叔叔和王杰叔叔那奋身而起的插图一样。从此，我每天在街上走，就像原来学欧阳海叔叔时在道口盯马一样，盯着每一辆马车，随时准备着像刘英俊叔叔一样，死死抓住惊马的缰绳。可我又一次地失望了。那时小城的大街上虽不时有马车经过，但那些马都像我在道口看到的马一样，忠于职守，自然安详。就是偶尔有匹没带笼头的小马驹调皮地在车前车后玩耍，但却看不到它有什么危险性。

我在大街上没有看到惊马，这天却看到了从没见过的惊人场面。一群戴着红卫兵袖章的一中学生，在一个梳着羊角辫的女同学的领喊下，边走边振臂高喊着口号：打倒刘少奇！打倒一切走资本主义道路的当权派！炮轰资产阶级司令部！横扫一切牛鬼蛇神！……走在路中间的是一溜低头弯腰、戴着用白纸糊的一两米高的尖帽子、脖子上还挎着直径和高均有半米左右的尿罐的人。旁边有人吃惊地说，这些老师，咋就成了牛鬼蛇神?!我的小脑袋里像倒进了一盆糨糊，糊里糊涂不知究竟怎么回事，只是睁大眼疑惑地看着。

正当我的英雄梦逐渐像肥皂泡一样破灭的时候，一天晚饭后，我在去找同学玩的路上，突然发现路边不远处生产队的草垛失火了，一群人正提着水桶、端着脸盆从附近的池塘取水救火。我毫不犹豫跑了过去，站到池塘边，接过一个又一个水桶脸盆。后来，我曾跳入一人多深的水池中，救出了不慎落水的小表弟；也曾在当知青时冲向了附近生产队麦垛的火场。但这些，我感到距我的英雄梦相差太远了。

几十年弹指而过，我的英雄梦终未实现，甚至连一次搀扶倒地老人的机会都没有（虽然我也刚刚进入老人的行列）。人，不可能都成为英雄，但英雄梦却可使人生无怨无悔，充满阳光。

远去的笛声

笛声，从16岁的天空开始悠扬，悠扬着如火的青春，悠扬着美好的憧憬。笛声里跳动着一颗朝思暮想的心，飞向你，企图飞向你少女的梦，伴你终生。

难忘那次全校的联欢会，笛声与你的歌声相伴相融。你那清纯美妙的天籁之音，至今仍萦绕在我的胸中……

初中毕业时的那个雪后的冬夜，笛声终于飞进了你的梦中。你袅袅向我走来，我怦怦的心忙把你迎。当正负极接触的刹那，爱的电流便在古城墙上穿行。那是多么难忘的温馨冬夜，那是多么难忘的浪漫朦胧，那是多么难忘的纯洁无瑕，那是多么难忘的回味无穷！那千金的一刻，那一刻的千金，永久地深深镌刻在我的心灵。

笛声，继续在高中的校园悠扬，悠扬着爱的渴望，悠扬着爱的向往。笛声每天都寻找着你的倩影，每天都想让你听到我的心声。可你的座位常常空空的，笛声也渐渐变得空空……我像热锅上的蚂蚁，坐卧不安，心神不宁。我多侧面迂回地问老师同学，四处打探你的行踪。当听到你染恙在身，一块铅把心坠得那么沉重。我多么盼望你早日康复，多么盼望听到你的笑声。那天，你终于来了，像黛玉一样地来了。阴霾的天空霎时那么明亮，树上的小鸟唱得那么动听。

看着你乒乓台前的娇态，看着你运球上篮的丽影，看着你跳过鞍马面色的绯红，你可知道？一颗心在为你祈祷、激动。

笛声，又为你悠扬，而你，却变得充耳不闻。我猜测，你已移情别恋；我感到，炽热的心正在经受着严霜。可霜打的心没有死，还想着古城墙爱的电流和未来的光明；霜打的古城墙野草也没有死，做着一个又一个绿色的梦。

笛声，继续悠扬，悠扬着幻想，悠扬着美梦。可一切都是枉然，当年的猜测终于得到了准确的验证！笛声从此而远去了，远去了最后的幻想，最后的美梦……

时光弹指而逝，我们邂逅在歌舞厅。我激情难耐，唱起了《涛声依旧》，你却和即将与你离婚的丈夫一唱一和：“我选择了你，你选择了我……”表演得那么恩爱、浓情。我悒悒而去，一串冰凉的东西正流入心的底层。

岁月虽流水而逝，但你的音容笑貌没有逝去，古城墙温热的电流没有逝去。一次偶然的相遇，你却还记得我的笛声，并说当年的笛儿吹得那么好，现在还吹吗？我默然无语……我不禁想起高中时写的诗句：欲取横笛吹，恨无知音人……

笛声永远地远去了，没有远去的，在梦中……

沈园情

一曲《钗头凤》，让我认识了你——陆游、唐琬；一曲《钗头凤》，让我走近了你——沈园。

还是800多年前的沈园，日月的销蚀，使它看上去虽显得陈旧，却仍不失幽静、典雅。即使岁月再将它打磨，一个浓浓的“情”字，多少年以后也会使人魂牵梦绕，感叹不已。

还是那奇形怪状的假山，还是那古老的水井，还是那石板小桥，还是那旧时凉亭，还是那一汪水草繁茂的小池塘，还是那“满城春色宫墙柳”……一切都那么依旧，可邂逅在此的一对儿被棒打的情笃意浓的鸳鸯，却永远成为了历史的瞬间永恒。800多年前的那双尖尖如笋、润泽如酥的“红酥手”，仍历历在目，荡人魂魄。那“红酥手”斟满的两盏“黄藤酒”，仍飘着浓郁袭人的香味儿。

柳枝在微风中摇曳，似唐琬那扭动的腰肢。被迫与陆游离散分手几年的她，显得更瘦更苗条了。面对久别重逢的心上人，她手中那方丝绸手帕，怎能抵挡住那泉涌般的红红粉泪？“错，错，错!”陆游搂住心爱的前妻，大声呼喊着，那悲愤伤感的泪水一定与那红红粉泪交织在一起，流进那砚台里，研磨出一首首饱蘸爱的千古绝唱!

那首缠绵悱恻、脍炙人口的《钗头凤》，仍题在墙壁上，可惜柔弱的唐琬却被这浓得化不开的爱刺激得抑郁而死！“世情薄，人情恶，雨送黄昏花易落。晓风干，泪痕残。欲笺心事，独语斜阑。难，难，难！人成各，今非昨，病魂常似秋千索。角声寒，夜阑珊。怕人寻问，咽泪装欢。瞒，瞒，瞒！”唐琬留下这首词走了，走得那么悲伤凄惨，走得那么令人遗憾，使40年后已75岁的陆游还深切怀念，涕泪涟涟。“城上斜阳画角哀，沈园非复旧池台。伤心桥下春波绿，曾是惊鸿照影来。”“梦断香消四十年，沈园柳老不吹绵。此身行作稽山土，犹吊遗踪一泫然！”

陆游随唐琬而去了，沈园却永存。沈园因陆游、唐琬而名，沈园珍藏着那份真情，沈园的空气里氤氲着爱的分子，沈园的池塘中映照着永远的《钗头凤》！

男人的面子

假日的一天，我邀几位男女老同学到本地一景区游览，一切费用自然由我埋单。

老同学一见面，自然亲热无比。男同学啸与早已在中学时就倾慕的女同学琴，随即便在路边热聊了起来。这时我已坐到了面包车的后排。他们二人正聊着，琴见旁边有卖香蕉的，伸手便买了两把。平时不爱在小摊儿上买东西也不爱吃零食的我也没在意，再者，老同学相见，谁掏钱买些水果零食什么的也无所谓。

游览时，啸与琴一直窃窃私语地走在前面，等我和其他同学赶上时，啸与琴已在树荫下的小摊儿上买好了矿泉水，琴笑容可掬地递给我们每人一瓶。

中午到酒店吃饭时，我与啸出起了枚（猜拳），结果出了三个，啸输了三个。啸不服，又出，啸又输。

啸仍不服，再出，啸仍输。一连出了12个枚，啸全是光头。我兴奋得像中了大奖似的，扬扬得意地连连向啸叫阵：“咋样？再出几个？”啸阴沉着脸说：“你啥臭枚？不跟你出了！”他将输的酒一饮而尽，然后将酒杯重

重地蹾在桌上。

第二天，我蛮有兴致地给啸打电话：“昨天和琴聊得很得劲吧？”不料啸气冲冲地说：“你叫我把面子都丢尽了！你抠门儿也不能这样抠！”啸啪地挂断了电话。我骤然像挨了当头一棒，我怎么让你丢尽了面子？我怎么抠门儿了？至此，我们谁也不再理谁，平时一天互相打几个电话，现在却像电话线被谁铰断了。

数日后一同学告诉我，那天你太让啸丢面子了。啸曾出差到琴所在的城市，琴对他像贵宾一样招待。那天琴正好回家，碰巧一块和咱们游玩，啸也想好好招待人家，可他那天身上没带钱，琴买香蕉、买矿泉水时，啸都尴尬得不行，感到在女同学面前，特别是在倾慕的女同学面前，太没面子了，太无地自容了。所以他把气撒在了你身上，说你抠门儿，不该让琴掏腰包。在酒桌上，你又赢得他不开和，他更是感到没一点面子……我即刻给啸打电话解释：“那天琴买香蕉、买矿泉水时，我都不在跟前，再说都是老同学，买点小东西也无所谓。喝酒出枚也只是为了活跃气氛，好玩……”啸根本不听我解释，不容我分辩，并连珠炮地说，你觉得无所谓，可别人觉得有所谓。又说他们单位陪上级领导及其家属游玩时，哪怕人家的小孩儿说一句话，甚至一个想怎么样的眼神，他们就立即照办，甚至超办。而你却那样抠门儿，那样叫我下不来台……他竟把老同学游玩跟巴结上级领导扯到了一起，这一样吗？我实在听不下去，放下了电话。我没想到他是那么固执，那么死要面子。

后来我想，如换成我，也会这样吗？

那时花开花又落

一

我与娴从小学三年级开始同班。娴是班上的文娱委员，每次上课前都是她领歌。她的声音很甜美，带着一种含蜜的奶音儿。全校文艺汇演时，她独唱了两首歌曲，一首是《谁不说俺家乡好》，一首是《珊瑚颂》，甜美得我至今回味无穷。

我对娴产生异性敏感的时候是在小学六年级。那天下午课外活动时，我独自坐在教室里看《中国少年报》，忽然，娴像只小鸟一样飞到我的身旁，趴到我身边和我一块看了起来。她那柔软的秀发摩挲着我的脸，像温柔的春风抚摸着我的肌肤，似一条条小虫爬过我的心灵，痒得是那么惬意。她霎时像磁石一样吸引了我的心。哪里还有心看报，我稚嫩的心第一次体会到了异性的魅力，也第一次对她产生了异样的感觉。就是这种魅力，这种感觉，使我从中学时代对她开始了马拉松般的爱的追求。

二

中学校园到处是“打倒……”“批臭……”“再踏上一只脚”之类的革命标语和大字报。没有玻璃的油漆剥落的窗户，被风吹得“咣咣”作响，给人一种凄凉的感觉。

大殿山墙上的标语的夹缝中，张贴着各连排（学校也改为军队编制了）新生名单。当我心切地找到自己的名字后，又怀着一种特殊的心情，

急不可待地去找娴的名字。当我看到娴的名字，并又和我分在一个排（班）时，我的心是那么激动，那么兴奋！

我和几个男生去看新教室的时候，未见其人，先闻其声，离教室还有 10 米远，就听到了一群女生的叽叽喳喳的笑声。我听惯了小提琴和弦的耳朵，一下子就听出了娴那略带奶音的爽朗的笑声，心里骤然有些紧张，又有些羞怯。我的心像揣只小兔似的怦怦跳了起来。走进教室，男女生都偷偷地互相看了几眼。我的目光自然像闪电般地寻找着娴。当我火辣辣的充满爱慕的眼睛盯向她时，她那白皙椭圆的脸庞刷地飞上了两片桃花，一对儿忽闪闪会说话的眼睛羞涩地避开了我，忙装着若无其事的样子和女同学说着什么。“文革”停课两年不见，娴更加妩媚了，两条尺余长的乌黑的辫子，柔柔似柳的细腰儿，一切都是那么迷人！我们都没有说话，那是一个男女生互不说话，谁说话就是谁跟谁“好”的年代。我们只是偷偷地相互瞥上几眼。她和女同学走了，她那苗条的倩影，却在我的心里激起了层层涟漪；她那小河流水似的欢声笑语，却在我的心头久久萦回。

爱，是个神秘的字眼，它只要迸出一点火花，就会燃起熊熊火焰。

这天课外活动时，同学们都回家了。我躲在教室里写好给娴的第一封情书，虔诚地折叠好，装入贴心的衣兜里，激动得都有点浑身酥软了。我锁好教室的门，戴眼镜的班主任陈老师忽然走了过来，让我通知排委们晚上到学校开会。这真是正瞌睡送来个枕头。我简单麻利地吃过晚饭，骑上“凤凰”就朝林娴家奔去。

第一次去她家，并且是借机行事，心里不免像擂鼓一样咚咚跳着。走进院子，我镇定了一下，朝屋里喊道：“林娴在家吗？”“谁？”大概是因为我这个陌生的男高音，屋里几个不同嗓门的人不约而同地问。继而又都走到屋门口，借着射到院里的灯光打量着我。我一时有些尴尬，随即又恍惚觉得这是在相未来的女婿，于是，我挺挺胸，摆出一副潇洒的样子，微笑着接受他们的审视。自从心里有了林娴，我就很在意自己的外表打扮了。刚才临来时，我特意用香皂洗了洗我那微黑的不算难看的脸，还往上面抹了一层雪花膏呢。俗话说，男才女貌。何况我的小提琴在全校还是首屈一指的呢。林娴一看是我，热情地说："吃饭了没有？去屋坐吧。"我越发文质彬彬地说："不去了。陈老师让我通知你，晚上到学校开排委会。"

林娴往外送我的时候，我的心宛如绷紧了的弦，弦上的"箭"是否射与她？脑海里确实像作文中常写的那样，有两个小人儿在打架，一个胆怯害羞地说，算了吧，多不好意思。另一个却立即反对道，要大胆、果断，想摘玫瑰花，就不要怕刺。大脑司令部马上发出紧急命令，那封带着我的体温的情书，在擂鼓似的心跳中，在微弱的月光下，递到了那只温柔的小手里。

我犹如完成了一项重大的历史使命，虽然非常高兴，但那擂鼓似的心跳声却久久难平。

三

初中的两年里，我和娴或同桌或在她身后，我的眼神和心灵始终被这朵公认的校花深深吸引着。

一次，全校搞文艺汇演，班主任让娴独唱，让我用笛子给她伴奏。她选了一首毛主席诗词《七律·送瘟神》。"绿水青山枉自多，华佗无奈小虫何。……"她的声音仍很甜美，仍带着一种含蜜的奶音儿。从排练到正式演出，她一直含娇带羞，我也一直心情激动，不时脸红心跳。

初中即将毕业了，而我写给她的情书却石沉大海。为写这封情书，我在课堂上绞尽脑汁构思，斟酌着里面的字字句句，作业从没交过，要不就是抄别人一遍，应付差事；为写这封情书，我彻夜难眠，憧憬着初恋带来的令人陶醉的时刻，眼前闪现出无数个彩色的动人心弦的镜头。朝思暮想的我，头上已出现了白发，可她却为何迟迟不回复呢？

毕业那天上午，我像热锅上的蚂蚁似的坐卧不安。一毕业，不知何时才能相见，也不知将来是否能考上高中，就是都能考上高中，也不知是否

还能分在一个班。我下定决心，一定要和她约会一次，把我一颗强烈的爱慕之心袒露给她，当然也看她对我是否有意。

最后一课的钟声响了。我将写好的约她晚上在校门口见面的纸条，悄悄夹到一本某红卫兵总部油印的《歌曲集》中，装作一副落落大方的样子，递给了林娴。

中午放学时，林娴迟迟不走，当然我也不走。就剩下我们两人时，我突然说，咱去打乒乓球吧？她嫣然一笑同意了。中午的校园静谧无声，她像燕子一样在我的眼前飞来飞去，每一个姿势都是那么优美，那么娇态可掬，那么撩人心弦。直到有同学来上学，我们才装出一本正经的样子，她前我后地拉开距离回家。

夜幕终于降临了。稀疏的雪花像一只只小精灵舞动着，极有诗意。我在校门口等到了袅袅婷婷走来的她，她头戴一顶仿军用棉帽，身穿一件蓝色毛领大衣，像一株幽香的兰花，绽放在我饥渴的眼前。因还有几个男同学约好在班主任办公室聚会，我怕他们发现，就对林娴说，咱上城墙吧？林娴同意了。

这是一道殷商时期的古城墙，就在校园后面。我们沿着学校院墙外的田间小路边走边谈，我担心隔墙有耳，降低了自己的声音，也让她不要高声。上城墙时，我怕她吃力，便拉住她那温软的小手，扶她登了上去。四周的积雪和天上的繁星泛着清冷的光，两颗初涉爱河的心却燃烧着一团火。因处于那个特定的封闭年代，这团火当然不可能像现在的中学生那样燃烧。我问她为何不回信？她说，主要是没有写信的地方。是啊，在学校人多没法写，在家那时住房都很紧张，哪有自己的空间。我们很正统地间隔一尺地坐着，没有拥抱接吻，没有甜言蜜语，只是说着学习，说着今后能否考上高中，考不上高中就保持通信联系……

四

尽管张铁生的零蛋轰动了全国，学校还是进行了升高中的考试。因受“张铁生考零蛋”和“读书无用论”以及“狠批师道尊严”“狠批修正主义教育黑线回潮”的影响，学生们的成绩普遍不高。

林娴很聪慧，平时很爱学习，很爱看课外书，特别是小说，这次自然很顺利地考上了。而我比她更自然更顺利，因学校有规定，凡是校红代会、宣传队、篮球队的学生，一律照顾上高中。我这个宣传队长当然名列其中。不如意的是，我和林娴没有分到一个排（班）。不在一个排（班），见面的机会就少，谈情说爱的机会更少。我多么渴望和她在一起啊！于是，我想找校领导，要求调到林娴那个排（班）。可是以什么理由呢？总不能说是因为林娴吧！我想来想去，终于想出了一个冠冕堂皇、恰如其分的理由：林娴那个排（班）宣传队的人多，我调到那个排（班）便于宣传队活动。那时毛泽东思想文艺宣传队遍布全国上下，排练、演出是经常的事，所以我这个理由很顺利地得到了校领导的批准。我和林娴又成了同班同学，每堂课能不时地瞟她几眼，我的心里是那么惬意。

突然，林娴一连几天都没来上学。无形中，我的心也被牵走了，鬼才知道老师在课堂上讲的什么。林娴到底怎么了？这成了我心里最大的问号。我不好意思问老师同学，就每天吃过晚饭到她家的胡同口企图等她出来。一连几夜，我都失望而归。一日不见如隔三秋，这么多天不见她，真是度日如年啊！

这天晚上，我依然望眼欲穿地在胡同口等她。终于，我发现有人朝胡同口走来。借着淡淡的月光，看着那扭动的腰肢，如履青云的举止，我断定是她。我的心跳加快了，忙上前迎了两步，激动地轻声叫道：“林娴！”娉婷的身影一晃而过，只留下一股香味袭人的风。原来不是林娴！而是另外一位女同学！我臊得无地自容，怅怅地落荒而逃。

花开花落，林娴终于来上学了。想不到她变得又黄又瘦，简直比林黛玉还要弱不禁风。据说她因病到外地治疗了。她究竟得的什么病？我想方设法从她的房东小孩嘴里了解到，她得了一种女孩家羞于启齿的病。后来她女友的母亲对我说，那种病将来恐怕影响生育，你是独子，怎能找这样的。我哪能听进这样的劝说，根本没有考虑什么生育问题，仍死心塌地地深深地爱着她。

她断断续续地上学，却从没和我说过一句话。我忽然发现，她和女同学肖蓉形影不离，并经常放学后跟着肖蓉到家中去玩。她会不会和肖蓉当兵的弟弟肖兵……？肖兵是我们从小学到初中的同学，他初中没毕业就凭着父亲的权力穿上了又光荣又时髦的绿军装。后来的事实验证了我的判断，在肖兵回家探亲时，林娴就移情别恋了。可我却不见棺材不掉泪，不到黄河不死心，继续对她一往情深。

高中稀里糊涂地毕业了。林娴因病留城，我上山下乡、当兵，从此音讯杳然，与她失去了联系。当我在军营想通过她要好的女同学与她取得联系时，这位女同学却来信告知，林娴与肖兵刚刚举行过婚礼。那株曾向我绽放的幽香的兰花就这样飘落而去，我不得不相信了这个我不愿相信的事实。

五

我终于无奈地娶妻生子了，但林娴的音容笑貌多少年来都不时出现在我的梦中。和同学们在一起喝酒，只要有人提起林娴的名字，我都要激动地喝上三杯，并扬言要找她谈谈过去。但都是一时兴奋而已，毕竟时过境迁，毕竟各自有了家庭。一次酒后和好友余君打赌去找林娴，余君进了林娴的家门，我却害怕得仓皇而逃。

这天，夜很静，没风，稀疏的雪花像一只只小精灵在昏黄的路灯下舞动着，极有诗意。我和余君不紧不慢地骑着车，几两小酒在肚里热乎得很兴奋。只要几两酒下肚，我就想起林娴；只要看到飘舞的雪花，我就想起

30 多年前的那个难忘的夜晚。何况快要路过林娴的家门。

我突然对余君说，咱去找林娴吧？

你就没那个胆子，余君的嘴角露着轻蔑。他还记得上次我仓皇而逃的情景。

肖兵在家吗？我担心地问余君。

出差了。

这正好是个机会，走！我高兴地加快了速度。

你没那个胆子，余君边撵我边说。

临近林娴家，我的速度慢了下来，对余君说，你先进去探个虚实，就说我在外面，看她是啥态度。

余君真的进去了。我的心跳骤然加快了。林娴到底是啥态度？是同意还是反对？我是走还是留？等了一会儿，不见动静，胆小内向的我忙骑上车掉头跑了一二百米，然后停下，两眼紧盯着林娴的门口。

须臾，出来两个人影。这小子跑哪了？哟！跑那儿了，过来吧。是余君的声音。我故作演戏地说，走吧，咋还不走？突然传来林娴喊我名字的声音，嗓音如当年一样，带有一种甜甜的奶音，又清又脆，似银铃、似撕绫、似珠落玉盘。我激动得什么似的，掉头向林娴奔去。

都是老同学，坐坐怕啥？林娴显得轻松大方。

刚落座，余君说，我到××家有点事。便起身而去。

我突然想尿尿。林娴说，厕所在出门向西走 20 米，左边。回屋，我说洗洗手。林娴忙端来水，又递香皂又递毛巾又递“第二春”。林娴依然漂亮，依然青春。我的心惬意极了，一时感觉林娴就是我热恋的情人。一男孩忽然从里屋出来，不用说这是林娴的。叫啥？给叔叔说，叫肖健健。我的心突然凉冰冰的，他不应该叫那名字，他的名字本应该是我起的，本应该姓我的姓。

不一会儿，余君回来了，胡诌了几句找××，××不在家什么的。又闲聊了几句，我们便告辞了。林娴说，没事来家玩，老同学轻易也不见面。我说，有时间咱去跳舞吧。林娴笑嘻嘻地说，中。

骑上车，我和余君都很激动。余君说，我促使了国共第三次合作；我促使了南北朝鲜对话；我促使了中美联合！我说，明天我请客！

雪花继续飘舞着，但不再是30多年前那个夜晚的雪花。那个夜晚的雪花，已定格在我的记忆里，已融化在我的心灵深处……

六

数天后，我在一家歌舞厅遇到了林娴和她的丈夫，我激情难耐，唱起了《涛声依旧》："……无助的我，已经疏远那份情感，许多年以后才发觉又回到你面前。……久违的你一定保存着那张笑脸，许多年以后能不能接受彼此的改变。月落乌啼总是千年的风霜，涛声依旧不见当初的夜晚，今天的你我，怎样重复昨天的故事，这一张旧船票能否登上你的客船。"而她却和丈夫一对一答地唱起了《选择》："我选择了你，你选择了我，喔，我一定会爱你到地老到天长，我一定会陪你到海枯到石烂，就算回到从前，这仍是我唯一决定。我选择了你，你选择了我，这就是我们的选择。"霎时，我像只斗败的公鸡。

没料到数月后，余君突然告诉我：林娴离婚了！我一下子愣住了，简直不敢相信自己的耳朵。

余君说，其实这几年他们一直生气。肖兵是个风流成性的人，搞了不少女人。林娴为了不离婚，一直忍气吞声，仍想以自己的真诚坦白赢得肖兵的心。可肖兵却跟一个比他小二十几岁的女人结婚了。你想她这么多年，还不趁机和她结婚？

我沉思许久，郑重地说，我不能离婚，我不能毁掉现在的家庭。让那些难忘的东西永远储存在记忆中吧。距离产生美，真的朝夕相处，美就不一定完美了。罗密欧与朱丽叶、梁山伯与祝英台，他们如真的结婚过日子，还有那么动人的爱情故事吗？他们会不会吵架，会不会离婚？单相思也是美好的，得不到的东西是最美好的……

旅途不寂寞

阳春三月，我出差办完公事，从石家庄返回小城。在这南下的列车上，在5个小时的旅途中，我深深被她吸引住了，就像在茫茫的雪原上发现一朵红红的小花一样。

她是最后上车的，她肯定没有加入拥挤不堪的进站队伍，她是从从容容、不慌不忙、坦坦然然上车的。她肯定认为，这是始发车，对号入座，干吗要去那样挤呢?

她刚找到座位把兜放到座位上的时候，我突然发现了她：短短的秀发，弯弯的柳眉，又白又嫩的瓜子脸儿，黑白分明灵活生动的丹凤眼儿，娇小的鼻子，鲜红的樱桃小嘴儿，上身着黑色内衣，外罩一件绿色毛衣，下身着黑裙黑袜黑皮鞋，中等身材，不胖不瘦，黄金分割恰到好处。她像一件精美绝伦的工艺品，似一处美不胜收的风景，深深吸引着我，吸引着周围所有的旅客。

她和我相对而坐。她将两肘放到小桌上，两只洁白柔嫩的小手托着下巴，那两只草绿色的胳膊就像花的枝干，两只小手犹如盛开的花瓣儿，那鲜红的小嘴儿仿佛诱人的花蕊！我很想和她攀谈，但我内向的性格加之几天来跑得蓬头垢面、胡子拉碴，自惭形秽，便几次话到嘴边又咽了下去。我一直用手掌托着下巴，捂着胡茬，不愿让她看到我的狼狈相。须臾，她趴到小桌上假寐，我不由又仔细端详着她。那白皙的瓜子脸儿太细嫩了！上面还有一层淡淡的绒毛，给人一种一掐一股水儿的感觉。那小手纤长细腻，指甲修剪得尖尖如笋，上面涂着透明的指甲油。那短短的秀发稍呈微褐色，散发着淡淡的幽香。猛然，我发现那秀发上有一绿豆大的碎屑。是树叶？是草屑？我的心里骤然感到特别的不舒服，就像突然发现那精美的工艺品上有点瑕疵，就如突然发现那美不胜收的风景中有处垃圾。我真想即刻把那碎屑捏下来。但我怕……我还是理智地克制着自己。停了会儿，我又想轻轻地使她感觉不到地捏下碎屑。我下意识地轻轻碰了一下自己的头发，但我随即感觉到了，这个念头便又打消了。我盯着那绿豆大的碎屑，心里一直很不是滋味。美，多么令人神往！多么令人倾倒！她给人以愉悦，给人以力量，给人以憧憬，给人以遐想。我真不愿有丁点儿的瑕疵玷污美！但现实中的美却往往并非十全十美，瑕疵往往与美共存。但瑕疵终究掩盖不了真正的美，美是永恒的！美是不可战胜的！

列车将到小城，我取下行李架上给人捎的一摞皮鞋，等待下车。没想到，她看着另一行李架上的一摞皮鞋，对我轻启红唇："那不是你的?"我说："是，我的同事在那边。"我没用河南话，面对丽质清纯的她，我也说起了普通话，尽管没她说的流利、标准。

列车缓缓而去，不一会儿便消失在如烟似雾的春雨中。我呆立在站台上，一时若有所失。我想，没有她，我的旅途肯定是寂寞的；人生的旅途若没有美的伴随，也肯定是寂寞的。

在中原这片热土上

中原，是一片沃土，生长出一个个灿若群星的大家，老子、墨子、鬼谷子、列子、庄子、韩非子……他们是一支支火把，照亮了沉睡的中原；他们是一头头拓荒牛，耕耘出一片片热土；他们弹奏出一首首优美的旋律，震撼着中国，震撼着世界。中原，因此而成为硕大的磁石，吸引着四面八方，吸引着群雄的逐鹿；中原，因此而成为一颗明亮的星，闪耀着政治、经济、文化的光芒。

中原，从厚重的历史底蕴中走来，这底蕴是底肥，这底蕴是核聚变。从7000年前的刀耕火种，到农耕文明；从全国第一农业大省，到第一粮食生产大省、第一粮食转化加工大省，农民的笑声，赛过了云雀的歌声。从黄帝发明冶金术，到当惊世界殊的青铜器；从影响非凡的文化大省，到全国重要的经济大省、新兴工业大省，中原的崛起，如展翅的鲲鹏。中原在改革中奋进，中原在开放中振兴。富士康、沃尔玛、可口可乐、中科诺、普乐泰、东风汽车……一个个超亿元项目似良种，撒在了中原沃土；一串串高科技产品如累累硕果，挂上了中原枝头。城乡面貌焕然一新，高速、高铁、航空，四通八达；殷商文化、东周文化、三国文化、盛唐文化、大宋文化、儒释道文化，构成了中原一道道亮丽的风景，构成了大旅游、大产业、大市场。这充满了中原人的智慧，充满了中原人的勇气，充满了中原人的血汗，充满了中原人的希冀。

中原，东承长三角，西连大关中，北依京津冀，南临长江中游经济带。承东启西，连南贯北，区位优势战略腹地。中原兴则中部兴，中部兴则中华兴。中原正以大视角在俯瞰，中原正以大智慧在运筹，中原正以大思路在谋划，中原正以大战略在实施。“十二五”的春风，将把中原吹得更绿；“十二五”的春雨，将把中原滋润得更美。中原这片热土，将生长出越来越多的绿色的园、科技的园、文化的园、人才的园、面向未来的园。

时代的骄子

——致大学生村官

你的小船，从知识的海洋里起航；你的小船，满载着憧憬和企盼；你的小船，鼓满时代的风帆；你的小船，乘风破浪勇往直前。你没有去寻找城市的灯红酒绿，你没有叹息就业的艰难，你毅然走进这片黄土，种下青春的心愿。

你想用知识的钥匙打开封闭的锈锁，你想用知识的利剑劈开贫穷的铁链，你想用知识的雨露滋润精神的干旱，你想用知识的阳光照亮小康的明天。

你走进农户家中，了解村情民意；你来到田间地头，打着增产增收的算盘；荒山野岭留下你的足迹，胸中酝酿着致富的资源。

你的新鲜血液流进乡村的血管，贫血的乡村霎时泛起了红颜。村干部队伍充满了生机，村“两委”班子更加年轻矫健。乡村的火车头拉响了时代的汽笛，去寻求新的发展。

你的新鲜血液流进乡村的血管，瘦弱的乡村渐渐变得丰满。新观念务农，新技术种田，新产业致富，新门路挣钱。一棵棵新栽的果树，结上一颗颗心愿；一眼眼新打的机井，流淌着知识的甘甜；一座座畜牧场六畜兴旺，一座座蔬菜大棚四季新鲜；一台台电脑商机无限，一条条大路流动着滚滚的财源。“三农”在笑声中变幻，变幻得绚丽多姿，色彩斑斓。

你的新鲜血液流进乡村的血管，沉寂的乡村起舞蹁跹。科技学校点亮了致富的火炬，图书室润泽着干涸的心田，体育场展示着乡村的强健，宣传队丰富着乡村的夜晚。“三个文明”灯塔般地矗立，指引着前进的航线。

啊！你是时代的骄子，你是青年的典范。你的憧憬已绽出芬芳的花瓣，你的企盼已露出舒心的笑颜。知识与“三农”已嫁接出优良的品种，小康的路已被走得越来越宽。扬帆远航吧，你的小船，满载着新的憧憬和企盼，满载着崇高的使命和信念，去时代的大潮中迎接新的挑战。

青春的闪光

——致一位大学生村官

当你走出大学的校门，你又看到了家乡父老的目光，那目光里有对贫穷落后的不满，也充满了对幸福生活的向往。你凝视着这目光，你凝视着生你养你的故乡。你的眼湿润了，你的心激荡了，你打消了留在城市的梦想，毅然走进大学生村官的队伍，去建设家乡的小康。

你立志要用青春的画笔，去描绘一幅秀美的画卷；你立志要用青春的热血，去抒写人生壮丽的诗行；你想去实践父辈的心愿，你想去诠释绿叶对根的情长；你要在这里萌芽破土，你要让思想的火花开满枝头、溪畔、山冈。

群众的难点，就是你工作的热点。你走进分管的柳树沟，将目光盯住了那口老井，盯住了柳树沟祖祖辈辈的命脉。你和村支书一道，跑了一趟又一趟，终于跑来了 8 万多元的水利资金，跑来了柳树沟人祖祖辈辈的希望。

四个多月的日日夜夜，你的心扑在那 2580 米的人畜饮水管道上，扑在那 120 立方米的游泳池上。烈日晒黑了你的肌肤，艰苦磨炼着你的思想。管理凝聚着你对家乡父老的爱，那涓涓清流哟，弹奏着党群关系的鱼水乐章。

村南那座通往外界的渡桥，坡陡路窄，泥泞不堪，甚至时有车翻人伤。你看在眼里，急在心里，你急群众之所急，你想群众之所想，你召开了一次次党员会、群众会，你一次次去筹集多方的力量。当雪花飞舞的时候，一条平坦的水泥路闪亮着多年的梦想。老人们笑了，那笑声在皱纹里回荡；孩子们笑了，那笑声在欢跳中爽朗；青年人笑了，那笑声在青春的躁动中狂放；整个村庄都笑了，那笑声赶走了贫穷、落后、枯燥、空旷，充满了对未来小康的畅想。

远处送来柔软的风，大地酣畅地睡着了。而你，却在灯下寻找着致富的良方。你尝试着种平菇，你尝试着养肉牛，你办起良性循环的蛋鸡场，使群众看到了致富的曙光。

玉米秸秆被焚烧污染着空气，或扔在田间、村头、沟壑，你提出了青贮饲料建设养殖小区的建议，乡村响彻着羊群的歌唱，玉米秸秆派上了大用场。村集体的石渣厂，是村里唯一的企业，已被蛛网尘封了多年，你找亲戚、拉朋友、上网，终于引来了外地的客商。石渣厂又热闹起来，剩余劳动力就地转移，运输车辆马不停蹄，集体经济又发出热和光，信念结出丰硕的果实，希望变成事业的兴旺。

妻子的理解加深了，群众的疑虑消除了，班子的信任增强了。你不愧是激发村“两委”生机和活力的“螺旋桨”，你不愧是引领农村经济发展的“牵引机”，你不愧是传播社会主义先进文化的“催化剂”，你不愧是促进社会稳定的“稳压器”。

让青春更加闪光吧！让“大学生村官”的名字更加响亮吧！我们相信你，会在广阔天地的大熔炉中升华自己、奉献自己。我们相信你，会奏响小康的乐章，迎来乡村的辉煌。

乡村情结（四章）

遥望家乡

站在高高的脚手架上，我将北方的家乡遥望。我看见老爹抽着廉价的旱烟袋，咳嗽震动着他那被生活压弯成问号的脊梁；我看见病床上的老娘闪着思儿的泪花；我看见辛勤的她里里外外地奔忙，我看见高中的女儿将跨进大学的门槛，我看见初中的儿子对重点高中的向往；我看见五月金色的田野，闻到了那醉人的麦香。

可是，我不能回到你的身旁，不能送老爹一条“过滤嘴儿”，不能喂老娘一口热汤；不能帮老婆收割那金色的希望，不能为女儿买一件新衣裳；不能给儿子选一双运动鞋，不能满足我团聚的梦想。

咬咬牙，再坚持几个月吧，等工钱一到手，我就会立即插上回家的翅膀。

晚饭后的民工

扑朔迷离的霓虹遮住了闪烁的星光，鳞次栉比的高楼遮住了家乡的月亮。一溜民工坐在城市的人行道旁，形成一组默默无闻的雕像。他们裸露着黝黑发亮的结实的臂膀、胸膛、脊梁，裸露着雄健和阳刚。

这是他们最休闲的时刻，这是他们最休闲的地方。车流像一群猪哼哼着，人流似一群羊散漫着。车一辆比一辆好，车里的人一个比一个有钱，一个个都比他们享受，是去豪华饭店还是去夜总会、桑拿房……

人，一个比一个漂亮、时尚，一个个都飘着诱人的馨香。那馨香在胸膛内兴奋、荡漾，那倩影甜蜜着贫瘠的梦乡。无论高矮胖瘦，哪一个不比老婆强？老婆确实比她们粗壮，可老婆是家庭的脊梁，老人、小孩、庄稼、猪羊，哪样能离开老婆的粗壮？那馨香倩影不属于民工，那是城市的风景，梦中的畅想。那剥去蛋壳的脸儿，怎能抵御旷野的风霜？那纤细水蛇样的腰儿，怎能负载一捆猪草、一担水、一编织袋粮食的重量？那柔弱白嫩的肩，怎能挑起乡村生活的大梁？

车流仍像一群猪哼哼着，人流仍似一群羊散漫着。霓虹后的家乡却漆黑着，时而有狗的独唱或齐唱，还有锅台上蹦跳的蛐蛐儿，与蛙鸣虫唧组成村夜田园的交响。

妻儿父母都已睡下，梦中念叨着打工的丈夫、爸爸、儿子，还有狗剩、大贵、麦芒……念叨着工钱能否按时发放，念叨着过年能否回乡。

霓虹遮住了闪烁的星光，却遮不住他们遥望亲人的目光；高楼遮住了家乡的月亮，却遮不住浓浓的乡愁、乡恋和那热切的希望……

留守的女人

当公鸡声声叫着清晨，你便开始了一天的辛勤。给病中的公公熬药，扶偏瘫的婆婆翻身；点起袅袅炊烟，将孝心喂给双亲；打发孩子上学，把期盼送进校门。圈里的猪羊等着你，院里的鸡鸭等着你，地里的庄稼等着你，盆里的衣裳等着你，你手脚不停、有条不紊地弹奏着乡村家庭的最强音！

当星星眨起疲倦的眼睛，你才舒展自己的腰身。你的心却仍劳累着，像卫星绕着地球一样绕着家的圆心——公公的病已见好转，再吃两服药定会有精神；婆婆的被褥已该换洗，明天又该用温水擦身；闺女快要考大学，到底是啥命运？考上要花好多钱呀，借钱可是作难转筋；小儿子也快初中毕业，上高中的钱也得去寻，卖猪卖羊卖鸡卖鸭卖粮……他爸还得在外不停地打拼。他爸回来收麦吗？他爸一切都好吗？啊！他爸回来了！带着厚厚的一沓钱，回来了！他给爹妈带来香蕉苹果，他给儿女带来电脑，他给俺带来金项链，还带来久别的温存……

迷迷糊糊中，公鸡又声声叫着清晨……

我那卖糖葫芦的老同学

一辆破旧的自行车上，绑着一根长棍，长棍上头，绑着一圈儿稻草，稻草上插满了一串串晶亮的红红的希望。

你躬身骑坐在自行车的后架，两脚不时地蹬地缓行，用那红红的晶亮吸引路人的眼睛。最后，你停在那不知停了多少年的路口，将手揣进老棉袄的袖筒，将头缩进油渍的衣领，跺着脚盯着过往的行人。团团哈气在你花白的头发上结晶，你吸溜一下清水样的鼻涕，美好的憧憬热乎乎地在你糖葫芦般酸甜的心中流动……

这是儿子从大学到研究生的费用，另外还有那几亩责任田一半的收成……

我的八特

八特，我的八特，一个给我生命的地方，一个令我魂牵梦绕的村庄。

八特的历史很悠久，悠久到两千多年的战国时期。村中一通清代同治八年（1869年）《重刻八特镇始初命名之由碑记》记载道：相传春秋战国时期，赵国著名的政治家、外交家蔺相如和军事家廉颇到此，看到此地“山水锦乡，河渠潺潺，林木参天，鲜花盛开，果实累累，牛羊遍坡，骡马成群，农田庄稼喜人，人勤劳而知理”，感到特别兴奋。在地头，蔺、廉遇到了八个村庄的八位老人，交谈中，发现八位老人“言语出众，举动异常，仁表敦厚，儒行礼教，素习彬彬，然有高、贤逐士之风”。不由大吃一惊：此等小村，怎么会有如此大儒呢？蔺、廉莫名其妙地问八老：“尔等学从何人？”八老答曰：“受业于曾子。”蔺、廉恍然。八老请蔺、廉给村庄起个名字，蔺相如颇有感慨道：“尔等学遇明师故特然异于人也，如是命此村为八特，尔以为如何？”八老相视一笑：“善。”于是，八特村自此而名，沿用至今。据村中老人讲，除碑上说的八特村名的来历外，民间还有一种说法：过去八特有八个村、八大姓、八座山、八道河、八种色彩斑斓的奇石、八种奇异珍稀的树木、八位圣贤儒雅的老人，所以叫八特。据说20世纪70年代，村民王秀文曾对这些说法进行过考证，除八种奇石和八位圣贤外，其他均得到了印证。

八特的历史很繁华，从明代嘉靖年间到清代及至民国，它作为雄踞北方的重镇，繁华了四百个春秋。八特地处河北连接山西的交通要道之上，三国时期，曹操就将这条要道称之为上党粮道。八特四面沟壑纵横，地势低洼，唯八特居高台之上。如此咽喉所在，加上热情宽厚、礼貌待人的淳朴民风和独特秀美的地理环境，八特自然成了东来西往的商贾们最好的打尖歇憩之所，以至发展成一个热闹非凡的商贸重镇。十字街、拐道街是当时八特最繁华的商贸中心，“德一恭”店铺、“义盛永”馍铺、“广泰昌”号药铺、“明盛源”杂货铺、“泰盛广”杂货铺、“利民药房”、“恒源油坊”、“同心油坊”、“恒兴油坊”、“兴一药房”、“三和永”油坊、“志和祥”杂货铺、“三和永”杂货铺、“鸿兴厚”山货行、“誉丰厚”绸缎庄、“晋远堂”药店、“兴盛龙”商号、“永兴成”钱庄票号等，真是店铺林立，人头攒动。这些店铺大都是八特人开的。他们看着往来的商贾们做着大生意，挣着大钱，从而感受到了财富的魅力，看到了潜在的商机，他们不以善小而不为，开始了自己的财富积累。

八特人是很聪明的，他们知道，从一定程度上来说，是往来的商贾们兴起了八特，于是，他们想方设法为往来的商贾们提供方便。他们在村口设立茶棚，免费供应茶水。随着客商的增多，又专门集资在茶棚旁盖起了一座大庙，免费供客人食宿。另外，还在村中建起很多公益性设施，供路人遮风挡雨、歇脚小憩。有的地方还摆上多块刻有棋盘的石条，供客人下棋娱乐。值得一提的是至今还保存的明代关帝庙卷棚。“卷棚”是指三面通透的歇山顶式的建筑外形，也有人称“捐棚”和“圈棚”，“捐棚”的意思是捐款所修，“圈棚”的意思是圈住人气。这里除了免费供应茶水、供路人遮风挡雨、歇脚小憩外，关键是供奉了关帝的神像。在往来的商贾中，大都是晋商，而晋商心中最尊奉的财神，就是他们的老乡——诚信仁义的关公。他们把关公的诚信仁义融化在经商中，才使得他们“生意兴隆通四海，财源茂盛达三江”。所以，晋商无论走到哪里，都要上香跪拜关公，以求关公暗中保佑。八特人就是看准了这一点，在村中建起了7座关帝庙，迎合晋商的信仰，使晋商有了一种宾至如归的感觉。当然，八特人这种无微不至的关照，也感动了晋商，晋商把八特当作自己旅途中的温馨港湾，无形中为八特增加着财富。数百年弹指而去，但卷棚和关帝庙犹存，八特人世世代代的聪明和智慧犹存。

随着财富的不断积累，八特人的腰包日渐鼓了起来，他们中的佼佼者不再小富即安，因地制宜地开始做起了大生意——挖煤窑。很快，八座井架先后竖立在八特的周围，并带动了运输、餐饮、旅店、纺织等行业。特别是车水马龙的运输队伍，将煤炭源源不断地运往涉县、武安等地，又从那里装上粮食运往彭城，然后再装上陶瓷销往外地。这一运输和产业链条形成的物流中心，在冀西南的大地上良性循环了好久。

除了几个挖煤窑的大老板，八特还有几家更大的户、更大的款——韩家、龙家、王家和申家。

韩氏家族的头面人物当属韩锦城。他弟兄九人，排行老五，人称韩老五。清光绪年间，他被朝廷敕封为“五品翰林院待诏”，相当于现在的地厅级干部。韩家经营广泛，绸缎庄、旅店、酒店、药店、粮行、面坊、油坊、染坊、山货行等，还在郑州、开封、苏杭等地开有商号。此外，还拥有耕地500余亩，房屋100多间。岁月悠悠，人去财空，唯有距我家不远处的韩家大院，至今仍展现着韩老前辈遗留下来的昔日辉煌。

大院建筑独特，从外表看，不是一般的坐北朝南，而是坐南朝北。大门东西两侧原有十几米长的廊檐，遗痕尚存。墙上内嵌一溜拴马石，使人不难想象过去的大家之气。门口的两只青石雕刻的狮子，也不同一般的那样面目狰狞，而是相视而笑。十分可惜的是，石狮的头在文化大革命、破四旧的时候被革掉了。进入大门，两边是约有两层楼高的东西两房的后墙，使人顿有压抑阴森之感。但向前一看，一道圆圆的月亮门迎面而来，又使人感到一种曲径通幽的味道。过月亮门，便是东西两院，门楼上做工精细的石榴、牡丹、仙鹤、荷花等砖雕、石雕图案，清晰可见，昭示着主人对殷实、富贵、高洁、吉祥等美好生活的向往。进入两院院门，便是两座齐整的四合院，再折回向北走，方来到北屋正房。这种珍珠倒卷帘式的格局，对称和谐，天人合一，可谓别具一格。

韩老前辈不仅留下了大院，更重要的是留下了良好的口碑。对佣人及乡邻，他以礼相待，为人厚道；对穷家子弟，他资助上学；架桥修路、建校盖庙，他乐善好施，慷慨解囊；农忙季节，他命佣人将牲畜拴在廊檐下，将农具摆在大门口，供乡邻免费使用。过去都说地主是蛇蝎心肠，并广泛使用“天下乌鸦一般黑”这句话来比喻，看来是太片面了，太阶级斗争化了。

龙家元朝时迁到八特。据《龙氏家谱》记载，元朝至正年间，龙氏先祖龙资官升至御前带刀，皇上看出其有天子之相，便暗中派人到八特，断其祖坟龙脉，并欲加陷害。龙资见势不妙，告老还乡。龙家大院也曾辉煌数年，可惜今已不存，只留下三间龙家祠堂，也早已荒芜、腐朽。

王家清顺治元年迁到八特。始祖王美，字德修，乃恩赐登仕郎，敕封赵孺人。至清朝末期，王家九世王步廷、王步殿已发展成为八特首富，有耕地800多亩，房屋数百间。“进南门，往东瞧，王家粪堆比房高。”当年八特流传的顺口溜，可见其家业之大。王家也是经营广泛，并开有远近闻名的唯一一家地方票号——“永兴成”钱庄票号。曾经门前人马喧闹的王家大院，已淹没在历史的长河中，但一条“王家街”的名字沿用至今。

申家的代表人物是申致远，清道光年间为千总，武功非凡。他虽然从政为官，但家人多以经商为主，除开药店等店铺外，还开过钱庄。申家大院位于八特“铁裹门”内不远处。过去八特曾有东西南北四个大门，唯北门用铁皮包裹，因此村民称为“铁裹门”。大院分主院和陪院。主院乃方方正正的四合院，故又称“大方院”。陪院东厢房是一幢二层小楼。不同一般的是，主人的正房取了个颇为雅致的名字——千总花厅。如今，千总花厅早已换了主人，那狭小的木格窗户也换上了时代的色彩。

八特人因商而富，靠的是文明经商、和气生财、和谐相处。富起来的八特，民风依然淳朴如故。他们没有忘记蔺相如和廉颇，蔺、廉与八特的故事代代相传。为八特起名的蔺相如，早已成为八特人崇拜的神像，被供奉在殿宇。积德行善成了八特人最高的精神境界，在家家户户的门楣上，几乎都镌刻着“崇德堂”“积善堂”“积善家”“德善堂”“存德堂”等匾额。在韩家一块清光绪三年的墓碑上，记载着这样一段文字：“处事忠厚淳朴，素裕仁让，有隐恶扬善之心，无毁谤刻薄之念，悠悠然为和之至也。至若，临财不苟，见义必为。”这不仅是墓主人高尚的善德情操，也是八特人为人处世的行为准则。

民国年间，张家五世同堂，八特人闻讯，自动组织起一支数百人的队伍，敲锣打鼓，抬着“五世同堂”的巨匾前往贺喜。巨匾的上额题为“轩府张老先生德尊”。“德尊”二字，一是敬辞，二是张老先生为人处世肯定有德。只因有德，才得到了众人的尊敬。

清道光年间，韩希德老先生八十大寿，除八特人外，十里八村自动前来祝寿者达数千人，当地官员听说后，也纷纷前来，并送上“义声流传”的匾额，以示祝贺。韩老先生平日里待人“周之恤之，无吝啬”，韩家其他人也是“待邻里推仁恤之恩”，“家庭内外一归浑厚”。这种对待乡邻甚至路人与人为善的德行，怎能不得到如此回报呢？

八特最有名的苏老抠，当他幼小的远房侄孙失去父亲后，他没有因抠门儿而不管，不仅将远房侄孙抚养成人，而且还为其盖房成家。当邻居的仆人去世，留下一孤女无人照料时，他让家人抚养其长大，直至出嫁。

代代相传的淳朴民风，童时的我也深有所感。在那个饿死人的年代，母亲抱着瘦骨嶙峋的我拾到 5 斤粮票，她没有用这粮票去买救命的粮食，硬是苦苦地等待着，将粮票交给了泪流满面的失主。在填不饱肚子的日子里，凡是要饭的上门，爷爷奶奶宁可自己不吃，也要让要饭的吃上一口。八特人的积德行善之事，比比皆是，岂是这篇小文所能道完？

民国末年，八特这个兴盛了 400 年的商贸重镇被改为八特村。八特从此犹如秋后的树叶飘落了。是北邻的洺河变成了季节河，村中的小河也随着干涸？是战乱？是晋商的衰落？不管怎么样，天下没有不散的筵席，世间本来就是有兴有衰，有阴有阳。

兴盛了 400 年的商贸重镇虽然远去了，但淳朴的民风尚在，古代的碑刻尚在，村中建于汉代重建于明代的弘济桥尚在，韩家大院尚在，砖雕的富贵影壁墙尚在，家家户户残存的石雕、木雕、古玩、古瓷尚在。更重要的是，八特人的聪明智慧尚在，八特人勤劳向上的精神尚在。

故乡情感

生下 6 个月后，襁褓中的我便随母从冀西南的小村来到了豫北，来到了 1947 年参加革命工作的父亲身边。不记事的我不知随父母回了多少次故乡，只是听母亲说，有两次差一点要了我的小命。一次是我到水坑边玩耍，萋萋的青草将我滑到了柔软的水里。多亏二叔正好赶到，快步上前将我拽了出来。一次是我扒着院里的梯子玩，玩着玩着竟独自爬到了房顶，沿着房檐无忧无虑地散步。又是二叔吃惊地发现了我，慌慌上房将我抱了下来。依稀记得的，是在飘着毛毛细雨的早晨，我信步到村边的田埂上薅草玩，那草扁扁的、湿漉漉的，越发晶莹得青翠欲滴，噙在嘴里一吹，嘀嘀作响。小燕子也似乎听到了，在我的眼前呢喃着，上下翻飞。那是一个多么如诗如画的早晨啊！

小学五年级时，我开始自己单独回故乡了。每逢放假，故乡就像一块巨大的磁石吸引着我。先找教导处主任开张证明（买火车票半价），再缠着父母要钱，上午乘上北上的列车，到邯郸再换车西去，下午便踏上了故乡的小路。走进街门，一声脆生生的“奶奶——”裹着小脚的奶奶便边答应边迎到了院里，先叫我一声乳名，再问：回来了？你爹跟你娘哩？没来。都快当（好）吧？都好。俺爷哩？去地了。那时，四合小院里的石榴花正火样鲜红，夹竹桃花如婴儿的小脸般粉嫩，一只小猫儿跳到我的面前，喵儿喵儿地叫着亲昵。

小伙伴们听说我回来了，便都来找我玩。月光下，我们玩碰拐、藏老闷儿、星星过月、鸡鸡麟砍大刀……我们像小马驹一样撒欢，不知疲倦，直玩得浑身是汗，上气不接下气，喳喳声由强变弱，最后在大人一声声乳名的呼唤甚至叱骂中，不情愿地散去。

故乡人不用看表，北面是铜山铁矿，南面是峰峰矿务局四矿，一天到晚，两个矿都按时拉响或上班下班或开饭换班的汽笛。故乡人称那是“放气儿”，一听便知几点了，便知该干什么了。小伙伴们虽玩得累睡得迟，可第二天一大早，一听“放气儿”就你喊我我喊你，挑起粪箩头去拾粪了。等又“放气儿”时，小伙伴们挑着满满的粪箩头凯旋，让生产队会计过秤记工分。我觉着好玩，也觉得劳动光荣，便也挑起了粪箩头，在黎明中来回走10几里路，寻着庄稼的宝贝，农民的希冀。

除拾粪外，我还到地里和社员们一块干活。奶奶怕我半晌饿，煮两个鸡蛋塞到我兜里。干活时不方便，又怕别人知道笑话，我将鸡蛋偷偷埋到地里，作上标记。谁知割完一块麦子休息时，怎么也找不到鸡蛋了。后来反复几次才终于找到，至今传为笑谈。我把拾粪干活的工分都记到了爷爷的记工本上，想着年底也能多分些红。

“文化大革命”的日子里，学校停课闹革命，我又回到了魂牵梦绕的故乡。爷爷是生产队的饲养员，整天铡草、挑水、挑浆。挑水、挑浆都要跑二三里地。挑水不仅排队，还得用一搂粗的大辘轳绞。挑浆还得负重爬一个很长的大坡。我主动挑起重担，让罗锅的爷爷得到一些轻松。寒来暑往，不知挑了多少担水、浆，我终于练出了一副铁肩膀，挑着重担可以灵活地左右换肩，几里地不用休息，同时，也练出了一种坚韧、刚毅的性格。这为后来接受贫下中农的再教育，打下了坚实的基础。我想，现在我的个子没有儿子的高，恐怕是那时生活的重担所压；儿子的性格缺乏坚韧、刚毅，恐怕是没有经受过生活重担的压力。

爷爷奶奶二叔先后去世了。我很少回故乡，只是在每年清明时节到祖坟前按乡俗祭奠一番。四合小院里没有了石榴花的火红，没有了夹竹桃花的粉嫩，也没有了小猫儿喵儿喵儿亲昵的叫声，屋里四处布满了蜘蛛网。童时的小伙伴大都没跳出农门，仍在那块古老的土地上为生计辛勤耕耘，他们的脸上刻满了岁月的风霜，看上去要比我显老。但故乡时常在我的梦中，故乡如一樽美酒，似一杯佳酩，使我回味无穷……

故乡的大水坑

大水坑是个死水坑，在故乡的村西头。

听奶奶说，她十三岁嫁到韩家来，就有这大水坑，就开始用棒槌在这里“啪啪”地捶着苦涩。

听母亲说，她十五岁嫁给父亲，白天在地里当牛做马，忍受着脾气暴

躁的爷爷的任意打骂，夜里来到大水坑，用奶奶过去用过的棒槌，捶着滴滴酸泪。

儿时的我，常到大水坑边逮蜻蜓，捉蝴蝶，打水仗，留下一个个彩色的梦。

大水坑从大清早起就是热闹的。除西北面立陡立岸外，其他地方都摆满了洗衣石，坐满了或俊或不俊的大闺女、小媳妇和粗壮的老娘们儿。波动着涟漪的水是浑浊的，有些发绿，扭曲了一个个憔悴的脸庞。俗话说，三个妇女一台戏。那长长的大水坑的弧线上，随着杂乱不齐的“啪啪”的棒槌声，媳妇说婆婆的坏话，老娘们儿逗小媳妇和大闺女的笑声，大闺女和小媳妇的悄悄话……组成一部耐人寻味的交响乐。再加上前来涮粪桶的“哗啦”声、饮了水感到十分舒服的驴骡牛马的叫声，更是充满了浓厚的乡野味。

可后来，大水坑的早晚忽然平静了许多。洗衣裳、饮牲畜、涮粪桶……都是结伴而来，结伴而去，谁也不单独在大水坑那儿贪早贪晚了。那是前街一个叫桃红的闺女，和一个男同学钻到高粱地里被人逮住后，桃红没脸见人，从立陡立岸的大水坑西岸跳了下去。母亲不再叫我到大水坑玩，说那儿有水鬼。

时隔数年，我又回到故乡，来到了大水坑边。四周静静的，自打村里建了水塔，家家户户通了自来水，很少有人到这儿来。

微风吹皱了水面，那道道皱纹里，藏着一首首古老的歌；那跃出水面的鱼儿，跳着舒畅的“迪斯科”。靠坑边一座新楼房的后墙上，用石灰水写着：禁止钓鱼，严防偷鱼。原来，这是桃红那个男同学办的养鱼场。

故乡的井

故乡的村东头有口井，那是全村唯一的井，也不知是哪一辈人打的井。老师们脖子上挂尿罐游街那年，无法升学，上了八年小学的我，回到了故乡。爷爷是老贫农，担任生产队的饲养员，每天要担十几担水。60 多岁的爷爷，背早已驼了，远远看去，活像阿拉伯数字“7”。

井很深，有十几丈。从井口往下看，井水只有比水桶大不了多少的一片儿，鱼鳞一样闪着光。井上的大辘轳有一搂多粗，上面绕了三圈儿钢丝绳，绳的两头都有拴桶的一串铁环，这边的桶绞上来，那边的桶自然就下去，一上一下，效率要比上下一只桶快上一倍。寒冬，钢丝绳和铁辘轳都结了冰，绞一桶水上来，得有人在另一边拽钢丝绳配合才行。如不，钢丝绳就会在辘轳上打滑，甚至将那边的空桶猛地甩将过来！饭时挑水的人多还好，要是半晌一个人来，只有望井兴叹了。

春节将临，我要回到数百里外的父母身边。临走的头一天，村西头的黑牛爹把桶掉到井里了，听人说猫能捞桶，就把我家的大花猫借去，用绳子拴住后腿，卸到井下。等我赶到井台时，大花猫早已死去，肚鼓得像球一样。他不知道，能捞桶的是矛，而不是猫。

高中毕业，上山下乡、参军，直到复员，我才又踏上故乡那不知何时由黄土路变成的“油漆路”。田野里锄地的人三三两两、星星点点，就像象棋残局的棋子。虽没有过去一群人一窝蜂似的劳动场面，却也有地头的录音机，在柔风中送来殷秀梅脆生生的歌声和敲锅盖似的迪斯科舞曲。

到村头了，却听不到井台上那常有的欢声笑语，也看不到那常常站满井台的担水人。一搂多粗的大辘轳不见了，黑洞洞的井口上，横躺着一块长方形石条，石条两侧没盖严的地方，塞着两捆圪针。我有些茫然。忽然，阵阵笑声震动了我的耳膜。一群姑娘正在四周都是自来水管的水塔前，洗那彩色的衣服呢！她们边洗边和来担水的小伙子说笑着，甚至有的转着圈儿追着小伙子打着玩儿。我的心倏地变得欢畅了。

到家后听说，到秋后，水管就安到各家各户了。

横祸飞到二舅家

秋雨连绵，一点不错，淅淅沥沥下了几天，还没有晴的意思。

傍晚，突然接到个长途电话，却连什么也听不清，只好由总机转告了。说是武安来的电话，家里有人出了事，叫赶快回去。啥事？总机也听不清，两处相距只不过三百来里，老式的手摇电话，竟是这样的一塌糊涂。武安县城内没有亲朋好友，是不会有谁来电话的，肯定是乡下舅舅那里。

舅舅家里会出什么事呢？大舅在万年矿开了个饭馆，整天是麻烫拽面供不应求。二舅长年跟土坷垃打交道，会出啥事呢？难道是大舅的老三？他跟着大舅开了几年饭馆，挣了不少钱，却不想干了，硬是想买辆汽车去搞运输，捞大买卖。大舅大妗怕他开车出事，不让他买，最后还是买了辆小四轮拖拉机。从此，饭馆由大舅大妗四表弟经营（老大早已独立了），老三开车运矿石，老二当他的帮手。几个月前，老三和新婚妻子来到河南，我发现他裸露的皮肤上布满黑斑，还有的像是白癜风。我问他这是怎么回事？原来他竟往死处走了一遭！那天前晌，他开车拉了趟木料，挣了五块钱。中午吃饭时，总觉得挣的钱少，一搁饭碗，便又开车上山去拉矿石了。拉矿石很赚钱，一天拉两趟，能挣二三十块。可就是山路太难走，特别是有个拐弯加陡陂的地方，每次都是勉强上去。这次他装得又多了点，却怎么也上不去，油门加足后，车头竟意想不到地像前腿跃起的野马一样挺立起来，水箱里那滚烫滚烫的水霎时劈头盖脸地浇了下来，他的浑身上下顿时被烫成了燎泡人！他从车上跳了下来，疼得打滚。这时，车从陡坡上往下退着，眼看就要掉下悬崖，就在这千钧一发之际，他还想着他那几千块钱买的车，跃身而起，跳到驾驶座上，拼死命保住了自己的车，然后昏了过去。难道是他不接受上次的教训，又出了车祸?!

第二天一早，我和母亲朝故乡奔去。雨点拍打着车顶，拍打着前面的挡风玻璃，拍打着我和母亲的心。路上车辆行人很少，只听见车轮在镜子似的柏油路上咝咝地响着。

我让司机径直向大舅的家开去。一下车，我连伞也没打，就跑上前去敲门。新盖的四合院，门很厚实，我只好边喊边用巴掌啪啪地打着。过了一会儿，门开了，站在我面前的竟是穿着红被心红秋裤的睡眼蒙眬的壮壮实实的老三！我一时愣住了！这时，老三说出了令我难以置信的话："学军死了！"。

"学军死了?!"我简直不相信自己的耳朵，刚刚才20岁的学军怎么会死呢！霎时，那活蹦乱跳的小学军在我的脑海里是那样的清晰——小黑狗跟在他屁股后面跑着；他跟着二舅赶着排子车去矿上卖西瓜；他骑着我给他找车证买的飞鸽自行车那个得意样……他怎么会死呢?!

"他在磁山铁矿挖矿石（是大队承包的），一下子塌顶了，砸死了俩人，还把一个人的腿砸折了。"老三低沉地说着，"你二舅气得躺到炕上汤水不进。他给学军盖房的砖都准备好了，谁知道学军头天跟女方见了面，第二天就弄了这事。夜个儿埋了。磁山那个铁矿原来说只给五百块埋葬费，后来咱本家当村书记的小富又去说了说，算是给了两千五。"

我的心简直要碎了！二舅家四个闺女（出嫁了两个），就这一个男孩。二妗死得早，二舅把他拉扯这么大，是多么不容易啊！二舅是宣化龙烟铁矿的退休工人，按说学军可以前去接班，可二舅觉得，这两年家里过得也不错，不愿让他到千里之外挣那几十块钱，在家种一季西瓜，就能挣两千块。矿上每月都给二舅把退休金寄来，可他从不乱花，攒着给孩子盖房娶媳妇，娶个媳妇得花多少钱啊！

"真不该叫学军去干那个活啊！"我和母亲感到万分遗憾。

"谁说不是。学军要不是也不干了，他想再干一段，计划买个彩色电视机。那个活儿工资高，一天能挣三十多块。"老三说。

想买彩电！这是学军表弟的追求啊！要不是这个追求，他能只活二十年吗?

“我到二舅那里去吧。”我告辞道。

“走吧，我跟你一块去。”老三回屋拿了件衣服穿上，随我钻进车内。

“家里的事，你大舅都安排好了，俺弟兄四个让你二舅挑，挑着谁谁过去。俺二哥说，秋天别管了，犁地、耩麦他都包了。前些天，你大舅在万年矿又要了一片地方，准备把饭店再扩建一下，到时候让你二舅和三女四女也去。”老三的话，宽慰着我和母亲的心。

我打心眼儿里感激着大舅和几个表弟。中年丧妻，老年丧子，这是人生中最痛苦的事，但愿大舅和表弟们能减轻二舅的痛苦啊！

雨，仍下着。天不再那么阴沉了，稍微亮了些。看来不会下多久了。秋风秋雨是不会愁煞人的，天一放晴，就该收秋种麦了，二舅到地里干些活，心里会慢慢好些的。我想再劝劝二舅，钱不要一直放着了，买个电视机，把一切郁闷都散去吧！

（谁知此文写后不久，一直卧床不起走不出失子痛苦阴影的二舅，竟紧随他的宝贝儿子而去！儿子是他的命，儿子的命和他的命是那么紧紧相连！）

表弟的婚礼

一

“砰——啪！”脆脆两响炮炸笑小小山村，树上喜鹊也拍翅醉了，甩出一串串甜笑。

从矿上请来的大轿车头带红绸花，装进一肚子甜蜜。司机姑娘回首抿嘴儿一笑，轻轻按下喇叭，送去良好的祝愿。

大舅突然跑了过来，挥手高喊着：“停停、停停。”

“啥事？”表弟两眼问号。

“转转街，到街上转转。”大舅的眉梢儿上，脸上沧桑的皱折里，都跳动着喜悦。

表弟却露出一脸遗憾：“夜个都量了，街上太窄。”

大舅也不禁生出满脸遗憾，无奈地挥挥手：“那……走吧……”

二

五六个炮手，一气不停地点响欢乐。欢乐的回声时时在每人的心头萦绕。

“我的放完了，再给咱几个。”二顺的手伸向炮的“仓库主任”。

年轻党支书笑笑，拉开了黑色提包。

“我的也完了。”

“我的也完了。”

……

“大家都注意点儿，一提包都快放完了，到新媳妇家咋办?”年轻党支书不无担心。

“到那儿不会再买?”二顺兴致勃勃，“万元户，放几个炮算啥！——老三，你说是不是?”

表弟笑了，还有点儿羞涩。

“砰——啪!”

表弟的心里更是炸响着欢乐……

三

新媳妇村里，人们早已被炮声吸引出来。

惊奇的眼，欣喜的眼，昏花的眼，稚气的眼，羡慕的眼……

车停在村委会门前，这是全村最宽敞的地方。迎亲队伍徒步朝新媳妇家走去。路过村代销点，欢乐又塞满了提包。二顺边放还边小声鼓动着同行们：“快放！让他们瞧瞧!”

人的长廊，欢腾的长廊。小村锅滚了！小村姑娘的春心萌动了！

表弟的老泰山拉住了年轻支书的手：“咋不把车开过来？咋不转转街？”

“咱这街道太窄，车进都进不来。”年轻支书遗憾地笑着。

“这……那样吧，”老泰山眯起了小眼儿，“三天回门，叫老三在俺这儿放场电影，咋样？”

“没问题。”年轻党支书和表弟相视一笑。

炮手们在外边等不及了，放起了催程的炮。

留下一村甜甜余味儿，撒下一路幸福的省略号……

回故乡

故乡位于冀西南的偏僻一隅，属丘陵地区，除村北一片百十亩的平整土地外，其余全是深沟高岗，活像北方汉子裸露的脊梁。它没有江南水乡的柔美，也没有沿海地区的风光，有的是男人坐在马车上炸一个响鞭的粗犷豪放，有的是女人挑着重担颤颤悠悠一溜小跑的淋漓酣畅。

故乡缺水，村头只有一口十几丈深的井，那一搂多粗的铁辘轳上缠着一条长长的钢丝绳，两头都有系桶的一串铁环，那铁环套两下，桶便不掉。这里也有技巧。故乡没有文艺作品中常提到的小河。村南有一深沟，只有大雨后才形成小河。村最北面有一数十米宽的河床，裸露着大如石磙小如鹅卵的石头，只有上游山洪暴发时才形成一条大河。常年干旱少雨，看到河的时候很少。

故乡多的是煤，周围有峰峰矿务局的国营大矿，也有村办的小煤窑。老屋里至今还堆着烧不完的煤。

尽管故乡像中国广大的农村一样贫穷丑陋其貌不扬，我还是每逢学校放假，便缠着父母要钱回故乡。那时我正上小学五年级，那是“文革”即将开始的山雨欲来风满楼的年代。现在回想起来，之所以有强烈的回故乡的愿望，一是故乡的爷爷奶奶等亲人和童时伙伴及风土人情对我的吸引，再就是金钱的诱惑了。回故乡父母得给我车票钱和零花钱，回故乡后，爷爷奶奶叔叔舅舅也都要多少给我些零花钱。而不回故乡这些零花钱却是得不到的。那些年，除了打酱油醋“贪污”几分钱，哪有“额外收入”呢？那时父亲在县城还算高工资，一月 60 多元，但他却负担着我和母亲、妹妹，还有爷爷奶奶的生活。而我却少年不识愁滋味，不顾父母为钱作难，不顾父母为我这十二三岁的独子远行担心，只顾自己高兴地乘上北上的列车，欣赏着沿途的景色，去追寻自己的快乐。

距故乡只有200 余华里，但须在邯郸换车。因为我的故乡属邯郸市管辖。邯郸在我少年的印象中是那么美好，令我十分向往、十分骄傲和自豪。每次从故乡返回，我都要趁转车的几个小时，非常幸福地畅游邯郸的邯山百货大楼和丛台公园。这是我向同学们炫耀的话题，也是我极想回故乡的原因之一。

回故乡到邯郸换车的火车票只需 3 元钱，从马头换车只需 2.6 元。我买票时往往说从马头换车，却都在邯郸下车，换乘后再以高傲的面孔从马头穿过，马头是我不屑一顾的小镇。回故乡是一条环行线路，从邯郸出发，绕太行山脉转一圈，又回到邯郸。一踏上这环线列车，乡音便潮水般涌来，便有亲切在心头。尽管那乡音不是歌唱般的吴侬软语，“ren、reng”“min、ming”“jin、jing”“xin、xing”等多音不分，坚硬得一砸一个坑，带有浓重的“山里味儿”。我随父母在豫北十几年，乡音已改，回故乡后怕人笑话我“南蛮子”，便想随乡音，可一时拗口，总要羞怯地别扭几天。而回到豫北小城后，又怕同学笑话我土里土气的乡音，可乡音难改，又要别扭几天方可改回。

故乡家家户户的饭一样，早晚都是能照出人影的没有多少米粒的咸米汤，配玉茭面窝头和红薯。中午是“抿截”，那是用玉茭面加少许白面和成面团，在一布满钉眼的铁片上抿到锅里的只有约一寸长的面食，然后浇上卤、蒜泥，再撒上些芝麻盐。这最普通的家乡饭，今天若拿到别处，恐

怕也是一独特的风味儿小吃了。

故乡的风味儿小吃我认为数和村镇的羊汤了。小镇只有一条狭长的街道，然从街口到街尾，两旁布满了热气腾腾的羊汤锅。那锅直径一米有余，中间小滚着，四周飘着厚厚的羊油，红红的辣椒、白白的大葱，令人垂涎。人们赶集上店，都要喝上一碗，有的又想省钱又想过瘾，便喝上半碗，再让续续汤。那汤是不收费的，这也显出锅主的厚道。小镇谁家来了亲戚，主家也会爽朗大方地先让一句，走，咱先去街喝碗羊汤。每次回故乡，我都要过过羊汤瘾。那一毛钱一粗瓷小碗的羊汤，使我至今回味无穷。

那些年，故乡人除了过年过节，很少能吃上大米白面。但他们却和牛马一样，天不明就听着队长的钟声下地，太阳出来后，送饭的将各家的饭放在地头，吃罢那窝头红薯咸米汤，便又干了起来。中午回家吃饭后喘息片刻，钟声又响，只干至夜幕降临，才能重复那早晨的食谱。那时，故乡的夜是不宁静的，常在那声声刺耳的喇叭声中颤抖："全体社员注意了！今晚到北岗夜战，修大寨田！""现在开批斗会了……"我常常从睡梦中惊醒，又在害怕中睡去……夜战直战至将近半夜，方能上床歇息。睡梦中，钟声又响，重复的一天便又开始了。

故乡人能轻松一下的时候，就是看革命样板戏了。样板戏盛行时，村里的剧团也十分活跃，常在村中的舞台演出《沙家浜》《智取威虎山》，那充满乡情乡韵的武安平调，我和乡亲们听得津津有味，如醉如痴。扮演郭建光、杨子荣的汉子高大英俊，扮演阿庆嫂的女子水灵漂亮，二人都算是村里的人尖儿了。一次回故乡，见那汉子穿着警服，听说到矿区当了警察。那鹅蛋脸儿，忽灵灵大眼儿，梳着长长独辫儿的秀色可餐的"阿庆嫂"哪里去了呢？当年我可是从心里把他们当作很般配的一对儿的呀！

多年没回故乡了，不知故乡变得怎样。我真想再去看看故乡的亲人，听听那亲切的乡音乡韵，品品那热气腾腾令人垂涎的羊汤……我仿佛听到，故乡人正喊我的乳名呢……

母亲的一生

转眼，母亲已走了三年。三年来，母亲的音容笑貌时常浮现在我的眼前，时常展现在我的梦中。

母亲生于河北武安催炉村，十四五岁嫁给父亲，便像牛马一样拉起了生活的大车。家里给富户人家“大种地”，母亲每天披着星星跟爷爷下地，戴着月亮回到家中，早饭午饭都是在地头吃送的饭。十四五岁正是如今初中生的花季，而母亲却面朝黄土背朝天，日复一日，年复一年，不仅用她瘦弱的身体承受着繁重的体力劳动，而且还忍受着脾气暴躁的爷爷的毒打！农活干不好，打；牵的高大的黑骡子跑了，打；骡子的护膀爷爷忘拿了，他却又劈头盖脸拳打脚踢地打向无辜的母亲。一次，爷爷竟把一根鸡蛋粗的棍子都打折了！劳累挨打一天，母亲却还不能早早歇息，还得扤上一篮子衣裳到村西的大水坑，用奶奶传下的棒槌，捶打着苦涩和泪水。不洗衣裳的夜晚，母亲也不会歇着。为给家里挣些零花钱，她和奶奶在煤油灯下为人家做针线活、纺线、织布，直至更深夜静，甚至鸡叫三遍。

家乡解放后，村里办起识字班扫盲，思想僵化的爷爷却不让母亲去，母亲只有趁爷爷睡觉或找其他借口偷偷去听上几次。村干部多次做爷爷的工作，可他就是顽固不化。后来，村里又推荐母亲去县上参加妇女干部培训班，爷爷更是再三反对。结果，母亲终未去成。两位去参加培训的妇女归来时，胸佩大红花，骑着高头大马，十分荣光，爷爷却不屑一顾。当村党支部想发展母亲入党时，爷爷又是再三反对。村委会主任从早晨到家一直跟爷爷说到天黑，爷爷愣是不同意，愣是把母亲锁定在家庭的小圈子里，为他那永远干不完的农活当牛做马。

母亲30岁才有了我，有了我之后，母亲才有了喘息的机会。这时，父亲已从老家来到豫北小城工作，村干部和好心的邻居劝母亲去找父亲，爷爷却百般阻拦。不知村干部和好心的邻居跟爷爷费了多少口舌，爷爷才勉强同意。母亲终于像获释的囚徒，抱着我飞出了那个令人窒息的铁笼。

在那个饿死人的年代，人民公社大食堂的红薯叶稀饭、棉花叶窝头，饿得人们有气无力，直不起腰来，地里的野菜和树皮也被人们吃个精光。父亲虽说在粮食部门工作，但他的工资还得照顾老家的爷爷奶奶，照顾生病的母亲，所以，生活也不比别人好多少。为了活命，母亲拉着我，背着妹妹，扛上镢头，步行七八里地，来到朝歌（现称淇县）城西的荒石乱岗开小片荒。不知母亲抡了多少天镢头，也不知母亲从远处提了多少桶水，母亲硬是在那片坚硬的荒石乱岗上啃出了一片浓郁的绿色，一片生命的绿色！

我和妹妹上小学后，母亲开始到粮库打临时工——补麻袋。粮库离家有五里地，母亲一大早就去上班，中午还要回来给我们做饭，晚上擦黑才回来。不论刮风下雨，盛夏严冬，母亲每天都要步行往返20里。仓库的空气非常不好，破麻袋的纤维灰尘四处弥漫飞扬，我发现，母亲的鼻涕和痰里都是土。后来母亲患上支气管炎、哮喘，我想与她当年补麻袋有关。母亲一直补了十几年麻袋，直到她有了孙子，才很不情愿地丢了那份活儿。这期间，母亲还先后两次捉了两只小猪娃，精心地饲养，心想着让全家过年时能结结实实地吃上一顿肉，可两只小猪娃都是长到四五十斤时便患猪瘟死去了。母亲心疼不已，气得直掉眼泪。这不仅是对她付出的精心劳动是个打击，也是对她内心向往的美好生活是个打击啊！她并没气馁，她又利用补麻袋的间隙，为棉站钩手套。她三天两头地扛一包袱手套回来，钩好手指尖那部分后，再扛到棉站让人家验收。我常常睡醒一觉后，还见母亲在微弱的灯光下钩着艰辛，钩着希冀。补一条麻袋钩一副手套，都是分分厘厘的收入，可就是母亲这分分厘厘的收入，购买了当时的“三大件”之一——缝纫机，使全家人的生活有了起色。

母亲对我管教很严。记得儿时一次回老家，我学会了老家人一句口头语脏话，早上起床时，母亲正帮我穿衣服，我随便学说了一句，不料母亲突然照我嘴上扇了一巴掌，教训我再不能说一句脏话。那是我至今难忘的母亲给我的唯一的一巴掌。上小学时，我可能不听母亲的话，也可能犯了啥错，母亲把屋门一上（大人打小孩一般都有邻居去拦，母亲这是打消我得到救助的幻想，更增添我的害怕感），把通煤火用的火通（一米多长的有尖的铁棍）往煤火里一插，先是打屁股，问我改不改？今后还敢不敢？我虽哭却执拗不说。气急暴躁的母亲一把拔出烧得半截通红的火通逼向我，再次问我改不改？今后还敢不敢？看着热气灼灼的红火通，我吓得哇哇大哭，连说改改改，不敢了不敢了。这时母亲才软下手来，将红火通插到旁边的稀煤里，顿时吱啦啦冒起一股白烟。这时，母亲也哭了，鼻涕一把泪一把地边抹边数落着我。有时，母亲还将红火通换成红烙铁，同样使我胆战心惊，连说改改改，不敢了不敢了。

母亲对我的管教虽说“凶狠”，但给予我们更多的是善良仁慈。我一两岁时，父亲得了当时难以治愈的肺结核病，大口吐血，生命垂危。母亲夜以继日地守护在病床前，端水喂药，寸步不离。听医生说，病人得吃得好点儿，慢慢补养。母亲便用她没日没夜做针线活挣来的钱，给父亲买来白面、鸡蛋、鸡，而她却吃糠咽菜，以致身体水肿。父亲在她的悉心照料下，不仅被母亲从死亡线上拽了回来，而且身体一天比一天好，至今安然无恙，创造了那个年代的医疗奇迹。

爷爷对母亲那样的毒打，母亲却从不记恨。她当妇女队长时，夜里村干部吃加班饭，母亲却不舍得吃，端回家，叫醒爷爷让他吃下。生产队死了一匹马，村干部在煮肉时每人拿一块骨头啃，母亲却又拿着跑回家给了爷爷。别人都说母亲，他那样打你，你还这样对他。母亲却说，不管咋，他还是个老的。爷爷80多岁时，父母将他接到了豫北小城。母亲一天三顿都给他做好吃的，并亲手端给他。有时有病，母亲还一勺一勺地喂他。有时屙尿在床，母亲便擦屎刮尿，毫无怨言。爷爷常感动得热泪盈眶。我想，这热泪里也包含着对母亲的忏悔吧。

对我和妹妹也同样，母亲把最好吃的除给爷爷和父亲外，就给了我们。她总把自己置之度外。几十年来，母亲烟熏火燎为我们做一日三餐，可她却没有吃过一次头碗饭，都是打发全家老小吃饱后，她才端起饭碗。如剩的饭不多，她就清汤寡水地凑合一顿。母亲有句名言，自己吃了填坑哩，人家吃了传名哩。家里只要改善生活，母亲都要给邻居们送上一碗，哪怕自己不吃。老家的抿截、拽面、三角这些特色饭，邻居们从没有见过，更没有吃过。母亲除给邻居们送上一碗品尝外，还逐家现场演示其做法，将自己的厨艺传给邻居。

母亲从贫穷中走来，却从不贪财。她在老家当妇女干部时，曾负责看护农会收缴的地主家的金银珠宝，别人让她拿上两件戒指、手镯，她却执意不拿。在那饥肠辘辘曾有人饿死的年代，母亲在粮店门口拾到5斤全国粮票。当时这5斤全国粮票意味着可以买到十分难得的大米、白面、香油，更意味着能救人一命！母亲领着瘦弱的我，硬是等来了号啕大哭、痛不欲生的失主。

母亲，您的一生，是辛勤操劳的一生，是对这个家庭及亲朋乡邻奉献的一生。您没有轰轰烈烈的大事，却拥有令人难忘的刻骨铭心的无数小事；您没有大富大贵的财产，却拥有一颗金子般的心灵；您没有显赫一时的头衔，却拥有数亿中国劳动妇女最普通而又最伟大的称呼——母亲！您是平凡的，平凡的就像田野里的一株小草、一朵小花，顽强而又充满爱心地为我们增添着生活的色彩，为我们带来春天的温暖。而这看似的平凡，谁能说不蕴含着崇高和伟大？

母亲，您走的那天晚上，星光闪烁的天空却骤然飘起了一阵雪花，我想，那莫非是来迎接您的天使？母亲，您一路走好吧！

“晴天霹雳痛失母，灵前泪飞气梗喉。五十二年养育恩，让儿终身报不够！”母亲，儿子读给您的一首小诗，您听到了吗？

故乡行

我是故乡放飞的风筝，不管飞得再高再远，故乡永远都牵着我的心。

——题　记

老　屋

打从爷爷奶奶和二叔去世后，多年没回故乡了。清明前夕，心里对故乡的思念突如潮水般涌来，回故乡的愿望一下子是那么强烈，犹如婴幼儿向往母亲的怀抱一样。

一路风尘，我终于又踏上了久别的冀西南的故土。

这是紧挨着老村新建的一条街道，两旁是统一设计的两层小楼。我的老屋在哪里？一时如坠云雾。下车见村人，皆陌生，正如贺知章那首著名的《回乡偶书》所云："少小离家老大回，乡音未改鬓毛衰。儿童相见不相识，笑问客从何处来？"

凭着少年时的记忆，我终于找到了老屋。临街的南屋和东屋已塌了，如鬼子扫荡后的断壁残垣。西屋和堂屋是20世纪50年代盖的，因长期无人居住，也显得老态龙钟、破旧不堪。屋内灰尘很厚，除堂屋靠北墙斜放着六七根约两丈长的红松梁檩和三个破烂的衣柜（其中的几床铺盖已不翼而飞）以及原来盛放粮食的缸、瓦罐，其他物品（包括三个炕前煤火中的炉支）均已不知去向。

老屋空空如也，不空的是我的心灵。我仿佛看到被生活的重担压得驼如老式步犁的爷爷坐在炕沿儿，手指敲着二郎腿上的膝盖，眯着眼儿，微扬着头，哼着平调落子，消除着一天的疲劳；仿佛看到奶奶颠着小脚在堂屋与南屋的厨房间穿梭，复制着一锅锅红薯、玉茭面窝头、抿截和稀得照人的米汤；仿佛看到袒胸光脊的鳏居二叔放下锄头，坐在屋前的石板上吸着廉价的烟，然后在院子角落极简陋的火上，点着从地里带来的柴火，做着自己、旁人笑话的饭菜……火红的石榴花和粉粉的夹竹桃花也荡然无存了，那只常在房檐踱步的蹿上蹿下的老猫也无影无踪了。只有一棵还未绽绿的老桐树，伸着干枯如爷爷奶奶手指的枝丫，诉说着岁月的无情和无奈。

走出老屋，只见东邻一老妪呆坐在门前的石阶上，我上前打招呼，方知将九十高龄的她眼已看不见了。我的脑海里不禁浮现出她当年老实本分、和善可亲的模样，浮现出她的丈夫和西邻一女人私奔后，她带着一双儿女与苦涩的生活抗争的情景……四周静悄悄的，大多人家已搬到了村边的新居，这里已成了和许多农村类似的“空心村”。

逝者如斯！昔日鲜活的一切转眼已消逝在岁月的长河中。我和80多岁的老父亲及妻儿默然无语，在废墟前留下了一张张永恒。

废墟前已放了白线，一条崭新的街道正将伸展，伸展出勃勃生气，伸展出新的希冀……

上　坟

离开老屋，我向村北边的祖坟走去。

村北边是村里唯一平展的数百亩的水浇地，其他的便都是靠天收的丘陵岗洼地了。上初中时，每逢放假，我都要回到故乡，和乡亲们在这块土地上挥汗如雨地学大寨，给爷爷挣上几个不值钱的工分。原因在于一是对故乡的思恋，二是学校要求学生必须到农村参加劳动，开学时，还要把村里开的参加劳动的证明带来。那时，披着星星到地里，干到日上三竿时，坐在地头吃专人送来的各家各户准备的窝头米汤。午饭回家还没歇上一会儿，便又在队长的钟声和粗喉大嗓中扛起家伙下地了。直干到又见星星时，方才疲惫地回到家中。

如今村人清闲多了，耕地越来越少，就那么点责任田，一年忙不了多少天，所以外出打工的越来越多了。像生产队那样的穷忙，恐怕是一去不复返了。

从一排两层小楼间留出的农耕路穿过，便看到了那不知养育了多少代人也洒下我不少汗水的土地。意外的是，一条隆起数米高，二三里长的黄土垄，横亘在这片土地中央，使本来看上去很辽阔的土地一下子缩小了许多。黄土垄上有人舞动着劳动工具，有几辆布满黄土的工程车缓慢地来往。我莫名地问乡亲，原来是正建的青（岛）兰（州）高速。

现代化的发展确实改变了人们的生活，但也失去了不少珍贵的不可复得的东西。凡事有得有失，只要得多失少，该失去的也只有忍痛割爱了。

地里的坟头稀稀疏疏，有几家正烧着纸钱；有一家已接近尾声放起了鞭炮；近处一家正在培起新土的坟前立碑；还有一家明显是城里打扮的男女正朝一坟头走去。

哪里是我家的祖坟呢？凭着多年前的印象，我判断出眼前这座即是。但为谨慎起见，还是等家安在三婶娘家的三叔来到最好。万一上错坟，岂不孝心未尽，白跑一趟？

跟三叔约定10点前到，可11点多三叔还未到。因还要赶往外村看望久病的大妗，我向正立碑的满脸白胡茬的老者求证，这可是我家祖坟？老者听我报上爷爷二叔的名讳，竟喊出了我的乳名，说我小的时候常领我玩。我使劲在记忆的深处搜寻，却始终是盲区。老者仔细端详着我指的坟头，说可能是，但不是一个生产队的，不敢肯定。忽然，他发现远处一人荷锄回村，说他和爷爷都是二队的，忙喊住让他停下。我一听他喊的名字，竟是我童时的伙伴。我忙跑上前去，结果他也弄不清楚。他早已在镇信用社上班，也不常回家。

不能再等了，我相信我的判断，就在这烧吧。为防止弄错，我和妻在坟头两米处画了一个圈儿，在圈儿内点着了纸钱，喊亲人快来拿钱。这样，即使坟头错了，纸钱也不会让别的神灵拿走。老者也如是说。其实这都是“精神胜利法”，自我安慰而已。

“万恶淫为首，论迹不论心，论心自古无完人；百行孝为先，论心不论迹，论迹贫家无孝子。”上坟祭祖或因故不能前往，关键是要有一颗感恩的孝心。

迷　路

烧完纸钱，放了一挂鞭炮，便匆匆向大妗的村赶。姥爷、姥姥、大舅、二舅、二妗早已先后去世，只剩下拖着病体的大妗，怎能不去看望一下呢！

大妗的村其实不远，只有五里地。过去是走一路布满鹅卵石的河滩，如今已是沿着河滩边新修的平坦的柏油路了。刚才乡亲说，拐上西去的柏油路没多远再左转，有路牌。我紧盯着左转的路口，却始终不见路牌，唯有一条左转的路口，也是一高悬着某煤化有限公司的大门。司机说是不是这儿？我果断地说不是。

车继续沿着河滩边平坦的柏油路快速向前，却仍不见路牌。大妗的村就在河滩边，我想总会走到的。可这时我发现，近处已出现了不高的山脉，且已绕到了山脉的侧后面。而大妗的村前是没有这样的山脉的。我忙让司机停车，下车一问，竟已跑过了数十千米！

无奈，只好沮丧地调头。这下再不敢贸然而行，走走停停，终于问清了路，原来那煤化有限公司的大门就是通往大妗村的路！真把人迷糊得干急干气啊！这起码是一条县道，公路部门怎么就不能在路口设一路标呢！

瞎子摸象似的摸到大妗家，已12点多了，害得表弟在村口等了多时也没等上。向大妗说明原委，大妗说，还是来得少。

是呵，亲戚常互相走动，才越走越亲。不常走动，甚至不走动（特别远，不方便的另当别论），不仅亲情淡薄，慢慢连路、连门也都认不清了。

相　聚

在大妗家吃过午饭，便往三叔家赶，谁知也颇费一番周折。

我给先到的姑表弟打了几次电话，才在古老狭窄的镇街上见面，由他指引着向三叔家走去。一道道胡同勉强能进车，司机有些为难地小心翼翼开了进去。

这次回乡，一是上坟，二是看望大妗，三就是让父亲和老弟老妹见个面，团聚团聚。

父亲十几岁就到东北药铺当学徒，后又参加工作，几十年一直在外，和弟弟妹妹相见很少。如今父亲已八十有五，虽耳不聋眼不花，但步履蹒跚，且患老年痴呆，刚说过的话、刚吃过的饭、刚办过的事，随即不知所以。父亲兄妹四人，父亲排行老大，鳏居的二叔于多年前去世，姑姑和三叔都已年过古稀。

姑表弟已事先将姑姑接到了这里。父亲看到弟弟妹妹后，脸上不禁露出惊喜。妻让父亲说他们是谁？父亲只是笑着看看这个看看那个，竟说不出弟弟妹妹的名字，只说很熟悉，想不起来了。三叔的泪夺眶而出，捂住眼起身朝屋里走去。姑姑的眼里也含满了泪。一奶同胞、手足之情，看着他们的大哥如此这般，岂不黯然神伤？

岁月沧桑，几十年弹指而过。昨天还活蹦乱跳地玩着流传了不知多少年的游戏，像初升的太阳一样激情四射，今天却已老态龙钟，夕阳西下。岁月真是一把无情的剑，随便挥那么几下，就挥去了人的童年、少年、青年、中年、老年。谁能遏住岁月的无情利剑？

天色已晚，还要赶路，姑姑和三叔搀扶他们的大哥登上了车。姑姑和三叔的泪顺颊而下，车行已远，还久久地站在那里，宛如雕塑……

下次相聚，不知到何时？

场

生产队时，每个村庄的不远处都有一个场，方圆数十米大，非常的平光。每年“夜来南风起，小麦覆垄黄”，“吃杯茶”在一片金黄的上空亮相放歌时，队长就安排使牲口的老把式碾场。老把式套上牲口，拉上石磙（石磙后还拖着一把扫帚），就一遍又一遍地反复在已耙平的土地上碾来碾去，划着大圆小圆。为增强场的平光度和硬度，还不时往地上洒些水。洒水后为避免湿土粘石磙，又撒上些麦糠。在看似很悠然很好玩的情景下，光溜溜的场便碾好了。只等着开镰后，金黄的麦子闪亮登场了。

从这开始，场便成了孩子们的游乐场。（用纸叠的方形“面包”）摔面包的，推圈儿（铁环）的，当“老和尚受罪”的（类似跳鞍马），在月光下玩“星星过月”的，每天都像小鸟似的自由飞翔，尽情玩乐。那时的书包没有现在重，那时的作业没有现在多，那时也没有比场更大更平光的地方。

麦子进场后，经过晾晒，经过老把式赶着拉石磙的牲口，像碾场时划圆那样的碾压，经过天女散花般的扬场，便被装进一条条布袋，除交公粮、卖余粮外，按人头分到各家各户。分粮时的场面很热闹，噼里啪啦拨拉算盘的、过磅的、说年景好的、互相打趣的、兄弟辈儿逗嫂子辈儿的，叽叽喳喳，如同大清早房檐的麻雀。清场的最后一道工序是垛麦秸垛。垛麦秸垛的都是有经验的老农，人们用桑杈将麦秸一杈杈送到他们身旁，他们迅速将麦秸按圆柱体往起垛，垛到最上边，呈斗笠状，抹上一层黄泥防风防雨便妥。

麦秸的用处很多。除喂牲口外，可用来和泥、套煤火、垛墙，以增强韧性，还可抓几把放到母鸡嬔蛋的窝里，以防嬔出的蛋碰破。谁家的煤火灭了，还可抓几把用来引火，麦秸易燃，要不形容谁的脾气暴躁说是麦秸火呢。

使用麦秸时，麦秸垛被掏出了一个个洞，这下可成了孩子们玩乐的好地方。他们在掏出的麦秸上惬意地翻跟头、摔跤，在洞里钻来钻去，玩得汗流满面。孩子们上学后，这里又成了麻雀的乐园，麦秸里散落的麦子，成为麻雀们最好的盘中餐。晚上的麦秸垛，更是氤氲着甜蜜、幸福，柔软如席梦思的麦秸，成了恋人或相好者的爱的温床。当然，偶尔也会成为流浪者或要饭的在此过夜的最好选择。

金风送来秋天，又把玉米、谷子、大豆、绿豆、芝麻、红薯等送进了场。偌大的场宛如金碧辉煌的音乐大厅，这边剥着玉米，那边剥着芝麻，东边碾着谷子，西边碾着豆秧。每一种劳作都是一首辛勤的歌，每一种劳作都伴着“穷开心”的欢声笑语。如同麦收，交交公粮，卖卖所谓的余粮，真正分到老百姓手里的粮食却所剩不多，只有“瓜菜代”，只有红薯汤、红薯馍，离了红薯不能活。

秋粮归仓后，场里又垛起了高如小山的玉米、谷子的秸秆垛，它们和麦秸垛一样，成为牲口过冬的饲料。当然，也有人为省煤将玉米秸秆抃去烧火做饭；也有人将谷子秸秆（俗称干草）抃去铺床或炕，作为漫长冬季的最好的床垫；也有饲养员将干草编织成草帘子，挂在饲养员和牲口棚的门上，抵挡着寒风的侵袭。干草垛里难免有散落的谷子，上面常常落满了成群欢喜的麻雀，它们带着饱餐后的兴奋，追逐、欢闹，为乡村寂寥的冬日增添了一份活力，也为乡村手持弹弓或像鲁迅笔下支筛子逮鸟的闰土的孩子们，增添了一份欢乐。

随着生产队的解散，场也从人们的视线中消失了。实行联产承包责任制的农民，不可能每家每户碾一个场，无奈地将公路边、村街旁、房顶上作为临时的场。虽不见了生产队时场里的热闹场面，但充足的大米、白面成了农民的主食，过去以黄窝头、红薯为主食的时代一去不复返了。上千年的皇粮国税的减免，更使祖祖辈辈面朝黄土背朝天的农民直起了腰，露出了舒心开怀的微笑。

没有了场，没有了牲口，麦秸垛和玉米谷子的秸秆垛也不复存在了。随着生活方式的改变和生活水平的提高，没有人再用麦秸引火、套煤火、和泥垛墙，也没有人再用秸秆烧火做饭，用干草铺床。倒是乡村的孩子们失去了可以充分发挥天性的天然乐园，麻雀们失去了冬季觅食、欢乐的最好去处。

老牛的根雕

根雕是以具备基本艺术形象的树根或树身、树瘤、竹根等自然形态为素材，通过艺术构思、想象立意、艺术加工及工艺处理而创作出的艺术作品。也称“根艺”或“根的艺术”。

根雕的历史非常悠久，从原始社会用木锄松土，到公元前两千五百多年少昊时期的雕刻木像，再到商周时期造木人等木雕作品，我们的祖先就开始了根雕的制作。1982 年，湖北江陵马山一号楚墓出土了战国时代的根雕作品“辟邪”，这尊镇墓兽，自然形态和人工雕琢巧妙结合，虎头龙身，四足还雕有蛇、雀、蛙、蝉等小动物的形象，颇具动感，充分显示了两千多年前我国古代根雕艺术的水平。

在县文联供职期间，我曾组织了多次根雕展，接触了全县几十位根雕作者，其中一位家居太行山深处的作者特别令我刮目相看。他姓牛，今年已六十有二。老牛自幼爱画画，20 世纪 90 年代初，他带上自己的习作翻山越岭到县文化馆求教，一位搞美术的副馆长接待了他。副馆长对他的习作作了指导后说，山里的根雕资源非常丰富，你可以搞些根雕作品。老牛带着副馆长的建议和给他的《中国根艺》杂志回到家，一下子便迷上了根雕艺术。

根雕创作不仅是一项充满想象的脑力劳动，也是一项艰苦的体力劳动，从选材、造型到构思、制作，需要少则数天多则一年半载甚至更长的时间方可完成。选材是根雕创作的第一步。根雕用材必须选择材质坚硬、木质细腻、木性稳定、不易龟裂变形、不蛀不朽能长久保存的树种。而生长在太行深山区的根材，很多是顽强生存下来的，有的背阳生长，有的生长在悬崖峭壁或石缝中，或经雷劈、火烧、蚁蚀，或经山石挤压、刀砍人踩，加之光照不足缺土少水，自然变形奇特，时间越久，材质越坚硬，造型也越奇崛遒劲，更是根雕创作的理想用材。

老牛每天一干完地里的农活儿，就四处寻找有艺术价值的树根（老牛称“树疙瘩”）。每发现一个，他都像小时候过年时在鞭炮的碎屑中发现一个落捻儿炮一样高兴。许多树根都长在悬崖峭壁或石缝间，有的甚至需要用炮崩。老牛抱着对艺术的执着追求，常常冒着危险刨下一个个树根，扛回家中。老牛将树根造型的选择标准概括为“稀、奇、古、怪”四种类型，尽量地保护自然之形和自然之美。这些树根，有的一目了然，马上可以看出形似什么，即可确定创作主题，但这种情况不多，多数树根都需要多角度的全面观察，反复揣摩，依形度势，有的甚至需要搁置一段时间再去观察、揣摩，经过反复推敲、深思熟虑后，才能得到意外的收获。主题确定后，接着就是制作阶段。“三分人工，七分天成”，这是根雕制作的一般规律。老牛首先巧妙地利用根的自然形态美，尽最大可能地利用一枝、一须、一洞、一节、一疤、一个纹理、一种色泽、一种态势，充分体现作品的天然特点和自然神韵，然后再进行取舍、雕琢、磨制等一系列精细的加工，尽量地将人为艺术再创造的痕迹藏于不露之中，使“稀、奇、古、怪”的自然美与巧妙的人工美浑然一体。

功夫不负有心人。一个个树根在老牛的手中变成了各种活灵活现、栩栩如生的人物、动物、飞禽……有老寿星、和平鸽、雄鸡、狐狸、虎、牛，有口中含着一颗小石子的红红的鲤鱼，还有柿树根制作的“河南工艺品”几个曲折有致的字……老牛和他的根雕照片还上了《人民日报》呢！

地谷岭

登上朝阳寺的山顶，已累得腿酸气喘。就地躺下，掐根草嚼在嘴里，仰望着蓝天白云，又遥望着北边尖山腰蠕动的一对儿男女。因山高距离远，只能从衣着、体态轮廓上分辨出那对儿男女，猜想着可能是情人，只有情人，才有这么大的劲头，几步一歇地在午后的阳光下向山尖上攀登。南面是起伏的山峦。贾君说，地谷岭就在南面，只有一个老头在那住。离这远吗？不远。我不禁好奇地心向往之，提议即刻前往。其他三人也纷纷响应。

贾君只来过一次，只有一尺多宽且时断时续的羊肠小道，已记不清楚，只好向导着大致的方向。说是不远，却蛇行了两三个如瘪塌的馒头似的小山。一群山羊在西边的山坡上散漫地吃草，几十匹没有笼头的马在东边的山坡上悠闲地甩着尾巴。眼前的柳树下是一边缘不规则的天然的石坑，石坑内是一汪浑浊的水，水边及周围布满了软枣似的羊粪蛋。看来这是羊马们的饮水池了。贾君说，过去没有从下面引水时，他们就吃这水，或者到十里外去挑水。几年前，主人在一数十丈的深涧发现了水源，头脑灵活的老大到城里买来电线、水泵、水管，解决了吃水难的问题。当然，首先得解决电的问题。那是在驴友的指点下，老大购买了风力发电装置，不仅解决了吃水难的问题，也解决了照明的问题看上了卫星电视。

不远处突然响起狗吠声，循声而去，便来到了只有一个人的山村。这完全不是印象中的村庄，一个露天的羊膻味儿浓烈的羊圈，两座不知盖了多少年的低矮的石屋，屋前一片小院，即构成了一个国家行政区划编制中的自然村。主人不在屋，在南面的场里，见到了主人。主人姓徐，65 岁，平头，头发花白。他正在老大、老三和媳妇的帮助下晒玉米棒子。四个儿子都早已搬到山外，他们让父亲也搬下山住，父亲却故土难离，坚守着清朝时太爷留下的这份家业，坚守着太爷太奶爷爷奶奶父亲母亲和老伴的坟墓，坚守着这片“世外桃源”。这几年父亲上了年纪，儿子们怕农忙时父亲干不动，就上山来帮忙。

老徐种有十亩地，全是靠天收。因能力所限，还有十几亩荒着。老徐种的都是无公害的绿色食品，夏季的小麦人家跟他签合同，3.5 元一斤，而山下的小麦一斤只能卖 1 元左右。场里正晒着的几千斤玉米棒子，除了驴友们订购、自己吃，还要作冬季三个月羊的饲料。老徐养了 400 多只羊，每只羊每天清早要喂三两玉米。有人给老徐 30 万元买那 400 多只羊，老徐不卖。一只平均按 1000 元计算，那是 40 多万元。老徐还养了 30 多匹马，一匹按 5000 元算（还可能卖到七八千元），那又是 15 万元。如今交通工具、地里农活基本不再用马，谁买马干什么呢？原来，买马者是买马来宰杀，以马肉充牛肉卖（牛肉的价格正在飞涨）。过去常说挂羊头卖狗肉，现在却又增添了挂牛头卖马肉，我说怎么市面上从来没听说谁卖马肉，怎么有时吃的牛肉不像牛肉！我问老徐，那你为什么不养牛养驴呢？天上龙肉，地上驴肉嘛。老徐说，牛不耐冻，冬天得在棚里养，驴光往山下跑，而马很安生，既不乱跑，也不怕冻，四季都不用管。

老徐还有些柿树、花椒树，可惜柿树正挂果时，突遭一场春雪袭击，致柿子今年绝收。不过，就是收成好，也不一定去摘、去卖。这些年，山区的柿子很少有人摘了去卖，一是能上树摘的人大多外出打工了；二是上树摘一天上县城卖一天，远不如去打一天工挣得多；三是上树摘有危险，常有摔死或摔伤者。这倒便宜了到山区游玩的城里人，分文不用掏，连吃带拿，大过一次柿子瘾。

天色渐晚，我们决定住下。老徐搞了三个蒙古包，不时接待慕名而来的驴友。去看蒙古包时，发现坡下有一蓝顶简易房。原来，郑州户外运动爱好者刘某今春到此一游后，相中了这里，征得老徐同意，便在此居住下来。他“采菊东篱下”，种了一片菜地，并从林州高山上引来适应山上气候的 48 只品种羊，还养了三只鹅，两条狗。两条狗系一窝所生，性情却大

相径庭。一条很听话，还会拦羊，而另一条不仅不听话，还又咬鹅又咬羊，甚至把羊逼到悬崖上。刚才这狗又咬鹅咬羊时，刘某怒火冲冠，举起锄头照狗头猛夯三下，直夯得奄奄一息。来看望他的妻女得知，潸然泪下。

刘某40多岁，平头，一副憨厚的样子，做事也憨厚。他种的一片菜地从不浇水，靠天收。他吃的水是老徐用电从深涧抽上来的，不容易，所以他不想再用老徐的水浇地。他总怕老徐吃亏，对不住老徐，就常买些物品送给老徐，保持心理平衡。刘某还在网上介绍老徐和他的“世外桃源”，提高老徐的知名度。驴友闻讯，不时前来，使老徐的蒙古包和农家饭菜也有了一些收入。

夜的帷幕合上了，石屋内外的灯泡亮起了昏黄的光。老徐将小方桌搬到院里，刘某已下到厨房亲自掌勺。不一会儿，便陆续端上了四个菜：腊肉炒干豆角，洋葱炒笨鸡蛋，炒红薯梗，炒丝瓜。笨鸡蛋是老徐散养的鸡刚嬎的，红薯梗是刚从地里薅的，丝瓜是刚从架上摘的，真是又新鲜又绿色。一瓶陶蒸酒打开，酒香伴着菜香，早已使人垂涎欲滴。我们邀刘某入座，边饮边谈了起来。刘某曾在郑州一家杂志社工作，说是厌烦了城市的喧嚣，来此修身养性。他的妻子也同意。妻子每逢女儿学校放假，就携女儿来看他。说话间，饭已端上，玉米面红薯粥。红薯是刚从地里刨的，又面又甜。

酒足饭饱，我们来到场里，或坐在白天摊晒的金黄的玉米上，或躺在软软的草堆上，闻着玉米的馨香和淡淡的草香，听着秋虫鸣唱，遥望着天上的繁星，遥望着山下十几里外县城的灯火，畅谈着城市的拥堵喧嚣、田园风光的美丽宜人、不断消失的村庄、日渐增多的雾霾、转基因……窦君还浪漫地提议，来此举办金秋诗会。

下弦月斜躺着，似乎已进入梦乡。打个哈欠，舒舒懒腰，刘某和老大打开手电筒，引我们朝蒙古包走去。万籁俱寂，欲睡，山风却呼呼响起，吹得蒙古包外层的布簌簌作响，加之邻床的鼾声，一时难以入睡。后来迷迷糊糊睡着，却又不时被响声乱醒。后半夜到包外小解，下弦月已睡得更香，整个大山静谧无声，只有满天星星向我眨着不知疲倦的眼睛，只有习习山风像婴儿的小手轻轻抚摸着我。

清晨起床至包外，纯净清新的空气仿佛用山泉淘洗过，我不觉贪婪地深吸一口。坡下不远是刘某的羊圈，48 只绵羊吃得膘肥体壮，惊奇地看着我们咩咩着。三只鹅在一旁向我们引颈高歌，听话的那只狗在远处玩耍，昨天差点儿被打死的狗，被戴上了铁链拴在那里。这狗看上去就不和善，两眼阴森，露着凶光，此时却趴在那里，连汪汪的劲也没了。刘某已给它打了一针消炎针，看来狗命无碍，但不知恶习是否能改。

行至悬崖边，是老徐和老大自制的往山上山下运送物资的牵引机。一台柴油机，一根竖着的对把粗的顶端装有滑轮的铁杆，一根 500 多米长的钢丝通过滑轮斜伸向山下，载物的是几块钉好的木板，四周毫无遮拦。顺钢丝往下看去，真是望而生畏，而老大却敢乘坐而下。刘某当时对他说太危险，老大却毫不在乎，执意让刘某操作，运送他下山。我等不禁唏嘘，就是借几个胆也不敢啊！

悬崖边旁边是通向山下的羊肠小道，比来时的路要近许多，但曲折蜿蜒，陡峭险峻。这是老徐一家不知多少年踏出来的路。

村　戏

土戏台一搭，孩子们便过年似的高兴，匆匆掂来小凳，慌慌搬来砖头，一会儿，便占满了“座儿”。卖江米蛋儿的来了，卖糖葫芦的来了，炸油条的也来了。小村沸腾了！锣鼓敲打着兴奋，丝竹演奏着舒畅，喉咙里便飞出一串串甜润……老人们醉了，将脸笑成了墨菊；孩子们鱼儿似的，在人群中蹿来蹿去；香喷喷的姑娘和小伙子眉来眼去，有的干脆骑上车，双双走向小河边，或是青纱帐……

星星眨眨眼，笑了；月亮一抿嘴儿，也笑了……小村像吃了蜜。

庙　会

乡村的庙会，是那么热闹，电喇叭声嘶竭力的叫卖声，姑娘小媳妇银铃般的笑声，露天戏台上的锣鼓声，牲口市上骡马牛羊的叫声，组成一部浓郁的乡村交响乐，在金风中飘荡，在一颗颗甜蜜的心中飘荡。

乡村的庙会，是那么五彩缤纷，赤橙黄绿青蓝紫，在一个个摊位上让人眼花缭乱；赤橙黄绿青蓝紫，使小街骤然变成一条彩色的河。彩色的姑娘，彩色的小伙儿，在彩色的河中变成一朵朵彩色的浪花，欢腾着，奔腾着，装扮着彩色的生活。

暮色中，彩色的河流向四面八方，茫茫的田野上，回响着一首首幸福的歌……

摘棉姑娘

走在铺满野花的田埂上，我看见了弯腰摘棉的她。红红上衣，黑黑秀发，朵朵棉花围着她，她真像那艳丽的花蕊！

飘洒的秀发遮着她白里透红的脸庞，两只灵巧的小手采摘着一朵朵纯洁。她直起腰，撩一下秀发，两只明亮的眸子里流出一股青春的羞涩。

她又弯下柔软的腰，采摘着憧憬，采摘着明天……

冬日田野

桐树叶落了，白杨树叶也落了。只有柳树的枝头，还挂着不愿离去的金黄。

彩色的蝴蝶藏起来了，千姿百态的小野花也藏起来了。只有小小麦苗在广袤的豫北平原上顶着寒风，吐出一片嫩绿。只有大白菜在凋零的菜园，献出一颗诚实的心。

冬日的田野，是夏日粗犷的男子汉裸露着坦荡的心胸；冬日的田野，是冷静的诗人酝酿着一首春天的诗；冬日的田野，是喜悦的孕妇孕育着成熟，孕育着绿色的生命。

乡间小路

柏油抹去了小路脸上的皱纹，小路突然变得年轻了。

伴随小路歌唱的，不再是独轮车“吱扭儿，吱扭儿”单调而乏味的音响；不再是老牛拉着破车，时而“哞——”地叫上两声；不再是脸上盛开墨菊的老把式甩上两声清脆的响鞭；不再是大闺女小媳妇哼唱着“公社是棵长青藤……”

伴随小路歌唱的，是拖拉机粗犷浑厚的喉咙；是汽车清脆悦耳的笛声；是骑“电驴”的小伙子载着花枝招展的大姑娘爽朗的笑声；是月光下一对对情人甜美而动人的歌声……

相　思

相思是从《诗经》中扯出的一缕情丝，在淇水之滨的窈窕淑女、好逑君子间缠绕。

相思是从唐诗宋词中发出的几枝红豆，让痴情男女多多采撷。

相思是一种甜蜜，生活中有了相思，精神便有了寄托，灵魂便有了归宿，笑便挂在了眉梢儿，喉咙里便飞出一串串蜜枣般的流行音乐。

相思也是一种痛苦，“日夜思君不见君”，“这次第，怎一个愁字了得”！饭菜便没有了滋味，睡眠便没有了安宁，心便飞越了时空，飞到另一个人的梦中。

相思也是一种力量，心里有了他（她），便如刚蓄满电的电瓶，前方的路便远离了黑暗，充满了光明。心里有了他（她），便像上足发条的座钟，在人生的轨道上拼搏不停。

失　恋

失恋，是扬扬得意时给你的一记响亮的耳光；失恋，是回味甜蜜时给你的一杯黄连；失恋，是霎时间刮起的天昏地暗；失恋，是骤然间掉进了万丈深渊。

失恋时，生活失去了色彩；失恋时，一切都心灰意懒；失恋时，将酒杯搿得一干再干；失恋时，把香烟抽得如飘云间；失恋时，自己折磨自己，情愿生病，情愿流血，情愿把自己玩完！这一切又都想传到她的耳边，还企图求得她的可怜。其实，这一切都是枉然。

走出失恋，生活才会丰富多彩；走出失恋，才感到天阔地宽；走出失恋，才知道天涯何处无芳草；走出失恋，才能走向烂漫的春天。

回娘家

割罢麦，打罢场，谁家的闺女不瞧娘。

洗去五月的汗水，搽上洁白的珍珠霜，镜子里一朵牡丹含笑开放。男人摸摸刮光的下巴，笑了：“今儿个，你跟那电视里的美人一样！”女儿爬到妈妈身上，小手摸着“牡丹”：“妈妈真香、真漂亮！”

男人打开车门，装上麻烫、糖糕，还有牛奶、饮料，再加一颗颗甜蜜的心。

乡间柏油路上，洒下一路欢快的小曲儿，洒下一路舒心的笑声……

乡村小景

一

玉米是碧波万顷的大海，棉花是洁白的浪花，村庄是大海中的小岛。一条泛光的柏油路，蛇样伸向小岛。

二

太阳睁开惺忪的眼睛，西边的残月还不肯退去。一只红公鸡跃上墙头，挺胸昂头，声声叫着清晨。

家家户户的门“吱扭儿”响了，随即，一个个哈欠里飘荡着昨夜的甜蜜。

小村醒来了，村街霎时响起了浑厚的叫卖声：“谁要肉——”“换馍——”“豆腐——”

炸油条的一声不吭，油香却早已飘入家家户户……

三

迎亲队伍进村了！大喇叭唱着喜庆，唢呐吹奏着鸟鸣，鞭炮甩出一串串爽朗的笑声。

红红新娘走下面包车，似火、似霞，染红了小村，燃亮了小村几百双眼睛。

嫁妆抬下来了，彩电、沙发、组合柜，还有与新娘朝夕相伴的缝纫机。突然，一群后生把新郎新娘推到一起，用红线吊下一块糖，让新郎新娘各咬去一半甜蜜。

喜鹊拍拍翅，笑了；

蝴蝶翩翩舞，醉了；

新娘红红脸，羞了……

四

淇河从《诗经》中走来，平静温柔，宛若淑女。

一叶扁舟缓缓划来，船头的鱼鹰倏地钻入水中，须臾便衔出一条条渔翁脸上的笑纹。

岸边一匹白色骏马，悠闲地领着小马驹嚼着香甜。红红连衣裙躺卧在垂柳下青青的草上，看着手中的英语课本，樱桃小嘴儿里便流出淙淙的声响。

五

彩灯亮了，舞曲响了。齐整整的小伙子来了，香喷喷的大姑娘来了。宽敞的舞厅涨满了春的气息。

手中不再握着锄把，手中不再握着苦涩。你握住我的手，我握住你的手，手中传递着滚烫的青春热流。

彩灯将小村变成了彩色，舞曲打破了小村沉淀的寂寞。

啊！乡村在旋转，乡村在跳跃……

苦涩的压岁钱

在那“宁长社会主义的草，不长资本主义的苗”的贫穷年代里，过年时能得到父母的几元压岁钱，真比拾到了一挂鞭炮还高兴。

刚上初中的房东的儿子就是这样，拿到他的整天面朝黄土背朝天的父亲给他的5元钱时，笑得比春日的阳光还灿烂。他把那崭新的带着油墨香的5元钱宝贝似的拿在手里，抖动出咯喳喳的响声，让这个听听，让那个听听，还把这“割耳朵票”小心地放到耳朵上做割状。

因我家租住的两间房子太小，我和房东的儿子睡在一间低矮的小屋里。他在床边睡，我在里边靠墙睡。那天夜里，房东的儿子拿着那5元钱仍欣喜不已，仍将那5元钱抖动得咯喳喳响。最后，他将那5元钱折叠起来攥在手中，香甜地进入了梦乡。

第二天我和他起床后，他忽然发现那5元钱不见了！他立即像找鸡毛信一样心急火燎地找了起来。我也忙帮他抖被子、抖床单、翻枕头、翻席子、翻席子下面铺的干草，然后又钻到床下找，可翻了个遍，也没见那5元钱。那5元钱到底哪去了？

房东的儿子哭了，哭得很伤心。我也在一旁陪着他难受。

房东大叔过来了，他一听儿子那5元钱掉了，顿时火冒三丈怒发冲冠：“那是叫你开学交学费哩，你咋把它掉了？你咋没把你掉了？×恁娘！……”说着，一巴掌朝儿子的脸上扇去，随之又将儿子踹倒在地，并又踢上两脚。房东大娘和我母亲闻声赶来，才将房东大叔劝到了一边。我忙将房东儿子拉起，又去拾他掉在一旁的鞋。这时，我突然发现他那新棉鞋里有5元钱！我随即惊喜地喊道：“钱在这儿！钱在这儿！”房东儿子一把将钱抢到手里，迅速展开，两手又抖动出咯喳喳的响声，他那挂满泪水的脸上霎时又露出了笑容。

我们分析，肯定是他攥着钱睡着后，掉到鞋里的。早上起床穿鞋时，他也没留意，加上毛线袜子厚，紧接着又急着找钱，便发生了这苦涩的一幕。

近日见到早已发福的房东儿子，提起这事，他哈哈大笑：“现在别说掉5元，就是掉50元也没啥。”

他早已是一家粮食加工厂的厂长了。

磨　炼

上山下乡运动转眼已30周年了。我那一段铭心难忘的知青生活，时时像一盘影碟展现在我心灵的屏幕上。

那是一个乍暖还寒的日子，城关派出所的户籍警来到学校现场办公，注销了我们的城市户口，并注明迁往远离县城的淇县庙口公社青年农场。于是，我们在敲锣打鼓的欢送下，高举红旗踏上了走向广阔天地的第一步。

农场是专门为我们这40来名知青建的，百余亩土地是专门从附近3个村划来的没上过肥料的“卫生地”。一群十六七、十八九岁的男孩女孩便在这里发誓，扎根农村干一辈子革命。

那时，我们很好奇；那时，我们少年不识愁滋味；那时，我们被革命的光环包裹；那时，天很蓝地很阔；那时，“山沟里空气好，实在新鲜”。

欣赏完稀疏瘦弱的麦苗，欣赏完路边田埂上娇小的野花，欣赏完门前一条二尺宽的低吟浅唱的小渠，欣赏完房后干涸的河滩里裸露的大大小小的鹅卵石，我们的好奇心渐渐消失了。艰苦生活的磨炼正一步步地向我们走来。

割麦，手上磨出了泡；扛包，100 来千克压弯了腰；锄地，汗滴禾下土……对我磨炼印象最深的，要算打井和上山采石了。

门前的小渠不总是低吟浅唱，说不清什么时候就断流了。那是我们唯一的水源，一断流就得到几里外的村里绞半天辘轳往回拉水。于是，我们决定打井。在一位贫农代表的带领下，我和几个体格健壮的同学争取到了打井的光荣任务。

井下只能容一人挥舞铁镐，我们便轮流作业。开始还觉得好玩，随着井越打越深，劳动强度越来越大，危险也越来越大。湿漉漉的井壁上不时往下掉鹅卵石，有时还有小小的塌方。为防止砸伤人，我们想出一个土办法，用一块厚木板斜支在井壁上。打到十几米深时，土越来越湿，攥一把能攥出水来。当我一镐下去突然发现一个汩汩的小泉眼时，竟激动地朝上喊：“出水了！出水了！”为打出更多更多的泉眼，我们轮流在泥水里继续打，一个个都成了泥人。我的手不小心划破了，坚持轻伤不下火线；感冒了，仍坚定打井的信念。我在 1974 年 7 月 22 日的日记中写道：“井还继续往下打，水不断往上冒，从井下上来，浑身上下净是泥。不小心碰了手一下，后来上井的时候才发现流血了。包扎后，卫生员说不能让水毒了。这不是不让我下井吗？不行，不打好井绝不罢休！”23 日的日记中这样写道：“昨天晚上感冒了。坚决下井！这是我心里一个坚定的信念。下井干了一会儿，手上的伤口又流血了。是上还是继续干呢？干！这点儿血算得了什么？革命先烈为了后代的幸福流了多少血

呢！他们把生命都献给革命事业了啊！”

上山采石是在初冬时节。为给农场搞点经济收入，我们二组一帮壮汉拉着几辆装满粮草的平车，步行10多千米，来到太行山下的公社石渣厂。我们的具体活儿就是在山上打眼儿放炮，崩下大块石头后，再抡锤夯成人头大小，然后装上平车，拉到山下过磅后，倒进噪声震天、石粉弥漫的碎石机的大嘴里。我的日记里记下了这段生活——

“我们二组马上就要上山搞副业。上山是艰苦的，共青团员就是要吃大苦、流大汗，为普及大寨县而奋斗。哪里有艰苦，哪里就要有共青团员！上山是危险的，为革命奉献出自己的青春，是一个共青团员的自豪！”

“第一次点炮，心情真有点紧张，火柴刚划着，我一扔火柴盒就跑，导火线没点着。我拾起火柴盒，第二次终于点着了！”

“一车石头从四五百千克增到了一吨多，下那样大的山坡，确实很危险。果然，今天上午我和建设拉了一吨多石头下坡，因车身短，冲力大，终于出事了。建设被车杆压伤了手，平车栽在那儿，车圈也卧了。面对艰苦、危险，怎么办？提高勇气，起到一个共青团员的模范带头作用！”

“下午放了一大炮，15千克多的药，石头崩了一大片。因导火线长，停了会儿没响，我以为是哑炮，欲上去排除，玉新拉了我一把，说再等等。这时，炮‘轰’地响了！……雪花越飘越大了。”

“上午中雪继续飘着，同学们上山了。我和李军到庙口拉炸药，买粮食、酱油、盐。下午，××因咳嗽、脚疼，××因腿疼要求下山。冒着风雪，我拉车送他们回到了农场。场领导马上开会，欲再挑选人上山。同学们纷纷表示愿上山苦干。经过研究，批准了4名同学上山。天已黑了，场里的拖拉机来送我们。拖拉机怒吼着，顶着飞舞的雪花，轧开路上的厚雪，向北！向北！向北！”

春节后，我结束了广阔天地的艰苦磨炼，走进了解放军这所大学校，这座革命的大熔炉。严格而艰苦的军事训练对我来说已不算什么，因为我有了广阔天地的磨炼垫底。

上山下乡运动远去了，孰是孰非，众说纷纭，各人有各人的经历，各人有各人的看法。总之，这种赶羊似的、剥夺人的受教育权、择业权的运动，肯定没人欢迎再来一次了。

重返知青农场

油菜花盛开的时节，我们一群知青战友来到了久别30年的原河南淇县庙口公社青年农场。

时光如白驹过隙。1974年5月13日，我们40余名同学在毛主席“知识青年到农村去，接受贫下中农的再教育，很有必要”的光辉指示指引下，在敲锣打鼓的欢送中来到这里。那时的心情就像银环上山时一样，空气是那么新鲜，小草是那么娇态，野花是那么迷人，鸟鸣是那么动听。可随之而来的却是寂寥难耐的艰苦的日月。

这是专门为我们而建的青年农场，两排极简陋的砖瓦房，外加伙房、餐厅（兼会议室）。从附近村庄划过来的300亩没上过肥料的“卫生地”，稀疏的麦苗还没筷子高，还有几头黄牛和驴及犁耧锄耙等农具。这便是我们的全部家当了。银环式的新奇，随着麦收的到来飘然而去，开始还你追我赶争先恐后，不到半晌，这群最小十五六岁、最大不超过20岁的刚出校门的城里学生，便一个个在夏日的阳光下汗流浃背、气喘吁吁了，看着手中的燎泡，看着晃眼的待割的大片麦田，品尝着从未有过的劳动的艰辛。

麦子终于进场了，原始的晒、翻、碾、扬，直至扛进仓内，一道道程序又使同学们脱了层皮。这期间的“抢场”可谓是最轰轰烈烈的一幕了。麦子晒到场上，傍晚，黑压压的云却从北方的苍穹铺天盖地地窜来，如威风凛凛的数万铁骑，似森林大火的滚滚浓烟，大有“山雨欲来风满楼”之势，大有“黑云压城城欲摧”之感。这气势，使北方的农民自觉迅速地操起了家伙；这气势，使北方的农民拉开了“与天斗，其乐无穷”的帷幕。

在贫农代表的带领下，我们精神抖擞，用桑杈举起麦子飞快地来回跑着，边跑还边狂喊着“阿设——”。阿设是初中毕业下乡的，人老实、能干，全场人都爱跟他开玩笑。这时的阿设在麦垛上垛垛，我们一杈杈的麦子都带着玩笑扔到阿设身上，使阿设左右躲避不得，不断引发阵阵笑声。在这种宣泄中，麦垛越来越高，数万铁骑在狂风的率领下，在雷鸣闪电的助威下，也越逼越近。刚刚大功告成，伍分硬币大的雨点便将砸下来，大地霎时便被数万铁骑吞噬了。

烧石灰的劳动，也不比麦收轻松。农闲时节，为增加农场的收入，我们凭借紧临思德河的优势，烧起了石灰窑，拾起河滩中一块块石头装上平车，不时地再一块块装进窑中，然后点火、浇水，那无数块坚硬的石头便在水火的作用下渐渐崩裂，直至粉身碎骨。出窑更比装窑苦。冒着烤灼的热气，忍着呛鼻的气味儿，一箩头一箩头将石灰提到窑外，一个个都累得步履维艰。更令人难以忍受的是，浑身上下都是石灰，一个个活像活动的雕塑！

为增加收入，场里还从西平聘请了红麻技术员种植红麻。那红麻真是茁壮，足有一丈多高，收割时需两人配合，一人用手揽过几垅，一人手持丈余长的锋利的铲刀，前腿弓，后腿蹬，狠劲向一垅垅的红麻铲去。那“唰——”“唰——”的声音，听着格外刺激、过瘾。这是力的释放，这是命运旋律的交响！倒下的红麻被沤进了水坑中，沤到水面结薄冰时，一直是学生干部，下乡后又是团干部的安濮、宝玉，带头跳到针扎刺骨的水里往外捞。捞的捞、剥的剥，凛冽的西北风把我们吹得龇牙咧嘴，但我们仍坚持着。那时没有丝毫经济利益的驱动，全凭一种革命精神。我们生长在英雄辈出的时代，受英雄故事的熏陶太浓了。少年时，我就曾几次或站在铁路道口，等待着像欧阳海、刘英俊那样，勒住惊马的缰绳；或站在河边，随时准备着去救落水的儿童……但英雄梦终未做成，只是参与了两次救火，在不大的水池里轻松救起了我的小表弟，都是默默无闻，名不见经传。但那种革命的精神，奋不顾身的英雄精神，早已渗透在心灵深处。

凭着这种精神，我们还打井、开山放炮、夯石头、拉石头（《磨炼》一文已叙，不再赘述），干了许多连农家子弟也未干过的脏活、重活、险活。

繁重的体力劳动没有压垮我们，我们苦中取乐，丰富着自己的精神生活。入夜，麦场边有我和朝生、志学悠扬的笛声，有晓峰或如泣如诉或昂扬激越的小提琴声，有谁抒怀的歌声，还有谁的口琴声……后来，我们组织起文艺宣传队，每晚或排练或到附近村庄慰问演出，竟也感到生活是那么充实，那么有趣。

当爱的火花像萤火虫一样闪亮时，这种生活变得更加充实更加有趣了。情窦初开的男女同学朝夕生活在一块，自然迸发爱的火花。这火花或闪烁在田间地头，或闪烁在空旷的河滩，或闪烁在蜿蜒的乡间小路，或闪烁在只有两个人的房间。这火花越燃越旺，竟燃成了一束束爱的火焰。这火焰，使他和她看到了生活的阳光是那样灿烂，使他和她在难熬的岁月中品尝到了生活的甜蜜，使他和她的精神更加旺盛，使他和她携手走到了今天……

一晃 30 年过去了，当年无奈走上上山下乡这座独木桥的知青们，早已通过各种渠道回城，在城市的天空下寻找着自己逝去的年华，寻找着自己的路。“扎根农村干一辈子革命”的口号已成明日黄花，轰轰烈烈的知识青年上山下乡运动也已成为历史。失去的永远失去了，但我们在广阔天地收获的经汗水浸泡的那种坚韧不拔、奋发向上的革命精神，将永远陪伴着我们，永远在我们的人生轨道上闪光。

思德河还是那样干涸，裸露着大大小小的鹅卵石。两排简陋的住房早已老态龙钟，昔日房内的欢声笑语、哀怨低叹，藏在那密密的蛛网里，藏在每一个知青永不磨灭的记忆里。只有渠边那已长得粗大的柳树，依旧婀娜多姿，笑对春风；只有那黄得媚人的油菜花和绿得可爱的麦苗，在笑迎着我们，和我们交谈着昨天的故事……

党旗礼赞

当阴霾笼罩的时候，锤头与镰刀碰撞在一起，碰撞出朵朵鲜亮的火花。朵朵鲜亮的火花迅速燎原，燃红了井冈，燃红了南昌，燃红了陕北，燃红了历史的天空。它是一支号角，沸腾了中国人的热血；它是一把火炬，照亮了中国前进的征程。

跨越一个又一个时空，迎来一个又一个黎明，锤头与镰刀，锻打出一个新的世界，收获着一个又一个成功。新中国的旗帜映红了张张笑脸，社会主义大建设似骏马奔腾。改革开放大潮汹涌，雄壮的中国腾起巨龙。一座座厂房林立在大江南北，机器的轰鸣响彻着时代的歌声。广袤的田野传递着丰收的喜讯，农民的笑声与小鸟飞行。“高速”加快了小康的步伐，通讯网络缩短了与世界的时空。文化底蕴丰厚的名片，吸引着络绎不绝的中外友朋。神五神六载着十三亿的梦想，高科技兴奋着中国的每一条神经。奥运场馆频频奏响着“前进进”，上海世博频频亮丽着全球的眼睛。

这是一面悲愤的旗，这是一面雄壮的旗，这是一面胜利的旗，这是一面辉煌的旗。这面旗，凝聚了中国人的血泪，凝聚了中国人的恨憎，凝聚了中国人的勇敢，凝聚了中国人的豪情。中国将高擎着这面旗，在太阳升起的地方迅猛驰骋，将一个个梦想锻打为现实，收获小康的葱茏。

抗洪四章

冲　锋

雷霆吼来狂风暴雨，将江水掀起狂涛巨浪。一只只冲锋舟劈开狰狞的洪魔，在风口浪尖上冲锋。

冲锋舟是生命的希望；冲锋舟是生命的岛屿；冲锋舟是劈涛斩浪的利剑；冲锋舟是湍急河流中跳动的火焰。

冲锋，是战士的秉性；冲锋，是党和人民赋予的神圣使命。

冲锋的战士救起一条又一条生命；冲锋的战士用血肉之躯筑起一道又一道坚不可摧的钢铁长城。哪里有困难，哪里就有战士的冲锋；哪里有危险，哪里就有不怕牺牲的冲锋战士。

冲上去，在汹涌波涛中书写壮丽的青春；冲上去，让世界知道中华民族不可战胜的精神！

洞房花烛夜

一个个“囍”字映红了洞房，军人和姑娘在镜框中微笑着，甜蜜在心头荡漾。

没有热闹的喧嚷，没有欢腾的闹房，洞房里空空荡荡。

军人和姑娘早已走出镜框，溶进了兵一样肃立的青纱帐。没有月光，只有数不清的星星在他的头顶两肩跳跃、闪亮。

走上静静的站台，秋风诉说着别离，吹落了两双眼中的晶莹。两双手在汽笛声中缠绵，一颗心随着一颗心踏上了征程，跨越了黄河，飞向了那汹涌而来的洪峰……

军 嫂

和孩子走进军营，笑便在细细的眉梢儿跳动，孩子也在腹中舞动小手小腿儿高兴。

依偎在久别的丈夫的怀抱，便像靠着一座大山、一棵大树一样安宁。两颗思念的心终于贴到了一起，思念便霎时跑得无影无踪。

忽地一天，秋雨在秋风中敲打着两颗心灵，秋雨淋湿了她挥动的衣袖，她的目光穿过秋雨随丈夫远行。

“哇——”的一声，孩子降生在军营。母亲抱起一团爱的结晶，遥望南天给孩子起名：就叫抗洪……两颗晶亮的东西便滚落在前胸……

“不孝”的人

跪在母亲的病床前，磕下了“不孝”的头。然后你戴上军帽，流泪走出了老屋，走进急流，走进危险，走进一场又一场与洪魔的恶战。

你胸中装着母亲病态的容颜；你胸中装着身后广袤的江汉平原；你胸中装着总书记的重托；你胸中装着无私的奉献。

噩耗传来了！你的泪如决堤的江水喷涌而出，跪向北方又磕下三个“不孝”的头。你又扑进了滚滚洪流，和那些血肉之躯共同筑起了一道道摧不垮的堤岸。

买 书

童时，便爱买书。那年月，仅靠父亲一人微薄的工资支撑着一家四口人的生活，加上母亲多病，还得赡养老家的爷爷奶奶，对父亲来说，真是一个钱恨不得掰成两半花，所以每次买书时，我常常哼哼半天，直到父亲被我的“精神”所“感动”。当我拽着父亲的衣襟走向书店时，高兴得简直像只无忧无虑的小鸟儿；当我扒着高高的柜台挑书时，活像只觅食的小鸡儿。就这样，在我一次又一次的“哼哼”下，先后购买了《三国演义》《岳飞传》《铁道游击队》等多种连环画。稍大些，虽还采用“哼哼”法儿，但同时我还采取了其他“欺骗”的法儿。每次打酱油、醋，买黑酱、甜面酱，我总是擅自少买点儿，将几分硬币装入腰包；每隔几天，我便对父亲说，作业本用完了，或说老师让交什么钱。真真假假虚虚实实，这些钱便成了我买书的基金。隔几天逛一次书店，竟也购买了一本本厚厚的书，《红旗飘飘》《革命的故事》《林海雪原》等。在那饥肠辘辘的年代里，我却感到了充实。

上中学时，正处于“史无前例”的年代，学校如车马店，想来就来，想走就走，还不时地放假。每次放假，我都和同学们去打小工，虽然搬砖和抬泥一天只挣 1 元 2 角钱，但一个假期下来，也能挣二三十元。拿着这浸透汗水的钱，把大头交给父母，小头便都买了书。

上山下乡的洪流，将我冲到了远离县城的穷乡僻壤。整日面朝黄土背朝天，逛书店的机会少了，我便订了多种报刊，伴着煤油灯，畅游在知识的海洋里，打发着一个个寂寞无聊的夜晚。风吹日晒，雨淋雪打，一个工分还不到 5 分钱。一年到头分红时，我这个棒劳力只领了 90 多元的报酬。仍像当年打小工那样，我将大头交给了父母，小头全买了书。

参军后，每月津贴虽只有 6 元钱，但每星期我都要逛一次书店。《重放的鲜花》《陈毅诗词选集》《中国文学发展史》等书，伴我度过了 4 年的军营生活。

近年来，书价疯涨。据报载，在全国 14 大类商品中，书报价格的增幅已排到第二位，仅次于上涨率最高的食品。同样 20 万字左右的书，1982 年售价还不到 1 元，1992 年涨到 9 元，而现在已高达 20 元。全国 2500 多个图书馆，因书价太贵去年已有 341 家全年没有购进一本书。公共图书馆如此，何况靠低薪养家糊口的我？囊中羞涩，望书兴

叹，我不得不把买书的目光瞄准降价书。每到省城出差，我都要到几个降价书店流连一番。但碰到不降价的爱不释手的好书，我还是心痒难耐，咬牙买下。

“富贵必从勤苦得，男儿须读五车书。”“读书破万卷，下笔如有神。”多年来买书、看书，虽未像诗圣杜甫说的那样“读五车书”“破万卷”，但我却从不多的两架书中得到许多营养，虽未成大款、大腕儿，虽未高官厚禄，但看着自己的作品不时在报刊上发表，心亦足矣！

书——我热恋的情人

小学将毕业，正赶上全国“停课闹革命”。小小的我，除了每天在县城大街上看“走资派”们戴高帽游街，更多的时间就是读课外书。有些书是跟小伙伴们借的，多破烂不堪，无封面封底，有的甚至连书脊也破得面目全非。但我却像一匹小马遇到一片青嫩的草地，贪婪地咀嚼着。那些破书，虽不知书名和作者名，但我却记住了书中一个个栩栩如生的人物——杨子荣、马英、少剑波、刘洪、芳林嫂、朱老忠……除了借书，我还用打酱油醋的“回扣”买了不少书，除自己先睹为快外，再与小伙伴们交换。这时的我已懂得，书也是一种食粮。

那时，学校时而批“读书无用论”、时而批“读书做官论”，时而批“修正主义教育黑线回潮”，时而张铁生的零蛋轰动了全国……教室如车马店，想来便来，想走便走。我不禁又沉浸到一本又一本有趣的课外书中，结识了一个又一个新的人物——《红楼梦》中荣宁二府的男男女女；《西游记》中的神神怪怪；《水浒传》中的梁山好汉；《三国演义》中的三国将士；还有《家》《春》《秋》《暴风骤雨》《白洋淀纪事》《钢铁是怎样炼成的》等作品中千姿百态、活灵活现、性格鲜明的人物形象。这些书，扩大了我的视野，丰富了我的知识，提高了我的阅读能力和语文水平，还使我做起了一个绚丽的作家梦。

我真的掂起笔写小说了。那是一个课外活动时，教室里独剩我一人，我模仿一部小说的开头，不知天高地厚地写了起来。直到高中毕业，我都未写出一篇像样的小说，但我的每篇作文都是优秀，都是老师在课堂上讲评的范文。

在广阔天地炼红心时，我仍在繁忙的劳动之余，在煤油灯下，以书为伴，不仅读鲁迅、托尔斯泰等中外著名作家的作品，读马、恩、列、斯、毛的著作，以及《社会发展史》，以及只要能借到的各类杂书。除读书之外，我仍坚持写作。

虽屡屡投稿不中，但我创作的反映知青生活的小剧本、相声等，都由我们知青宣传队在县城、公社上演了。一篇小散文也由县文化馆的刊物发表了。疲劳不知溜到了哪里，寂寞不知跑到了何处，我的内心是那么充实。

在远离亲人当武警的数年里，各种各样的书始终陪伴着我，简直成了我热恋的情人。复员后，我又自学了汉语言文学，并取得了大专文凭。相继，我的剧本、小说、散文等文学作品也接连问世，发表在各地报刊，偶尔获个小奖或被报刊书籍转载。

我更与情人——书频频约会了，并将与她朝夕相伴到永远。

书的故事

偷　书

平生第一次（我相信也是最后一次）偷书，是“文化大革命”的时候。

那天，我和几个小伙伴到县一中校园玩，无意中隔一门上玻璃朝里看，忽然发现屋里书架上、地上到处都是零乱不堪的书。好奇的我们便越窗而过，跳进了书的海洋。我们翻翻这本，看看那本，直看得眼花缭乱。最后，我只记得拿了一本《卓娅和舒拉的故事》、一本《海底两万里》、一本《东线》等。其他人拿的啥书便不记得了。当时，谁也没有意识到这是偷，只是拿去看看嘛。

××××年，我却遭遇了两次偷书，那是别人在我的办公室偷我的书，一次为暗偷，一次为明偷。办公室还有两位同事，故人来人往较杂，我桌上放的资料书刊常被人乱翻。这天，我突然发现还没顾上看的一本书不翼而飞，问遍所有的人，均说不知。此为暗偷。事后我写了“请勿悄悄拿书，最好打个招呼——请勿乱翻”的警示牌放到书刊上。一天，一熟人来找我的同事，同事不在，便与我闲聊。闲聊时，他拿起我桌上的书随便翻看几眼，便又握成筒状。走时，竟在我的眼皮底下顺手牵羊，堂而皇之地将我的书拿走。我一时竟愣了，竟没有勇敢地叫住他，让他把书放下。我就这样呆呆地看着人家光天化日之下明火执仗扬长而去。此为“明偷”。

借　书

借书是读书的好方法之一。自己买的书往往不慌着读，总觉得是自己的，啥时候都可以，时间一长，买来的书竟被束之高阁，成为藏书。而借来的书是人家的，既然是人家的就要还，所以借来之后就抓紧时间读，读完后忙送还人家，以免人家挂牵。书是人家的心爱之物，书像人家的孩子一样啊。

而别人借我的书，却使我有苦难言。童时，我就爱买书，我的书箱里装满了《宝葫芦的秘密》《小玲玲的心意》《三国演义》（连环画）《革命故事》，等等。小朋友们常借我的书看。那时，借书传的厉害，你传我，我传你，传着传着就石沉大海了。至今，除保存一本《小玲玲的心意》外，其他都荡然无存了。如今，我已买了满满两架约有近千本书，与有藏书癖好者相比，书虽不算多，但每本都像十指一样连着我的心。那些书，有中外古今的名著，有上知天文下知地理的百科知识，有指导各类文艺创作的文艺理论，有指点迷津的各种词典、辞书，还有伟人们高屋建瓴的鸿篇巨著。买书时，我是很挑剔的。书中有残页的哪怕撕破一个角的不要，封面、封底、书脊弄脏的哪怕有一点瑕疵的不要。看书时，我也格外注意，一不弄脏，看书前先净手；二不折角，中断看时用书签；三不乱放，看完后归类上架。

如此爱书惜书，便不愿借于他人，便在书架上贴上“资料书刊，恕不外借，免开尊口，以免难堪。”的字条。可同学朋友却不顾这些，照样大开尊口，不怕难堪。而这时的我也不愿让同学朋友难堪，虽不情愿但却面带微笑拱手相送，只是再三叮嘱不要弄脏、不要撕破、不要弄丢、不要转借，却不好意思再说定期归还。同学朋友拿着到手的书，连连答应，有的甚至还笑我太啰唆，太认真。

书借出后，便盼着早日归还，如盼游子归来。有的归来时“衣帽整齐”；有的归来时“污垢满面”；有的归来时“伤筋动骨”；有的却久不见归，杳如黄鹤。对“衣帽整齐”者，自然心中高兴；对“污垢满面”“伤筋动骨”者，却有苦难言，总不能当面给同学朋友难堪吧。对“久不见归、杳如黄鹤”者，我心急如焚，但却是赔上笑脸小心催问。因一本书而得罪同学朋友总欠妥吧？小心催问几次，便不好意思再催，久而久之，这书便失踪了。从少年时代算起，失踪的书已不计其数了。

几年前，一本外国名著被文友借走，催要两次，却不送还，此书归来是李双双离婚——没喜旺（希望）了。还有《百子全书》一套 8 本，被人拍着胸脯“保证送还”借走其中一本，几次催要，却说丢了，让人欲哭不能。成套的书差一本，想配齐都无法配齐呀！人家书岂能拆套而卖？本来就知道该借者有借而不还的毛病，却被他拍胸脯的保证迷惑了。一个“丢”字，让你干急无法呀！

去年，又有一过去的同事来借书一本，数月过去，我几次想催要，却又怕人家不悦，真像借给人钱，要账的反而不好意思去要一样。但不要心又不忍。这天，正好路遇这位同事，想张口要书却又难开口，同事也像没借过我的书一样。将分手时，我终于忍无可忍，陪上小心地问：“那本书你还看不看？要不看……”同事面无表情地说：“不看了。”我马上说：“那我跟你去拿吧?”谁知同事却说：“也不知道扔哪了，回头给你找找吧。”我一听心便凉了。借我的书不感谢不说，还不知“扔”哪了，一个“扔”字，不仅说明了他对我的书不爱惜，也说明了他对我的不尊重，我想对他说几句硬话，但又想不能因为一本书而伤了和气，只好委曲求全地说：“那好。”时至今日，真不知同事是将书“扔”到哪了？还是不想还?还是置之脑后？不得而知。我还在焦急地盼望着“游子”的归来……

每每想起失踪的书，心头便遗憾万分，闷闷不已。这种苦涩的心情，借书者知道吗？我只有在心里宽慰自己，书是让人看的，是人类进步的阶梯，书不管失踪到何处，只要有人看，有人因此而进步，还有何不亦乐乎呢？将书禁锢在自己的书架上，不借他人，不让他人进步，这不是太心胸狭窄了吗？于是，我干脆撕掉书架上的字条，只要谁肯开尊口，我便慷慨借之，但忘不了交代一句，请注意保管，请看后归还，以便别人再借。

赠　书

我的第一本书《韩峰剧作选》出版后，心情自然是非常兴奋的，领导同事亲朋好友，到处签名赠送，所赠之人，均笑纳之。一次，单位召开一座谈会，一主管宣传的副书记百忙中来到会场，以示对此会的重视。我未向此副书记赠过书，便想借此机会赠之。一是领导平时忙得不可开交，难见；二是自己又不愿因一本书专门去敲领导的门。于是，便匆匆拿书一本，签上请书记指正的字，恭恭敬敬放到副书记面前。谁知副书记随便一翻，瞟了一眼，连请他指正的字也未看，便扔到一旁，再也不屑一顾，只顾翻阅红头文件。副书记强调了几点后，便拿上红头文件去赶另一个会场，我的书像一个被遗弃的“孩子”，孤零零地躺在刚才副书记趴过的桌面上。我的脸腾地红了，犹如副书记给了我一巴掌。好心赠书，却落得如此尴尬，如此被人轻蔑，如此被人侮辱，真使我无地自容！

散会后，等人走完，我羞愤地将被遗弃的“孩子”拿回了办公室，随即将请副书记指正的扉页撕得粉碎，将副书记在我心中的形象撕得粉碎！

我的第二本书《韩峰小小说集》出版后，我吸取教训，一般不再赠书。凡登门要书者，或有意想看此书者，我签好名双手奉送。那位副书记之流，我再也不会恭敬赠送了。一本小书，人家是不会看到眼里的，人家的眼里可能只有信封或红包里的东西。只有那时，人家的眼睛才会放光，甚至是绿色的光。

施耐庵“画”虎的艺术

自古典名著《水浒传》问世以来，不少评点者都对施耐庵笔下的虎赞叹不已。明代思想家、文学家李贽赞曰：“画虎矣，妙绝，妙绝。”明末清初文学批评家金圣叹更是在评点中赞不绝口：“今耐庵忽然以笔墨游戏，画出全幅活虎搏人图来。”“圣叹于三千年中，独以才子许此一人，岂虚誉哉。”这些赞美之词，确实是对施耐庵“画”虎艺术的由衷之言。

在《水浒传》里，施耐庵主要写了三次虎。

其一是洪太尉龙虎山遇虎。“只见山坳里起一阵风。风过去，向那松树背后，奔雷也似吼一声，扑地跳出一只吊睛白额锦毛大虫来。”寥寥几笔，施耐庵便勾画出一幅猛虎下山图。猛虎未出，便先声夺人，“起一阵风”，让风助虎威。接着又是“奔雷”似的吼声，使人未睹虎颜便闻声胆寒、闻声色变，将气氛渲染到了极点，这才让猛虎威风凛凛地“扑地跳出”。

其二是武松景阳冈打虎。“那大虫又饥又渴，把两只爪在地下略按一按，和身往上一扑，从半空里撺将下来。”“那大虫背后看人最难，便把前爪搭在地下，把腰胯一掀，掀将起来。……那大虫见掀他不着，吼了一声，却似半空里起个霹雳，震得那山冈也动，把这铁棒也似虎尾，倒竖起

来只一剪。那大虫咆哮，性发起来，翻身又只一抓，扑将来。”这正是金圣叹所云的“活虎搏人图”。龙虎山的猛虎显示了“扑地跳出”的虎威，而这只虎却“又饥又渴”，“一按”“一扑”，然后“从半空里撺将下来”。一连串三个动作，便写活了这只饿虎急于吃人的形态。紧接着“一掀”“一吼”“一剪”，又勾画出虎与人搏斗时的灵性和凶猛。“掀他不着时”，便大吼一声，“震得那山冈也动”，大显虎威，摄人魂魄。最后用绝招“一剪”仍未奏效时，便“咆哮”“性发”……真是活灵活现，栩栩如生。如身临其境，令人毛骨悚然。难怪金圣叹在此批注：“灯下读之，火光如豆，变成绿色。”施耐庵画虎“通于造化”。

其三是出没于沂岭的母虎。在这里，施耐庵将这只母虎进洞的动作描绘得惟妙惟肖：“那母大虫到洞口，先把尾去窝里一剪，便将后半截身躯坐将入去。”这与以上两只虎截然不同。它没有龙虎山猛虎的先声夺人，也没有景阳冈饿虎的“按”“扑”“撺”“掀”“咆哮”“剪”，这只母虎是那么安然平静，是那么母性，纯粹是一幅“母虎生活图”。

施耐庵所处的时代，绝对没有动物园，可他为何能刻画出一只只神态各异的虎？是曾随猎人上山打虎，目睹了虎的真面目？还是从猎人口中了解到了虎的习性和特点？总之，没有细致入微的观察，没有入木三分的了解，是不可能将虎“画”得如此这般。《金圣叹与水浒研究》中，称施耐庵对描写的对象，都力求“处处足迹到，事事眼力到”，看来施耐庵是有丰厚的生活体验的。

另据明人笔记考证，施耐庵并未描摹过真虎，他只是将猫比虎，从猫这个与虎同科的貌相神态及其动作均有相通之处的动物身上，观察、琢磨、推测、想象。由此看来，施耐庵有着惊人的艺术想象力。艺术想象是形象思维的主要方式，它存在于艺术创作的全过程，它是作家艺术创造力的表现。作家的艺术水平越高，生活积累越丰富，艺术想象活动就越活跃，就越富有创造性。可见，施耐庵笔下的虎也是艺术想象之典范。

看　戏

中国戏曲渊远流长，历史悠久，它是世界上三种古老的戏剧文化之一。中国戏曲虽没有希腊悲剧和喜剧及印度梵剧古老，但它从 12 世纪到 14 世纪的宋元时期，走过了 800 多年的漫漫长路，留下了举不胜举的名篇佳作，吸引了一代又一代如云的观众。孩提时期，我便爱看戏。或随父母走进剧场，或挤在人群中混入，或在剧场外和小伙伴们趴在剧场一侧的大门的缝隙上观看，或在将煞戏把门人将大门打开时随众涌入。那时，并不懂什么剧情，只懵懵懂懂地知道了黑老包、秦香莲、杨宗保、穆桂英、花木兰……听大人说老包要铡陈世美，我还以为真的要人头落地、血染舞台呢！

稍大些，我多次观看了《朝阳沟》《李双双》《人欢马叫》等现代戏。这时的我，已学会了识谱，并能玩弄两下乐器。看戏之后，我总是用笛子学着吹上几段戏曲乐谱，或放开喉咙唱上几句“咱两个在学校整整三年”“我这走过了一洼又一洼”等。后来样板戏风靡全国，我更是每天泡在剧场里，不仅学会了所有的唱腔、台词，剧中的情节、人物也都滚瓜烂熟。

到广阔天地炼红心后，远离县城，看戏的机会很少。一次，听说县剧团在 10 里外的村庄演出，我与同学不顾一天的劳累，蹚过湍急的季节河，摸黑而去。

入伍后，看戏的机会更少。一天，偶听收音机里播出常香玉的《花木兰》唱腔，激动之情，难以言表。听了 10 年样板戏，猛听刚解禁的老戏，真是别有一番滋味在心头！在信阳地区公安处集训期间，我常拿战友的收音机收听。每当收不着《花木兰》时，便戏谑地摔打战友的收音机：啥破烂收音机，连个《花木兰》都收不着！一天晚上，我们列队去武汉军区步兵学校礼堂看电影，当银幕上映出《花木兰》的剧名时，全场都沸腾了！

这晚，我哼着《花木兰》的唱腔，久久未眠。这就是艺术的魅力吧。后又偶听到《朝阳沟》选段，更是兴奋无比。得知河南电视台播出《朝阳沟》全剧时，中队没电视机，我便跑到公安局去看，堂堂公安局也只有一部14寸黑白电视机。可惜当时转播技术太差劲，尽管公安局办公室主任手不离旋钮调半夜，图像不是“多瑙河之波”，便是“看不见的战线”，使我深感遗憾，真恨不得把电视机砸了。后来，一剧团到县剧院演出《朝阳沟》，我特向指导员请假，连看了两场，过了过戏瘾。

复员回小城，我成了小城唯一的专业编剧，看戏竟成了我的工作。只要有剧团来小城演出，招待票便送到了手中。省城只要有新剧目上演，或有戏剧大赛，我便即刻往前，先睹为快。短短几年，河南戏曲的名角、新秀全看了个遍。特别是1989年金秋到北京观摩中国第二届艺术节的戏剧演出，更是大饱眼福，受益匪浅。短短10天，我几乎走遍了北京的各大剧院，不仅欣赏了世界一流的苏联国家模范大剧院芭蕾舞团的《天鹅湖》《堂吉诃德》等经典作品，还品味了中央歌剧院演出的意大利著名歌剧《蝴蝶夫人》及从全国遴选来京的优秀剧目，大过了一回戏瘾。

随着时间的推移，随着时代节拍的加快，随着各种娱乐形式的增多，随着剧团经济的崩溃和剧目的老化，可叹戏剧“无可奈何花落去”，已成“夕阳艺术”，像一举止蹒跚的老人，在衰亡的边缘挣扎。报纸上戏剧海报的位置早已让位于性病、狐臭、牛皮癣，大小剧院早已被形形色色的录像所占领，不少剧团或瘫痪、或解散，大多剧团已无奈地走向文化生活还落后的农村。

我几乎看不到戏了，坐在家中操着遥控器看能收20几个台的有线电视。

戏剧向何处去？我的脑海里总在萦绕着这个问题……

闲话喝酒

传说自从4000多年前仪狄或杜康造酒之后，酒就与中华民族结下了不解之缘。喜事喝，丧事喝，成功喝，失败喝，祛寒喝，和事喝，壮胆喝，压惊喝，迎来喝，送往喝……喝得泪流满面，喝得啼笑皆非，喝得感情浓厚，喝得拳打脚踢，喝得得意忘形，喝得违法乱纪。“酒逢知己千杯少”“举杯消愁愁更愁”“斗酒诗百篇”“酒后吐真言”……悠悠华夏，泱泱酒国，古往今来，留下了多少有关酒的话题。

《史记·殷本纪》记载：“以酒为池。”明清《淇县志》记载：“酒池，在县西北十五里灵山社（今大洼村），为殷纣王贮酒之处。……传为殷纣王观牛饮处，至今遗址尚存。”笔者久居殷纣帝都朝歌（今河南淇县），据传当年殷纣王携爱妃妲己到酒池游玩，妲己郁闷不乐，纣王为博妲己一笑，将众百姓驱至池内饮酒。《太公六韬》云：“纣为酒池，回船糟丘而牛饮者三千余人。”即为此事。此等荒淫无度，此等三千人“牛饮”，可算“世界之最”了吧。夏禹饮仪狄之酒曾曰：“后世必有以酒亡其国者。”纣王虽说在历史上有一定的功劳，但其沉溺酒色最后亡国，也是不容置疑的事实。此后历代帝王误国误民者，也大有人在。果不出夏禹之所料。

往事已矣。今朝又如何呢？且看一些民谣便略知一二：“要想换口味，多开大小会；要想解解馋，组织检查团；要想多喝酒，基层走一走。”“坐着车子转，隔着玻璃看，中午酒桌见个面，拍拍肩膀好好干。”“早上当包公，中午当关公，晚上当济公。”“能喝半斤喝四两，对不起人民对不起党；能喝一斤喝八两，这样的干部欠培养；能喝八两喝一斤，这样的干部党放心；能喝白酒喝啤酒，这样的干部要调走；能喝啤酒喝饮料，这样的干部不能要。”“革命小酒天天醉，喝坏了党风喝坏了胃，喝得单位没经

费，喝得老婆背靠背。”更有甚者：“酒杯一端，政策放宽；酒杯一停，不行也行；饭饱酒醉，不对也对。”难怪有人戏改电影《红高粱》插曲曰：“花高价，买名酒，名酒送礼赶火候。喝了咱的酒，不想点头也点头；喝了咱的酒，不想举手也举手；喝了咱的酒，党纪国法一边丢。一四七，三六九，九九归一跟我走。好酒！好酒！”

“好酒”喝坏了党风党纪，也喝得一些人丧失理智，铤而走险，违法犯罪。可见琼浆玉液诱人入迷，还是适量而饮，保持头脑清醒为好。“酒是小鬼儿，喝多绊腿儿。”不管在哪绊住腿儿，总是要摔跟头的，只不过是跟头大小而已。

古代文人与酒

古代文人与酒如同鱼儿离不开水，高兴喝、苦闷喝、聚会喝、独自喝，或浅酌，或豪饮，与酒结下了不解之缘，也喝出了一首首流传千古的诗篇。

中国第一部诗歌总集《诗经》中就透出了浓郁的酒味。“微我无酒，以敖以酒。”（《邶风·柏舟》）“子有酒食，何不日鼓瑟？”（《唐风·山有枢》）“或湛乐饮酒，或惨惨畏咎。”（《小雅·北山》）……

战国后期的伟大诗人屈原，在他著名的《离骚》中留下了“蕙肴蒸兮兰藉，奠桂酒兮椒浆，操余孤兮反论降，援北斗兮酌桂浆”的佳句。

不仅是东汉末年著名的政治家和军事家，而且是当时文坛领袖的曹操，在他的《短歌行》里感叹：“对酒当歌，人生几何？……何以解忧？唯有杜康。”

“竹林七贤”之一的阮籍，生活在魏晋易代之际，统治阶级内部斗争尖锐复杂，他因此纵酒谈玄，不问世事以避祸。其母死当葬，曰：“蒸一肥豚，饮酒二斗。”

东晋诗人陶渊明写下了他的田园诗代表作之一，《饮酒》组诗 20 首。“若复不快饮，空负头上巾，但恨多谬误，君当恕醉人。”借“醉人”之言，揭露了封建社会里的黑暗。他辞别污浊的官场后，“……携幼入室，有酒盈樽。引壶觞以自酌，眄庭柯以怡颜。”（《归去来兮辞》）表达了他对田园生活的美好向往。

作品散发酒气最浓郁的，当属被杜甫称为“斗酒诗百篇”的唐代大诗人李白了：“李白斗酒诗百篇，长安市上酒家眠。天子呼来不上船，自称臣是酒中仙。”短短四句，可见李白的酒与诗结合得是多么的密不可分。他在《月下独酌》中云：“天若不爱酒，酒星不在天。地若不爱酒，地应无酒泉。天地既爱酒，爱酒不愧天。已闻清比圣，复道浊如贤。圣贤既已饮，何必求神仙。三杯通大道，一斗合自然。但得醉中趣，勿为醒者传。”他还在《客中作》中曰：“兰陵美酒郁金香，玉碗盛来琥珀光，但使主人能醉客，不知何处是他乡。”由此可见，诗人对酒是多么的“痴情”！他不但常“花间一壶酒，独酌无相亲。举杯邀明月，对影成三人”地独饮，还常与朋友豪饮：“田家有美酒，落日与之倾”；“对酒不觉暝，落花盈我衣。醉起步溪月，鸟还人亦稀”；“百年三万六千日，一日须倾三百杯”。他虽性格狂放，但也掩盖不住失意之时愁苦的心情：“抽刀断水水更流，举杯消愁愁更愁。”“……人生得意须尽欢，莫使金樽空对月。……五花马，千金裘，呼儿将出换美酒，与尔同销万古愁。”诗人一生与酒相伴，酒助诗兴，诗凭酒力，留下了一首首令人赞叹不已的或消愁，或喜悦，或离别，或愤世的诗篇。

仅次于李白的其他唐宋元明清诗人，也都留下许多脍炙人口的佳句名篇。如：晏殊的“一曲新词酒一杯”；杜甫的“朱门酒肉臭”；杜牧的“欲问酒家何处有，牧童遥指杏花村”；“醉翁”欧阳修的《醉翁亭记》；“醉吟先生”白居易的《琵琶行》；王翰的“葡萄美酒夜光杯”；苏轼的“酒酣胸胆尚开张”；辛弃疾的“醉里挑灯看剑”；柳永的“今宵酒醒何处”；陆游的“红酥手，黄藤酒”；范仲淹的“酒入愁肠化作相思泪”；王维的“劝君更饮一杯酒”……就拿宋代女词人李清照来说，也写下了《醉花阴》《声声慢》等不少与酒相关的词。

酒刺激了古代文人的感情，激发了古代文人的灵感，大发了古代文人的诗兴。他们在中华民族的诗歌史上，留下了经久不衰的艺术珍宝，为中国4000多年历史的灿烂的酒文化谱写了光辉的篇章。但令人遗憾的是，他们不少人因嗜酒而伤身，使其宝贵的生命过早地断送在觥筹交错之中。他们的后人也深受其害，大都智力低下、愚钝呆傻，如陶渊明的五个儿子和李白的四个儿子，均是如此。

“好花乘看半开时，好酒宜在半醉中。”喝酒，还是适可而止为好。喝酒不醉最为高。

“万人叨”

我和朋友穆君是从小玩到大的铁哥们，十几岁就玩起了小酒。下酒菜是必不可少的花生米，或水煮，或油炸，或霜打。最省事的是水煮，加入盐、五香大料，顷刻就好。如果一次多煮些，可用好几次。最香的是油炸，凉油下锅（热油容易煳），响时出锅，想吃甜的撒糖，想吃咸的撒盐，若再浇上少许酒，则更脆更香。最甜的当然是霜打，先将花生米炒熟，从油中捞出，倒出锅中的油后，放点水，加适量白糖，然后在火上熬到糖水可以成丝时，把花生米倒入锅中，换成小火再炒一下就好。从20世纪70年代至今，每每和穆君对酌，花生米是绝不少的。之所以钟情花生米，我想一是口感好，越嚼越香；二是耐叨，人称“万人叨”。其他的菜可风扫残云，唯花生米可坚持到最后。尤其是在手头拮据又想与朋友喝酒时，花生米下酒是最好的选择。

穆君十几年顺风顺水过去，竟从民办教师渐渐走上了局长的领导岗位。遗憾的是，这个局经过几任局长，吃自筹的（都是上级领导的关系户和本单位职工子女）占三分之一还多，工资都难发。没想到，穆君把“万人叨”也用到了局里的吃喝招待上。上面来检查工作，过去都是安排到大酒店，穆君却一反常规，让安排到门口的小饭馆，四菜一汤，四菜中还特意让安排一盘花生米，既耐吃又耐时。而穆君从不陪吃陪喝，敬一圈酒便推脱有事走人。这天，上面一重要部门来了几人，副局长想安排到大酒店，穆君却仍坚持安排到小饭馆。重要部门到哪都是响当当、硬邦邦吃得香，哪受过如此待遇、如此窝囊，便带着不满、带着狠劲风扫四盘残云。陪吃陪喝的副局长忙给穆君电话汇报请示，穆君说，再上一盘花生米。重要部门几人瞠目结舌，拂袖而去。此后，上面来检查工作，不再是到快中午时才来，而是一上班就来，快中午时再到接待条件好的单位。人家吃不起你还躲不起你吗？年终考核，其他局的局长们纷纷披红戴花上台领奖，穆君却如遭霜打。后来，穆君竟被免去了局长职务。

无官一身轻。闲暇时，我仍和穆君对酌，下酒菜仍是“万人叨”。

甘　露

20 世纪六七十年代，豫北小城的下酒菜，无论平时还是过年，无论小酒馆还是家家户户，都少不了两个菜，咸豆（黄豆）和甘露。我最喜爱的要算甘露了。

甘露以地下块茎供食，因味甘甜所以学名叫“甘露子”，因其形状像蚕，像宝塔，像螺丝，故亦称草石蚕、宝塔菜、螺丝菜等。那时十几岁的我，对它的形状很喜爱，那像蚕的细长，像宝塔、像螺丝的上尖下粗，一旋儿一旋儿，十分可爱。后来才知道，甘露的历史悠久，它原产于亚洲东部，中国自古就有栽培，明朝《农政全书》（1628 年）就记载有关于甘露的栽培和利用方法。17 世纪末，甘露传入日本，1882 年引入欧洲，19 世纪传入美国。

甘露作为下酒菜，制作很简单，洗净后在沸水中一焯，再捞至凉水中

一过水，然后用盐、醋、香油、味精及葱、姜（还可略放些白糖）一拌即成。若一次多煮些放在凉水中，可即拌即吃，多次使用。这道菜吃起来酸甜可口，清脆利口，特别适宜下酒。因富含水分和糖、醋，我总以为它可以解酒，也不知有没有科学根据。

甘露除凉拌外，还可制蜜饯、酱渍、腌渍品，还可加工成咸菜、罐头、甜果等。据说当年慈禧西行时，吃了在宫中从未吃过的百姓家的酱甘露，赞不绝口，回京后便令御厨制作。御厨找到前门外“六必居”老板，经过反复腌制，终于创出了“高酱甘露”的名牌，后来又相继腌制了风味独特、驰名中外的“八宝菜”“什锦菜”等。有名的扬州罐藏螺丝菜也是酱菜之上品。腌制好的甘露色泽白里透黄，口味咸鲜清脆，酱味浓郁，也不失为下酒好菜。

此外，甘露亦供药用，治风热感冒、虚劳咳嗽、小儿疳积，全草煎制还可治肺炎等。

20 世纪 80 年代后，随着生活水平的不断提高，大鱼大肉的日益增多，甘露渐渐淡出了人们的视线，酒桌上很难看到甘露的身影。2012 年春节前夕，我忽然在菜市场看到了放在地上的一小筐甘露，就像见到多年不见的老朋友似的，我欣喜地忙称了一塑料袋。春节期间请朋友喝酒，我特地上了一盘甘露，已吃够了大鱼大肉的朋友，筷子纷纷伸向了甘露，最后，鱼、肉基本未动，而甘露却早已见底。

饮酒小记

我的爷爷、父亲和两个叔叔都不善饮酒。冀西南故乡的爷爷辈儿父亲辈儿的，也没听说谁特别能喝。这大概与他们所处的贫困年代有关。终日面朝黄土背朝天地劳作，工分不值几个钱，吃不饱穿不暖，哪有闲钱去打酒喝呢？故乡不像其他地方，有自己酿酒的习俗，喝酒都是到村合作社

（代销点）去买，所以平时人们很少喝酒，除非是过年。

记得20世纪60年代末，少年的我随父母回故乡过年，爷爷拿出一把锡制的酒壶倒上酒，先在炕边的煤火边温上，又拿出几个不比五分硬币大的酒盅，过年的家宴便开始了。爷爷、父亲和两个叔叔象征性地抿了几下，我只是好奇地呡了一点点，便辣得慌忙去挤（方言，夹的意思）菜。下酒菜很简单，醋熘白菜、煮黄豆、煮花生等。最好的就是凉拌剔骨肉了，用小磨香油、葱丝一调，真是香得无比。盘子很小，不过5寸左右，有的比碟稍大，且如平板，根本盛不了多少东西。凉拌剔骨肉下得最快，如风扫残云。坚持到最后的盘子是煮黄豆、煮花生。用筷子一粒一粒地夹，那是很费时的。

真正开始喝酒，是进入20世纪70年代的16岁花季。特别是春节，同学们争相在家摆酒场，今天去我家，明天去你家，后天去他家，一直排到了二月二龙抬头。那时河南的名酒张（弓）宝（丰）林（河）是热门货，凭票购买。没有点门路的只能喝"一毛辣"（用红薯干做的，一毛钱一两的散装酒），或一两块钱一瓶的低档酒了。我们喝的都是张宝林之上的。酒菜除炒鸡蛋、小葱拌豆腐、醋熘白菜、煮黄豆、煮花生之外，还有几瓶十分难开的鱼罐头、水果罐头。那罐头的盖子用很硬的铁皮制成，须用改锥（螺丝刀）沿盖子边缘一点一点撬开，或用菜刀尾部的尖在盖子上用力切一十字，然后再将十字处的铁皮翻起，才能将食物倒出。盘子也很小，5寸零3分。酒盅也很小，跟扣儿一样。那时酒量都不大，但喝一夜也很少有人喝醉。这除了盅小外，也与酒桌上两小无猜的热烈气氛和好心情有关。刚开始是出枚打通关，再分班儿出枚、老虎杠子鸡、翻扑克、查7（逢7和7的倍数说过或拍手跺脚）、成语接龙、接电影名、大西瓜小西瓜（说大用手比小，说小用手比大）……真是花样翻新，层出不穷。一曲酒令酒数杯，往往玩到天亮还余兴未尽。喝酒讲究的就是气味相投、气氛热烈和好心情。"酒逢知己千杯少"啊。

上山下乡后，我们仍坚持这样的春节聚会。有年春节，我们几个同学在农场值班，晚上，我们打开从家里带来的罐头和酒，将酒倒进饭碗里（没有酒壶和酒杯），五魁首、六六顺地喊了起来。那肆无忌惮、声嘶力竭的喊声，压倒了窗外旷野中寒风的呼啸，驱散了一年的劳动艰辛，赶走了没有电视、没有录音机、没有任何娱乐设施的寂寞和无聊。

入伍后，除了“八一”和春节，平时是滴酒不沾的（特殊情况例外）。值得一提的是，我所在的20世纪70年代后期的信阳地区，无论是公宴还是百姓家，那盘子都特别大，小则8寸，大则一尺。菜肴也特别丰盛，充分体现了鱼米之乡的优势。每年“八一”和春节，我们中队的酒桌上都是盘子摞盘子，恐怕有20多个。一次，我随固始县委宣传部新闻培训班下乡，公社安排的酒桌上也是20多个大盘子，鸡鸭蛋鱼虾鳖（当时的鳖很便宜，几毛钱一斤，可谓家常菜），应有尽有。百姓住的虽是黑乎乎的茅草屋，村街到处是泥泞不堪，但他们每顿饭也要有几个大盘子伺候。信阳地区的盘子之大，菜肴之多，令我赞叹。这是我之前在居住的豫北和故乡从未见到过的。

复员回到豫北，走进机关，喝酒的机会渐渐多了起来，或跟着局长到下属单位喝，或陪上级领导喝，血管里流淌的不再是纯粹的血，而是酒精成分很高的血。听外单位一位朋友说，他到献血车那儿献血后，人家回函说，你的血不能用。他随即吓了一大跳。仔细一看，原来是酒精含量严重超标。

官场上的酒场是很讲究的。首先要认准自己的位置，主次分明，谁的职务最高谁坐主位，然后按职位高低有序落座。其次，端杯、夹菜都要看领导的眼色行事。服务员如果一时服务跟不上，职位最低的还要立即担负起服务员的角色，给领导斟酒、递烟、点火。再者，还要随时做好替领导喝酒的准备。领导敬酒，哪怕是1059（农药），也要一饮而尽。而你给领导敬酒，却不能勉强，只能遂领导之意。有时为了劝领导或客人喝一杯，自己还得带头喝上几杯，以打动领导或客人。佐以下酒的全是些虚话套话，全没有16岁花季时的纯真和上山下乡及当兵时的豪爽。

20世纪90年代中期后的春节，同学们互相请到家喝酒一年比一年少了。各有自己的家庭，各自的身份地位也有了变化，平日里相互联系也较少，情谊也渐渐淡薄了。也可能是嫌太麻烦，也可能是太现实了。即使偶尔聚到一起，16 岁花季时的纯真也荡然无存了。经过几十年的风风雨雨，就如从山上滚落下的石头，在岁月的长河中磨去了棱角，磨成了圆圆的鹅卵石。花季时的一律平等，如今都有了高低之分，职位最高的众星捧月似的坐到了上首，其他以职位高低依次排序，言谈话语都染上了官场和社会上的色彩。酒是名酒，菜是山珍海味，盘子是奇形怪状，但昔日的热烈气氛和晶莹剔透的心情，却一去不复返了。

被“一刀切”后，退居二线不用上班，官场上的酒场骤然像一朵云，被风吹得无影无踪。其实这样也挺好。随着年龄的增长，酒量逐年下降，身体零件逐渐老化，怎能再与在位的年轻人去拼杀？怎能再在酒场上向年轻的领导阿谀屈尊，看人家的脸色？酒多伤身，还是保重身体重要。身体不仅是革命的本钱，更是好好活着的唯一本钱。

“花间一壶酒，独酌无相亲。举杯邀明月，对影成三人。”在“采菊东篱下，悠然见南山”之后，像李白这样独酌，真是别有一番情趣。“携幼入室，有酒盈樽。引壶觞以自酌，眄庭柯以恰颜。”没有酒场上的喧闹和污浊，没有人站到你面前硬劝你一饮而尽，不用担心被别人灌得烂醉如泥，不用担心因喝酒与别人发生言语冲突，不用醉翁之意不在酒，不用察言观色，一切完全由自己支配。可以放一支喜欢的乐曲，边听边品（酒场上哪有这个“品”字！简直是牛饮）；可以遥望皎洁的明月，与吴刚嫦娥对饮；可以随便翻一下古今中外的名篇佳作，与古今中外的大家举杯。想喝多少喝多少，一切尽在随意中，岂不乐乎？

与文朋诗友对酌，也是非常惬意的。席前互相问候，互相谈一下近来创作和发表的作品，互相切磋、交流、激励，雅兴浓浓。席间汪洋恣肆，谈古论今，海阔天空，“书生意气，挥斥方遒，指点江山，激扬文字”。散席后依依握别，又憧憬着下一次的聚会，真乃其乐无穷。一次，窦君约几位文友到南太行一游，午时，窦君将带来的美酒摆到古寺外的青石板上，我们分别找几块青石落座，“欢言得所憩，美酒聊共挥。”把酒临风，望群山巍峨，灌木郁葱；听清泉淙淙，婉转鸟鸣。顿觉心旷神怡，飘然若仙，逍遥清静，颇有醉仙李白“我醉君复乐，陶然共忘机”之意。

酒不在名，有朋则兴；酒不在淡，有情则浓。

鸟 情

草长莺飞，春暖花开。忽然发现路旁有卖鸟的。众鸟争鸣，格外悦耳。在小城，这恐怕是第一位卖鸟的人吧。蛰居小城，极少到大自然中领略鸟的歌喉，便慷慨地买上两只，悠然而归。

妻下班，儿下学，见鸟顿喜，一时逗得小鸟上下翻飞叫个不停。葡萄架下的小院，从此跳跃着欢乐。

这是一对鹦鹉科的小鸟，钩嘴儿，绿豆眼儿，一只金黄，一只翠绿，其模样煞是可爱。金黄鸟可能属雄性，它在铁丝网编制的小笼里极不安分，时而来个“倒挂金钟”，时而来个“回头探海”，一会儿非常主动地与翠绿鸟接吻，一会儿又肆无忌惮地跳到翠绿鸟身上。而翠绿鸟可能属雌性，性情极温柔，对金黄鸟那潇洒的表演动作，它总是将小嘴儿凑上去；对金黄鸟的肆无忌惮，它总是一动不动，服服帖帖。两只鸟好舒服，好恩爱！

不料几天后，翠绿鸟突然病了。它的绿豆眼儿不再明亮似水充满柔情，总是半睁半闭，甚至闭上眼久不睁开。金黄鸟急了！急得团团转，叽叽喳喳叫得像发脾气的大老爷们儿。它使尽浑身解数，“倒挂金钟”“回头探海”……可再潇洒的动作也难得翠绿鸟一笑。它叽叽叫着去接吻，翠绿鸟略微一睁眼，却又随即闭上。但金黄鸟仍一股劲儿地轻吻着，那轻吻中有深情的爱，有深情的体贴与安慰。

我慌了，忙把青霉素胶囊掰开，将药面儿倒入笼内盛米盛水的小罐。

两天后，我突然发现，翠绿鸟的病情更重了，它站也站不稳了。金黄鸟看着它倒下，急得用钩嘴儿去衔它背上的羽毛，企图帮它重新站起，可一次次地失败了。翠绿鸟终于躺倒了。任金黄鸟一次又一次地企图将它衔起，翠绿鸟都一概地无动于衷，只有那两只绿豆眼儿半睁半闭，似乎想和金黄鸟诉说什么……

翠绿鸟被儿子埋掉了。金黄鸟叽叽喳喳上飞下跳，整个下午，它像疯了似的！

这以后，我再也听不到金黄鸟那悦耳的叫声了。金黄鸟孤独地一动不动，如同标本一样。我没有想到，鸟儿也会如此痴情，而有的人却连鸟也不如……

钓　鱼

少年时，尤爱钓鱼。鱼竿很简单，从竹扫帚上抽下一根便是。鱼钩也很简单，用大头针一弯即可。鱼漂是高粱秆儿，鱼线是母亲纳鞋用的线绳，曲蟮或井边或河旁随处都有。钓鱼的地方也很多，不大的小城四处都是自然形成的水坑。那水坑清清如镜，长满了水草，可见鱼儿在其间自由穿行，还可见青蛙正宗的蛙泳。近处的水面上到处跑的是灵活自如的“驮车”，坑中央时而有不甘寂寞的大鱼“哗”地翻起层层涟漪。有的水坑开满了荷花，花香沁人心脾。青蛙悠闲地蹲卧在荷叶上，或独唱或齐唱或合唱，奏出独特的蛙鸣交响曲，令人心旷神怡。鱼儿也在荷叶下追逐打闹，有时将荷叶上的青蛙吓得腾身而起，来一个漂亮的跳水动作，潜入水中。有的坑里长满了芦苇，有水鸟从芦苇丛里一飞冲天，留下一串悦耳的“花腔女高音”。水鸭不时从芦苇间游出，好奇地观看着外面广阔的水上世界。

“扫帚鱼竿”只能在坑边钓小鱼玩。小鱼很调皮也很狡猾，一下钩，它拖着就跑，几次都钓不上来，曲蟮却被它吃光了。钓鱼就怕鱼不吃漂不动，越吃越动钓鱼者越有兴致越高兴。那时，钓小鱼确实带给我许多乐趣。

后来，随着年龄的增长，我的兴趣转向了钓大鱼。“扫帚鱼竿”换成了赶马车用的长鞭杆儿，鱼线绳换成了鱼丝，高粱秆鱼漂换成了红白相间的可能是塑料制成的鱼漂，大头针鱼钩换成了只要上钩就别想跑掉的回头钩。我将鱼钩甩向水坑深处，或将渔钩下到水草间、荷叶间、芦苇边，静等大鱼咬钩。

大鱼不像小鱼那样拖着就跑，大鱼比小鱼更狡猾，迟迟不咬钩。有时换几处地方，好久都不见漂动。钓大鱼太需要耐性了！面对鱼饵，大鱼是很谨慎的，它可能绕着鱼饵转来转去，当发现确实没有危险时才上前。老奸巨猾的大鱼往往这样，吃掉一个又一个鱼饵，使垂钓者一次次扬起遗憾的空竿儿。但是，再狡猾的鱼也有上钩的时候。当它吃掉一个又一个鱼饵，尝到一个又一个“甜头”时，它贪心的胃口便越来越大，欲望便越来越强烈，警惕性便越来越低，便会忘乎所以地大吞送到嘴边的美味。正是在这时，沉稳的垂钓者才能钓出惊喜，钓出乐趣。

数年过去，小城的水坑一个个消失了，取而代之的是一座座新房。每逢大雨，小城的水无坑可储，有时水深过膝。垂钓的场所也移到了乡下，那是专业户办的渔场。钓上来的鱼由专业户过秤收钱。鱼塘的鱼很多，主人如不撒食将鱼喂饱，鱼很容易上钩。这种鱼塘，自费垂钓者寥寥，大都是乘公车而来的公费垂钓者，所用渔具也都是高档的。这是各种关系的垂钓，也是各种利益的垂钓。安排这种垂钓的人往往也是一位垂钓者，他在钓垂钓者手中握有的东西。

这哪还有昔日在自然水坑中野钓的情趣？

我不再钓鱼了，我的“鞭杆儿鱼竿”早已荡然无存了……

垂钓之乐

晚，散步，恰遇老同学李君，自行车篓里放着刚买的几袋鱼饵。李君说，这是专门钓鲢鱼的饵，每袋3块多。早已几十年不垂钓的我不禁小吃一惊，孩童时都是挖蚯蚓作鱼饵，如今却弃蚯蚓花钱购买鱼饵了，并且还是钓什么鱼用什么饵的专用鱼饵。我轻轻一笑说，现在钓鱼也投资啊？李君大咧咧地说，那当然了，鱼竿几百上千；骑摩托到淇河，油费3元，到灵山4元；到鱼塘钓20元，有的论斤，一斤15元；到水库钓100元，如果拼车去，每人车费还得20元。我已经投入几千元（钱）了。我一听，不禁又吃了一小惊。

我和李君被红头文件“一刀切”后，很少见面，听说李君迷上了钓鱼，天热时，下午随钓友出发，傍晚开始垂钓到10点，有时住下不走，直钓至第二天早上。果然，李君又滔滔不绝地继续念起了他的钓鱼经——

我最近钓了一条6斤多的鱼，遛了好大会儿才捞上岸。遛鱼是顺着咬钩的鱼放线，等它累了再摇轮收线，如此反复，直把它拖得精疲力竭，才能拖到岸边，用网捞上来。

我问，那要是再大的鱼，网不住呢？

李君说，那就用肉钩钩住拖上岸。

我的心一沉，这对钓者是一种极大的兴奋，而对自由自在惯了的鱼来说，莫不是无比的痛苦。

李君接着说，到水库钓，管理人员负责把你送到钓位，结束时再接回。有钓者到钓位后，竟在周围撒一二百斤玉米作鱼饵，支十来根鱼竿，鱼钩上则挂甜嫩玉米。怕船走后记不住钓区，就用塑料瓶拴一块石块坠在那里。那里有鳜鱼，一斤80多元。有的钓五六斤，就是几百元。但谁都不卖，都是自己享受自己的劳动成果。有的用路卡钓。

啥是路卡？我问。

路卡是一种红红的类似小鱼的钩，在水里像鱼一样游，引诱那些大嘴的爱吃小鱼小虾的鲇鱼和其他鱼。这些贪吃的大嘴鱼一见到路卡便一口吞下，不料却上当受骗。李君哈哈一笑。

我不由想到了贪官，他们岂不也像这些大嘴鱼一样！

李君继续说，钓鱼是一种念想，很有吸引力，就像有一种美妙的喜悦在前方向你招手。上午钓不着盼下午，下午钓不着盼明天。一般一天钓不着一条是极少的，哪怕只钓着了一条，那就是钓着了一种快乐，钓着了一种希望，钓着了一种信心，钓着了一种力量。

是啊，钓鱼不在乎比买鱼贵，而在乎于一份心情，在乎于享受钓鱼的乐趣和过程。

麻　雀

麻雀，冀西南的故乡称小虫。从南到北，由东到西，到处都有它的身影，知名度不亚于当今的歌星，数量之多不啻今天的老板。

从记事起，我就知道了小巧玲珑衣着朴素的麻雀。天麻麻亮时，麻雀们就起来了，它们睁开眼就很活跃，在房檐叽叽喳喳你逗我我逗你，在树上上下翻飞你追我我追你，高兴得不得了。刚知道小鸟这个词，我就把小鸟当成了麻雀，把麻雀当成了小鸟。其实，小鸟包括许多鸟，可小鸟再多，与普通人家接触最多的就是麻雀了。刚知道无忧无虑这个成语，我就把它用到了小鸟身上，我没见过哪只小鸟愁眉苦脸，它们始终是无忧无虑地在天空自由飞翔，在林间自由歌唱。可幼年的我哪里知道，小鸟也是有忧有虑的，特别是麻雀，它们刚刚经历了一场举国上下消灭它们的人民战争！

毛泽东听了某些农民“麻雀祸害庄稼”的意见后，在1955年12月21

日为中共中央起草的给上海局、各省委、自治区党委的通知中写道："除四害，即在七年内基本上消灭老鼠（及其他害兽）、麻雀（及其他害鸟，但乌鸦是否宜于消灭，尚待研究）、苍蝇、蚊子。"（见《毛泽东选集》第五卷1977年版263页）。于是，麻雀们遭到了空前劫难，在人人喊打声中几乎全军覆没。幸运的是，时隔4年零3个月之后的1960年3月，毛泽东在分析研究了生物学家为麻雀鸣冤叫屈的报告后，在为中共中央起草的关于卫生工作的指示中说："再有一事，麻雀不要打了，代之以臭虫，口号是除掉老鼠、臭虫、苍蝇、蚊子。"（同上）经历了4年多人民战争大难不死的麻雀们，终于重见了天日。

刚自由飞翔自由歌唱的麻雀，陪伴我走进了小学校门。我在教室唱，它在窗外唱；我在操场上做游戏，它在槐花飘香的树上玩耍。我真想逮住它和它玩个够。

冬日，生产队饲养棚的院里和干草垛上，落满了觅食的麻雀。我像鲁迅笔下的闰土一样，在草垛旁用小棍儿支上筛子，在筛子下撒上谷子，然后两手拽住拴小棍儿的绳子藏在一旁，引诱麻雀上当。麻雀大都很精灵，很少进入我的圈套，就是进入，也特别警惕，每啄一下，小脑袋都要灵活地转动着左看右看，随时准备撤离，一上午，我只逮住一只幼小的经验不足的麻雀。

为逮住麻雀，我还和同学们搬梯子爬房檐掏雀窝。掏出嗷嗷待哺的黄嘴角儿小麻雀，我们将它放到铺上草的纸盒里，逮小虫子喂它。可能是小麻雀的父母，始终跟着我们，盯着纸盒里的小麻雀叫个不停。小麻雀张开黄嘴角儿，扑扇着柔弱的小翅膀叽叽叫着，像慌着找奶吃的婴儿。我们放下纸盒躲到一旁，只见小麻雀的父母倏地飞下来，叨起小麻雀又倏地飞去。那动作之敏捷，令我们目瞪口呆。后来听大人们说，麻雀窝里有蛇，弄不好蛇就会顺着胳膊钻进嘴里，钻到肚里。吓得我们再也不敢掏麻雀窝了。

但我想逮只麻雀玩的欲望仍很强烈。这时我配备了弹弓，除上课就用弹弓打麻雀。我并不想将麻雀打死，我想将它打伤，然后捉住它玩。开始，我的“准头儿”不行，距离越近心情越激动越打不准。后来，麻雀一见我提着弹弓，便成惊弓之鸟，一飞冲天。玩了几年弹弓，其实俘虏很少。

麻雀，为我的童年增添了童趣，为我的少年增添了欢乐。

气枪的出现，农药使用的过多，用粘网为饭店大量的捕捉，使麻雀大大地减少了，好长时间甚至见不到麻雀，即使见到，它们的队伍远远没有过去庞大了，只剩下“十几个人七八条枪”。

经科学家研究，麻雀仅在七八月糟蹋庄稼，其余时间都在捕捉害虫或吃草籽。麻雀确实是对人有益的，是人朝夕相处的朋友。可惜人对自己的朋友太缺乏爱心了。

我与本草

上中学时我就对中草药感兴趣。最初感兴趣的是肉桂。那时正值“文化大革命”初期，人民的生活水平很低，少年的我们没有什么零食可吃(不像今天的孩子们零食品种既多又吃不完)，不知是谁带到学校几块儿肉桂，掰成指甲大小的块儿，分给周围的同学品尝。当然，我也分到一块儿，先用鼻子闻了闻，那味儿很别致，气香浓烈。我很有兴致地放到嘴里，嚼了起来，随即一股又甜又辣的怪味儿撑满口腔，但感到非常过瘾，就像瘾君子抽了一口味道很冲的烟一样。从此，往学校带肉桂的越来越多，竟风靡全校。后来才知道，肉桂是一种中药，主要功能是补火助阳，引火归源，散寒止痛，活血通经。用于阳痿、宫冷、心腹冷痛、虚寒吐泻、经闭、痛经、温经通脉。

那时，街上除散发各派的传单外，还散发了一种油印的土单验方。记得上面有一个验方说，寒水石治狐臭。我很好奇，于是，到药店买来已研成粉末的寒水石，扑在两个腋窝。其实我并没有狐臭，只是有点汗臭而已。用了两次，我感到很见效，还推荐给我要好的同学使用。当时，我是个笛子爱好者，从书上看到用白芨粘笛膜很牢后，又连忙到药店买来，用小刀将白芨刮成弧形，沾上唾液抹到笛膜孔上，再粘上笛膜，果然效果很好。之后，我的衣兜里常装着白芨。

随着年龄的增长和身体条件的变化，阴险的“三高”（血压高、血糖高、血脂高）渐渐向我袭来。为对付这些顽敌，我既重视它们又藐视它们，积极采取了应对措施：除用西药降压外，血糖高、血脂高暂不用药，在精神和生活上进行调理，长期坚持散步，分别饮用枸杞、决明子、刺梨、山楂等中草药。我从《本草纲目》和其他医药健康类报刊中得知，这些中草药对付“三高”是行之有效的。过了一段时间，单位组织体检时，除血压这个终身的顽敌在服药状态下保持平稳外，血糖有所下降，而血脂恢复了正常。

几年前，我突然患上面神经炎，医生让输液，结果病没治好，反而针扎处起了一个大包（有人说是静脉炎）。于是，我改用中医治疗，每天服用几十种中草药，并用药渣敷那个大包（我知道这些中草药有活血化瘀的成分）。大包几天后消失了，面神经炎也渐渐好了起来。为巩固疗效，我不再去麻烦医生，自己找了一个“牵正散”的方子吃了起来，效果良好。

近来，高度近视的妻子视力严重下降，并伴有黑丝、闪光、云翳等。经县医院医生诊断为玻璃体浑浊、视网膜脱落，并表示没有什么好办法。我又想到了中草药，即刻查找有关资料，终于找到一个适合妻子的方子。经过一个月的服药，妻子的视力已有明显好转。现正在继续用药。

除用本草治病外，我还用枸杞、黄精、淫羊藿等多种本草泡酒，用以佐餐，不仅增添了食欲，还增进了健康。

中医药是我国传统的医学宝库。明代伟大的医药学家李时珍老先生倾注毕生精力、呕心沥血 27 年完成的中华医药的巅峰之作《本草纲目》，不仅是这座宝库中的一颗璀璨的明珠，也对世界医药学、植物学、动物学、矿物学、化学的发展产生了巨大而深远的影响，是世界的“绿色圣经”“东方医药巨典”。这部 190 多万字的旷世名著、全人类的健康珍宝，已成为我的良师益友，它将永远陪伴我健康生活。李时珍这位20世纪50年代初被世界和平理事会列为古代世界名人的老先生，永远屹立在在中国人民的心中，也永远屹立在世界人民的心中。

童年的春节

“爆竹声中一岁除，春风送暖入屠苏。千门万户曈曈日，总把新桃换旧符。”带着春的气息，舞着婆娑的雪花，伴着声声爆竹，披着大红对联，打着大红灯笼，中国传统的节日——春节，向我们款款走来。

这是我的第60个春节，花甲之年，不由回想起童时的春节。

那是一个很少能吃肉很少能穿新衣的年代。那时，我和小伙伴们最盼的就是过年，因为过年不仅能吃肉能穿新衣，而且还能拿到压岁钱，还能放鞭炮，还能有许多高兴的事。这种盼，好像沙漠中渴望见到绿洲，犹如干旱的禾苗期盼一场透雨。这种盼，从一进入腊月的门槛就开始了，每天掀着月份牌不时地看，扳着指头算还有几天，甚至做梦中都在过年。吃罢腊八粥，赶罢腊八会，看着母亲在昏黄的灯光下缝着我和妹妹的新衣，针针纳着我和妹妹的新鞋，这种盼，更是日愈强烈。特别是母亲终于将新衣新鞋做好后让我试一下的时候，就像看到了春节的曙光似的。新衣新鞋试穿时，母亲总是让我站好，前瞧瞧后瞧瞧，左瞧瞧右瞧瞧，或拽拽前襟，或抹拉一下后背，或摁一下鞋的大小，或问一下是否挤脚，俨然似一位鉴赏家在鉴赏一件艺术品。说是试穿，可一试我就不想再脱下了，等母亲“鉴赏”完后，我就一溜烟似的跑到街上，向小伙伴们谝。谝过之后回到家，母亲便让我脱下，说是等过年时再穿，弄脏了咋过年？晚上睡觉时，我不得不将新衣新鞋脱下。等我睡着时，母亲便将新衣新鞋收拾起来，放入箱中。

腊月二十三，是祭灶的日子，求灶王爷“上天言好事，下界保平安”。

对童时的我来说，不懂什么祭灶不祭灶，对我充满诱惑的是父亲买来祭灶的芝麻糖。那年月，吃个糖豆就感到非常甜美，别说那粘满芝麻又甜又香的芝麻糖了。母亲却不让吃，说等供奉了灶王爷之后才能吃。我只好耐心等待，看着母亲虔诚地将芝麻糖放在灶王爷的牌位前，烧香、磕头、作揖，口中念念有词地保求灶王爷全家平安。这时，父亲已将麦秸秆般粗的小红鞭炮准备好，他让我拿竹竿将鞭炮挑着来到院里，然后父亲抽了一口烟，弹掉烟灰，朝炮捻儿上点去。霎时，清脆的鞭炮声便响彻了小院内外，融入了此起彼伏的千家万户祭灶的鞭炮声中。放完炮，我随即又拿手电筒照着鞭炮的碎屑，在里面寻找未燃响的炮，留着吃过芝麻糖后，将小红炮拦腰掰开，用点燃的香戳向黑黑的炸药，倏地燃出一道细细的火光。带着刚放完鞭炮的喜悦，我终于吃到了那粘满芝麻的又甜又香又粘牙的芝麻糖。可惜那时还没有央视“你幸福吗”的采访，如有，我肯定会说，幸福！非常幸福！

祭灶一过，春节便屈指可数了。二十四扫房子，二十五磨豆腐，二十六蒸馒头，二十七宰公鸡，二十八贴画画（对联），二十九剃“狗”头（理发），三十儿褪皮儿（洗澡换衣服），初一，撅撅屁股作作揖儿（拜年）。这些天，又忙又累的活不用我干，对我来说，主要的就是剃“狗”头、褪皮儿和吃。当时小城只有两个国营理发店，每到快过年时，从早到晚，人满为患。父亲往往领着我找到熟悉的理发员，先理为快。洗澡不比理发，小城就一家国营澡堂，人们为了能洗上澡，常常是起五更摸黑而去，就这，澡堂里已是挤得水泄不通。洗澡不单单是洗身体上的污垢，还蕴含着洗去一年的不吉利的晦气。

除了剃“狗”头、褪皮儿，我就像一只小狗似的围在母亲的身边，或往蒸馍、煮肉的烧火里塞几把柴火，等着啃骨头；或看着母亲将猪肉上的板油剔下切成小块儿准备炼油（那年月的油贵如春雨），迫切地等待着板油变成黄酥酥的油渣。那啃骨头嚼油渣的感觉，真的是太香太过瘾了！

和骨头、油渣差不多香的是炸麻糖（油条）、炸糖糕、炸丸子。这些也是一年难得吃上两回的美味佳肴。每逢母亲坐上油铛开炸，我的喉咙里就恨不得伸出手来。那外焦里嫩、酥脆香甜的味道，真是美极了！丸子有两种，一种是红薯丸儿，用蒸熟的红薯和面粉和在一起，加适量白糖；一种是杂面丸儿，用绿豆面和白面及白萝卜丝和在一起。红薯丸儿圆而光，甜又香；杂面丸儿形如刺猬，除焦香外，还有绿豆面和白萝卜丝特有的味儿。二者各具特色。父母边炸，我和妹妹边吃，不亦乐乎。

除夕好像一位洁净漂亮的女生姗姗而来，家家都已贴上了大红的对联，屋里、院里、街里都比平时干净了许多。上午小城大街上还人头攒动，忙碌着最后的年货，一到中午便霜打了似的，门店纷纷关门大吉。整个下午，街上除了放炮的孩子们，显得格外清静。随着夜幕渐渐合上，随着饺子下锅，这种清静很快就被越来越密集的鞭炮声打破。至午夜零时，密集的鞭炮声更是登峰造极，响彻云霄。那时没有电视，更没有春晚，人们或烧着香供奉着七十二位全神和祖宗牌位，或打着扑克，或放着零星的炮，等的就是这个辞旧迎新交替的时刻。母亲为图吉利，常让我和父亲放头挂鞭，我常和父亲盯着那个茶杯口大小的钟表，在零时即将到来时，点响全家新年的祝福和愿望。

放完鞭炮，母亲把崭新的“割耳朵票”（压岁钱）递给我，让我压到枕头底下赶快睡，准备起五更拜年。我余兴未尽地钻进被窝，两手将“割耳朵票”抖得咕作作响。过年真是太好了！若不是过年，平日怎能得到这咕作作响的“割耳朵票”呢？我两眼瞪着贴着报纸的屋顶，憧憬着五更的到来。明天拜年，肯定还能挣不少“割耳朵票”呢。迷迷糊糊睡了不大会儿，五更的鞭炮声便铺天盖地地响了起来。我揉着惺忪的睡眼来到院里，只见天还黑咕隆咚的，窜上天的起火带炮、两响炮，不时与满天星辰媲美。我忙和父亲燃放鞭炮，又给父母拜年。这时，街上已涌动起拜年的人流，传递着“过年好”之类的问候声。须臾，三五成群的拜年人涌进了小院，或到我家，或到房东家。我和母亲也加入了拜年的人流，先到房东家，再到左邻右舍，一圈儿下来，我的衣兜里装满了水果糖、花生、核桃、柿饼，还有几张一毛一毛的

“割耳朵票”。若在河北老家，拜年的去处则更多了，除了爷爷奶奶、叔叔婶婶、老本家，还有姥姥家、舅舅家，以及七大姑八大姨等，那是需要好几天才能拜完的。

拜完年，吃过饺子，天已大亮。闲着没事的大人小孩儿，便在街道旁或院子里“赌博”。有的用粉笔画一约一尺见方的田字格，再在数米外画一条不可逾越的界限，参与者每人兑约定的一枚硬币，然后“捶包捶”（石头剪子布）决出先后次序，依次站在界线上往田字格里扔硬币，扔到格里的硬币，按事先定好的单要双赔或双要单赔论输赢。有的在地上画一条线，参与者依次站在界线上往那条线扔硬币，谁扔的硬币离那条线最近谁胜。还有的赌核桃，在地上挖一小坑，参与者依次往坑里扔核桃，也是按事先说好的单要双赔或双要单赔论输赢。还有的打扑克赌硬币等。不管何种方式，直赌到吃午饭为止。午饭后，这种赌又开始了。整个正月，这种赌每天都在轮回，随处可见。

几十年弹指而去，随着生活水平的不断提高，过年也在不断地发生着变化。但不论怎样变化，那种浓浓的亲情、乡情、友情，那种欢天喜地的气氛，那种沁人心脾的年味儿，是永远不会变的。每个人童时的春节，是永远难以忘怀的。

过　年

年，传说是古代的一种极其凶猛的怪兽，每到这一天，怪兽便来骚扰先民，磨牙吮血，使先民闻风丧胆，深受其害。后来，先民便想方设法驱除怪兽，当怪兽袭来时，先民就敲击铁盆、皮鼓，燃放鞭炮。怪兽闻之，吓得逃之。先民便称这一天为“过”年，“过”，就是驱除的意思。据史料记载，汉武帝时，司马迁创《太初历》，定农历正月为岁首，正月初一为新年。辛亥革命后，才正式决定正月初一为春节，沿用至今。古代关于年

的概念最初来自农业，以谷熟为一年，古文中曾记载道："年，谷熟也。"在甲骨文中，年字是果实丰收的形象，在金文中，年字也是谷穗成熟的样子。可见年与农业和人类生产劳动的周期紧密相连，寄托着人们对五谷丰登、人畜兴旺的憧憬和期盼。渐渐，人们便把过年作为丰收、吉庆、祭祖、敬神的盛大节日。

在豫北的小城和农村，过年其实是一个很长的过程。一进腊月，年味就扑面而来了。民俗认为，腊月里都是"好儿"，所以办喜事的特别多，从县城到农村，到处都可听到办喜事的大喇叭里耳熟能详、百听不厌的《朝阳沟》《百鸟朝凤》和一串串喜气的鞭炮声，为年味烘托着气氛。腊月初八，家家都熬起腊八粥，将丰收的果实熬进锅内，也将丰收的喜悦熬进锅内。一进腊月二十，县城主要街道的年味便一天浓似一天，卖年画对联的、卖鞭炮的、卖各种水果点心的、卖各种服装鞋帽的、卖各种水产土产蔬菜的……摆满了路两侧，有的甚至摆到了路中央。交警和城管的执法人员无影无踪了，显示出平时未有的宽容。人们从四面八方赶来，摩肩接踵地赶着一年里最隆重的年集，购买着比平时数量和花样都多几倍的物品和食品。电喇叭的叫卖声，招徕顾客的音乐声，讨价还价声……整个街道喧闹得锅滚似的。更有卖鞭炮者为展示自己的产品，吸引大量的顾客，先声夺人，不时燃放着挂挂鞭炮和礼花，使年味更加浓厚，更加撩人心弦。年集一直延续到年三十的中午，人们方如潮水般退去。三十的下午，街上如霜打般，只有零星卖鞭炮和卖甘蔗的小摊儿，仍守望着最后的零星的顾客。从二十三祭灶开始，便进入了过年的倒计时。二十四扫房子，二十五磨豆腐，二十六蒸馒头，二十七宰公鸡，二十八贴画画（对联），二十九剃"狗"头，三十儿褪皮儿（洗澡换衣服），初一，撅撅屁股作作揖儿（拜年）。过罢初一，年并未过完，初五还有个小年。过完小年，还有十五十六元宵节。元宵节可谓是中国的狂欢节了，县城大街上人山人海，舞龙、舞狮、背歌、抬歌、花船、高跷、猪八戒坐崩竿、民间武术、彩车、方队……形成了一条狂欢的河。人们释放着聚集了一年的激情，将过年的兴奋推向了最高潮。

随着信息网络时代的到来，过年也在发生着潜移默化的变化。过年燃放鞭炮的习俗在一些城市被禁，使城市的年味淡了许多。而郑州举办的春节中原文化庙会以及南京最近举办的中国首届祭灶节等，又使中华民族古老的民俗得以弘扬。它们和除夕夜全家围着电视看中央电视台春节文艺晚会及电话拜年、网上拜年，构成了新的民俗。初一磕头作揖、初五送穷灰等习俗，早已在时代潮流中淡化甚至消失。物质极大地丰富了，过年解解馋、换件新衣服的时代一去不复返了。但人们仍注重吃穿，只是上了档次，有的将家宴摆到了饭店，有的从头到脚都是名牌。当然，下岗职工和贫困家庭例外。中央电视台刚播出，许多贫困大学生留校打工助学，回乡团聚成为他们的朝思暮想。年，人人都过，富有富的过法，穷有穷的过法，富有富的乐趣，穷有穷的乐趣，只是乐趣的标准不同而已。总之，时代在发展，社会在进步，日子一天比一天红火，一年更比一年好，这是不容置疑的客观规律，也是不容置疑的事实。

除夕夜感怀

这是我乔迁新居后的第一个除夕夜。一家人看电视，包饺子，说说笑笑，其乐融融。窗外，凛冽寒风里，不时响起清脆的鞭炮声。除夕夜，这个传统的充满亲情味的中国之夜，处处洋溢着欢乐、祥和、温馨、幸福。

忽地，我听到楼后响起了烧锅炉声，隔窗朝下一看，锅炉工正在炉火的红光里挥舞着铁锨，将煤装上一小推车，然后推进锅炉房。锅炉又尖叫了一声，很快，暖气管道响起了呼噜声，接着，暖气片就热乎乎的，室内也便有了春天般的温暖。

进入冬季，暖气已烧了两个月了，我只见过锅炉工一面，那是汽车将煤卸到楼前，他用推车往楼后推煤的时候。他一身标准的豫北农村人打扮，寸头、蓝衣、黑裤，落满煤灰的脸上，还抹有两道浓浓的煤黑。他边装车还边对几个住户说，保证又省煤又叫您暖和。这以后，我每每一下班便匆匆回家，将严寒关在门外，在温暖如春的屋里体味着舒适，在舒适中读书看报爬格子，去寻找一个做了很久的梦。

舒适中，我早已忘记了锅炉工，忘记了温暖如春的三室一厅是因有了锅炉工才如此。

锅炉房的门没关，炉火的红光在门外闪烁着，锅炉工的身影在红光里舞动着，就像一幅美丽的剪影。他的年货办齐了吗？他回家团聚吗？他吃了除夕夜的饺子了吗？……我不禁又浮想联翩，此刻，守卫边疆的将士正在冰天雪地里或万顷碧波上巡逻吗？他们想家吗？肯定想！当过兵的我，那种听着不绝于耳的鞭炮声，想家的心情是难以用文字表达的！

我不禁想起明代兵部尚书于谦的《咏煤炭》一诗："凿开混沌得乌金，藏蓄阳和意最深。爝火燃回春浩浩，洪炉照破夜沉沉。鼎彝元赖生成力，铁不犹存死后心。但愿苍生俱饱暖，不辞辛苦出山林。"他们，还有许许多多为了祖国，为了他人而默默奉献的人，不都是一块块煤炭吗？

春节的鞭炮声

春节燃放鞭炮由来已久，至今约有2000多年的历史了。

相传古时候有一种叫"年"的异常凶猛的怪兽，每到除夕便从海底爬出，骚扰先民，吞食牲畜，先民苦不堪言。后有人在怪兽来骚扰时，在门上贴红纸，在院里烧竹竿，敲击铁器、皮鼓，怪兽耳闻目睹，大惊失色，慌忙逃窜。至此，先民方知怪兽怕红、怕火光、怕声音。后来每到除夕，渐渐演变为贴对联、放鞭炮、点蜡烛，以庆贺平安吉祥。久而久之，这风俗便成了中国最隆重最狂欢的节日——春节。

据南朝梁·宗懔撰的《荆楚岁时记》记载，鞭炮当时还称爆竹。在还未发明出火药的年代，人们只好用火烧竹竿产生的爆裂声，来驱除瘟神魔鬼。唐代诗人来鹄在《早春》的诗句中曾写道：“新历才将半纸开，下亭犹聚爆竿灰。”宋代王安石也在诗中云：“爆竹声中一岁除，春风送暖入屠苏。”更加印证了古人过春节时千家万户燃烧竹竿的情景。

2000 多年后的今天，鞭炮早已取代了竹竿，但它的内涵没变，它仍是春节的宠儿，仍是吉祥、喜庆的象征，仍是人们对美好未来的憧憬。

一跨进腊月的门槛，稀疏的鞭炮声便拉开了春节的序幕，使人们立刻闻到了年味儿。到祭灶时，稀疏的鞭炮声便一下子稠密起来，形成了鞭炮的大合唱。在这种大合唱中，人们吃着芝麻糖，祝愿灶神上天言好事，下界保平安。而除夕夜和大年初一五更时的这种大合唱，更是达到了前所未有的高潮。各种各样的“万支鞭”“千支鞭”“大雷”“两响炮”“起火带炮”“礼花炮”……纷纷争先恐后地登台亮相，吼上自己最得意的高腔。真可谓是排山倒海，登峰造极！

据报载，禁放鞭炮多年的北京和其他 200 多座大中城市，纷纷改为限放，顺应了民心，使中华民族这一传统习俗更好地得到了弘扬。春节的鞭炮声将更加响亮，年味儿将更浓，13 亿中国人将更加心花怒放！

拜　年

拜年是中华民族的传统习俗，是人们辞旧迎新、表达美好祝愿的一种礼节。

拜年有着悠久的历史。宋代孟元老在《东京梦华录》中云：“年节，开封府放关扑三日，士庶自早相互庆贺。”明代陆容在《菽园杂记》中记载：“京师元旦日，上自朝官，下至庶人，往来交错道路者连日，谓之‘拜年’。然士庶人各拜其亲友多出实心。朝官往来，则多泛爱不专……”清代顾铁卿也在《清嘉录》中描述道：“男女以次拜家长毕，主者率卑幼，

出谒邻族戚友，或止遣子弟代贺，谓之‘拜年’。至有终岁不相接者，此时亦互相往拜于门……”由此可见，拜年古已有之，也可见古代拜年时路上人流的盛况和拜年的方式以及拜年时的心态。千百年来，这些拜年时的盛况、方式、心态，经久不衰，一直延续至今。

贺年片也是拜年的一种方式。古时文人雅士和官员就流行互送贺年片，当时称拜年钻。拜年钻由古代的名片演变而成。据清代赵翼考证，西汉时没有纸，削竹木为刺，上书名姓，叫“名刺”。后来还用大红绒线在织锦上绣字为“名片”。东汉后用纸代木，叫做“名纸”。六朝时简称为“名”，唐代叫“门状”。宋代还别称“手刺”“门刺”。明清时曾叫做“寸褚”“红单”。在宋代，上层士大夫就有用名帖互相拜年的习俗。宋人周辉的《清波杂志》中记载道：“宋元祐年间，新年贺节，往往使用佣仆持名刺代往。”“名刺”就是如今贺年卡的起源。“名刺”用梅花笺纸裁成，二寸宽，三寸长，上面写有受贺人的姓名、住址和恭贺文字。仆人拿着主人的“名刺”前往代替主人拜年，一是士大夫交友广关系多，没有小轿车快速穿梭，若四处登门拜年，既耗时又费力；二是关系不大密切，“朝官往来，则多泛爱不专”，所以就不亲自前往了。明朝杰出画家、诗人文征明也在《贺年》诗中云：“不求见面惟通谒，名纸朝来满蔽庐；我亦随人投数纸，世情嫌简不嫌虚。”总之，贺卡起到了联络感情和互相拜年的作用，既方便又实用，乃至今日仍盛行不衰。

“团拜”也是拜年的一种方式。“团拜”大约始于清朝。“京师于岁首，例行团拜，以联年谊，以敦乡情”（清·艺兰主《侧帽余谭》）。“团拜”至今仍流行于机关团体，但只是一种形式。“团拜”后，谁该去谁那里拜年还是要去的。

时光如白驹过隙。随着网络电信等科学技术的迅猛发展，传统的拜年习俗也在发生着变化。看了大半夜“春晚”的人们，不像过去那样起五更摸黑拜年，最早也要等到天亮后才行动，能多睡一会儿还是要多睡一会儿的，尽量不打疲劳战。网上拜年、电话拜年、短信拜年成了新的拜年习俗，尽管相隔万里，也隔不断亲情友情的激情传递。拜年磕头的大大减少了，除乡下还保留着这古老的习俗，城市里恐怕已不多见了。

不管如何，传统的拜年习俗将在不断的变化中更加有声有色，代代传承。

元宵节的来历

春节刚过，便迎来了又一个中华民族的传统节日——正月十五元宵节。

据史料记载，元宵节又称“灯节”“上元节”，始于2000多年前的西汉。司马迁创建“太初历”时，就已将元宵节确定为重大节日。正月是农历的元月，古人称夜为“宵”，正月十五又是一元复始、大地回春的第一个月圆之夜，人们把正月十五定为元宵节并加以祭祀、庆祝，是非常恰如其分的。

关于元宵节的来历，民间还有许多有趣的传说：

一是灯的传说。在很久以前，有一只神鸟因迷路而降落到人间，却被一个猎人误射而亡。天帝知道后大怒，欲让天兵于正月十五日火烧人间。天帝的女儿心地善良，偷偷把这个消息告诉了人间。人们听说后，便在正月十五这天张灯结彩、点响爆竹、燃放烟火，以迷惑天帝。果然，到了正月十五这天，天帝往下一看，发现人间一片红光，响声震天，真的以为把人间烧了个精光。从此，每到正月十五，人们便都家家户户悬挂灯笼，燃放烟火，保佑人间的平安。

二是汉文帝时为纪念“平吕”的传说。汉高祖刘邦死后，吕后之子刘盈登基为汉惠帝。惠帝生性懦弱，优柔寡断，大权渐渐落到吕后手中。汉惠帝病死后，吕后便独揽朝政，把刘氏天下变成了吕氏天下。刘氏宗室和朝中老臣深感愤慨，但都惧怕吕后的残暴，敢怒而不敢言。吕后病死后，诸吕们惶惶不安，生怕遭到刘氏宗室和朝中老臣的打击报复，于是，便共谋作乱，彻底夺取刘氏江山。结果此事败露，传至刘氏宗室齐王刘囊耳中，刘囊为保刘氏江山，决定起兵讨伐诸吕，并与开国老臣周勃、陈平取得联系，设计平定了“诸吕之乱”。平乱之后，刘邦次子刘恒登基，称汉文帝。文帝深感太平盛世来之不易，便把平息“诸吕之乱”的正月十五，定为元宵节，家家张灯结彩，热烈庆祝。

三是东方朔与元宵姑娘的传说。相传汉武帝的宠臣东方朔，在到御花园给武帝折梅花时，遇到了因思念家人欲投井自杀的宫女元宵，东方朔深表同情，向她保证，一定设法让她和家人团聚。于是，东方朔在街上摆了一个算卦摊，制造了“正月十五晚上，火神君要火烧长安”的谣言。汉武帝得知后信以为真，忙请足智多谋的东方朔想办法。东方朔便说：“听说火神君最爱吃汤圆，万岁可传令，十五晚上京城家家都做汤圆，一齐敬奉火神君。再传谕臣民挂灯笼、点鞭炮、放烟火，造成满城大火的样子，这样就可以瞒过玉帝了。此外，再通知城外百姓，十五晚上进城观灯，杂在人群中消灾解难。”汉武帝听后，十分高兴，就传旨照东方朔的办法去做。到了正月十五晚上，京城果然热闹非凡。当宫女元宵的父母和妹妹看到灯笼写有“元宵”的字样时，不禁惊喜地高喊：“元宵！元宵！”元宵听到喊声，终于和家里的亲人团聚了。汉武帝看到京城如此热闹如此平安，大喜，便下旨以后每到正月十五都要这样做。因宫女元宵做的汤圆最好，人们就把汤圆也叫元宵，正月十五就叫做元宵节。

小站情深

大年初一的下午，无事散步。平时，每晚只要一走到 107 国道便折回，一是车流滚滚，且红绿灯随着交警的下班而关闭，难以穿越；二是国道往西越走越黑，人烟稀少。今天却不一样，国道上车流稀疏，红绿灯照常工作。向西一望，空旷无人，很适合散步。更主要的是，我透过空旷看到了那个早已被人遗忘的小站，那个曾经喧闹了几十年的小站，那个带给人无限思念和无限憧憬的小站。我顿时精神一振，便被小站这颗磁石吸引着，吸引过国道，吸引到她的怀抱。

这是京广线上的一个小站——淇县站，小站虽小，却历史悠久，名气非凡。小站可能从京广线设站时就有。1954 年并入岳飞故乡汤阴县时名朝歌站，就是古典小说《封神演义》、电视剧《封神榜》中的那个朝（zhāo）歌，可惜电视剧中都误说成朝（cháo）歌了。

在公路还不发达的时候，小站每天南下北上的列车各停靠 3 趟，每次上下车的旅客少则数十人，多则上百人，不仅是本县的旅客，还有浚县、滑县的旅客。浚县虽有火车站，但县城离火车站 60 余里，西部南部一带则离得更远。而滑县就根本没有火车站，临近的火车站只有淇县。小站停靠的都是慢车，有往返郑州—永定门的，郑州—石家庄的，郑州—安阳的，后来还曾停靠过往返郑州—北京南的直快列车。

上小学六年级时，每逢学校放假，我就从这里放飞自己，飞往思恋的故乡。上中学时，正值批师道尊严、批林批孔，学校如车马店，我和同学们便常到折胫河游泳。折胫河是北魏郦道元在《水经注》曾记载的一条小河，紧邻京广线。我们每次游泳后，都要沿着铁轨来到相距千米左右的小站，或在停靠的货车上攀上攀下，或在无人的守车上玩耍，或在站台上欣赏着疾驶而过的快车。那时对特快、直快列车特别羡慕，感觉快车是那么高傲，对小站不屑一顾；快车是有身份有地位的人乘坐的，自己何时也能坐上？快车都是开往大城市的，自己何时也能到大城市转转，风光风光？

到穷乡僻壤上山下乡后，整日面朝黄土背朝天，小站渐渐被淡忘了。直到两年后应征入伍，我才又来到小站，登上了南下的专列。当兵的几年里，曾回家两次，每次临近小站，心中既兴奋又激动。小站代表着家，代表着亲人，代表着每一个想念的人。每次离开她，总是恋恋不舍，总是离人泪。

复员上班后，常到安阳开会或闲逛，与小站的接触更频繁了。上

午乘车去，下午乘车回，十分方便快捷。有几次还从小站登车远行，到北京、到上海、到厦门……小站给了我翅膀，小站圆了我少年的梦想。

随着列车的提速，随着鹤壁市从偏僻的一隅迁至浚县站附近，并将浚县站改为鹤壁站，小站不再停车了，原来在小站停的车都停到了鹤壁。小站从此淡出了人们的视线。小站为列车的提速，为城市的提速，作出了自己默默的奉献。

小站很冷清，如同冷清的天气。候车室和所有的房子原来都是绿色的，如今都刷成了白色，包括那一排原本绿色的栅栏。在我的印象中，车站是绿色的，列车是绿色的，邮局是绿色的，而医院是白色的。这好像是不成文的特定的行业色彩，怎么就变成白色的了呢？一辆动车似子弹呼啸而来又呼啸而去，那动车也是白色的。

京广高铁开通之际，我来到了离家不足20千米的鹤壁东站。站在开阔的站前广场，只见车站主体建筑恰似仙鹤的羽翼，线条流畅，翩翩欲飞。建筑立面选用的浅色石材和玻璃，自然柔和、简洁活泼，显得庄重大方、挺拔雄伟。我不禁感到十分欣慰。从今天起，这里将给周边市县人们的梦想插上双翅，给人以新的思念、新的憧憬，笑迎归来的游子……

高铁列车风驰电掣，但小站仍藏在我的心灵深处……

又是菊花怒放时

秋高气爽，九九重阳。当一天比一天凉的秋风吹来，当一天比一天冷的秋雨打来，当一天比一天寒的霜雪下来，青青的草如贫困地区少女的头发枯黄了，许多娇如大家小姐的花萎落了。雍容华贵甲天下的牡丹，更是早已谢幕，退出了名噪一时的舞台。而菊花却头戴传统名贵的凤冠，身披多彩绚丽的霞帔，乘着秋风，沐着秋雨，傲着霜雪，穿越3000多年的时空，贵妃似的向我们娉婷走来。又见菊花怒放，又闻菊花馨香，偏爱赏菊的我，怎不心旌摇荡，心花也随之怒放！

“不是花中偏爱菊，此花开尽更无花。”菊是美的使者，是中华的名片，也是历代文人墨客的最爱。撩开历史的帷幕，我听到屈原在《离骚》中云：“朝饮木兰之坠露兮，夕餐秋菊之落英”；我看见《神农本草经》中将菊花列为药用上品，“菊服之轻身耐老”；我看见晋代诗人陶渊明“采菊东篱下”，盛赞“秋菊有佳色”，也有像屈原那样，“挹露掇其英”；我看见宋代诗人苏东坡在感叹：“粲粲秋菊花，卓为霜中英”；我看见唐末农民领袖黄巢在咏叹：“待到秋来九月八，我花开后百花杀。冲天香阵透长安，满城尽带黄金甲”；我看见朱元璋不甘示弱，仰天长啸：“百花发，我不发；我若发，都骇煞。要与秋风战一场，遍身穿就黄金甲。”一代伟人毛泽东却一扫古人咏菊叹菊的狭窄的个人情怀，吟咏出“今又重阳，战地黄花分外香”的壮丽词篇，展示了一位无产阶级革命家的博大胸怀和崇高的审美情趣。

我曾多次在菊花展上徜徉在花海之中，闻着她缕缕发丝中散发的幽香，领略她素雅诱人的千姿百态。你看，那亭亭玉立满面笑颜的独本菊、那神韵清秀落落大方的三本菊、那灿若繁星天女散花的大立菊、那似瀑若霞银河落天的悬崖菊、那层层吐芳千丝万缕的塔菊、那孔雀展翅世龙腾飞的艺术造型菊、那“金蟹爪”“织女侍牛郎”“秋江夜月”“大红托桂”“粉玉莲”“绿牡丹”“鸳鸯锦”……一个个花瓣儿或长或短，或粗或细，或密或疏，或曲或直，如金针、如银线、如流云、如浪花、如笑纹、如秀发，除蓝色外，红、黄、紫、白、墨、绿……各色尽有，五彩缤纷，是那么优雅，那么迷人。

在高高的山冈上，在乡野的小路旁，随处还可见野菊花的倩影。她们虽不是观赏菊那样的大家闺秀，却也是耐人寻味的小家碧玉。她们默默地在大自然的怀抱里，淋风雨、浴寒暑，在岩石的夹缝中，在偏僻寂寞的土地上，挺起不屈的脊梁，摇起顽强的生命旗帜，为大自然的美增添色彩。她们是一个个跳动的音符，奏响金秋的旋律，唱响傲霜的劲歌；她们是一群美丽的小天使，将冲天香气撒向人间。

“菊花者，花中之贵妃也，格高品正骨傲之百花精英也，拯秋唤春之伟丈夫也！”

愿菊长驻人间，愿菊长驻我的心田……

想念笛子

每当听到悠扬的笛声，便勾起我的笛子情结。小小竹笛，它曾给我带来许多乐趣、许多憧憬、许多遐想，甚至影响了我的命运。

笛子是我国古老的民族乐器之一，据说早在汉武帝时就有了笛子，至少已有两千多年的历史。

我最初爱上笛子，是受街上一流浪卖笛人的影响。卖笛人悠然地边走边吹，一串耳熟能详的歌便将我深深吸引，我随即便产生了也用这笛子吹出我喜欢的歌的冲动。可我练了许久，别说吹出我喜欢的歌，连能吹响都困难。我气得不知摔坏了多少支笛子，才终于断断续续地吹出了当时家喻户晓、人人会唱又指法简单、便于练习的《东方红》。和我同时买笛子的许多同学，连《东方红》也没学会，就与笛子告别了，唯有我对笛子情有独钟，“热恋”起来。在《东方红》的基础上，我又学会了《南泥湾》《社员都是向阳花》《谁不说俺家乡好》等曲子。老师们、“走资派”们开始戴高帽挂尿罐游街后，我躲在家里练流行的“语录歌”，这为我后来上中学被选拔进校文艺宣传队，奠定了基础。

一中是小城的最高学府，文艺宣传队也是小城水平最高的。我的吹笛技术以及识谱能力，在这里得到了锻炼和提高。一次，在书店里偶然发现一本《笛子吹奏法》，如获至宝。我就是从这本书上学会了单吐、双吐、三吐、滑音花舌等多种吹奏技巧，对笛子有了全面细致的了解和掌握。操场边、城河边，成了我固定的练功场所。无论凛冽的寒冬，无论蚊叮虫咬的夏日，一首首笛子独奏曲在这里翻来覆去地练习，《扬鞭催马运粮忙》《我是一个兵》《陕北好》等独奏曲，从这里走向工厂、农村、部队简陋的舞台，成了宣传队每次演出的保留节目。当然，也成了我企图打开那位校花初恋的心扉的特长和打开我当兵的大门的特长。可惜，那位校花只与我约会了两次便另攀了高枝；当兵的大门虽说叩开了，但与我一心想到师部宣传队的理想大相径庭。

高一时，适逢征兵，接兵部队的首长听了我的笛子独奏，很想将我带走。可惜我不是政策要求的应届毕业生，未能如愿。可等到高中毕业，征兵政策又改为必须上山下乡两年方可入伍，我又与“一颗红星头上戴，革命红旗挂两边”擦肩而过。兵虽未当成，但我的笛子毕竟是小荷已露尖尖角了。

在穷乡僻壤的广阔天地里，我和同学们又成立了文艺宣传队，笛子独奏仍是每次演出的保留节目。笛子伴随我送走了一年零八个月的风风雨雨，带兵人终于将我带进了向往已久的军营。遗憾的是，我们这批兵很快就改为当时还很不正规的归当地公安局领导的武警，我的笛子难以发挥作用，从此失去了在大部队发展的机遇。后来，远在四川随县当兵的同学（也算是我的徒弟）来信让帮他买笛子，我便将心爱的笛子寄给了他。那是一支有三道铜箍的可因气候变化调节音准的 G 调两节笛子。

随着青春的消逝和琐事的烦扰，以及口腔和面部疾病的困扰，我早已不吹笛子了。但萦绕我多年的笛子情结，却使我久久难忘，使我对那青春一去不复返的岁月回味不已，对才能和机遇相错给人生命运带来的改变感叹不已。

从上海要来的孩子

一

将近子夜，喧闹的上海火车站又迎来一趟从中原大地风尘仆仆赶来的直快列车。

随着下车的人流，一个肩扛粗布单包裹的大约十七八岁的小伙子，左右张望着走到“问事处”，那标准的河南土话，使里边身穿铁路制服的姑娘不耐烦地摇头。他刚要再开口，突然被两个公安人员一左一右拽住了胳膊，立即又有三位公安人员站到了他面前。一位公安人员用上海话问他什么，他害怕地说：“我听不懂。”“你从哪来?”公安人员改用普通话说。“请用普通话回答。”他第一次撇起了“洋腔”：“我从河南淇县来。”“淇县什么地方?”“庙口公社大浮沱大队。”“叫什么名字?”“赵全领。”这时，又一位公安人员掏出一张照片，看看照片看看他，不禁露出了神秘的笑意：“就是他。”赵全领看到自己童时的照片落在公安人员的手中，挣扎着想要。两位公安人员松开他，指着开到身边的面包车说：“上车吧。”

赵全领莫明其妙地坐上车，心里跳个不停。没几分钟，车停在一个大院里。赵全领随公安人员走进楼上一间房内，不多时，便有不少男女警察围住了他：“还记不记得，小时候在这玩水管?”“记不记得……”这时他才明白，他来到了生身父亲——虹口区公安局孙副局长的工作单位，他来到了自己幼年时代曾玩耍过的地方。还记得什么呢？什么也不记得了，就连父亲给他端来一大碗大米一大碗面条汤叫他“守海”时，他也愣怔了。

二

“守海”，这个充满父爱母爱的名字，早已从他的记忆中消失了。他没有守住上海，在国家困难时期，在减少城市人口的情况下，父母含泪将他送给了千里迢迢来上海抱小孩的一对无儿无女的农民夫妻。从此，他不再叫守海了。在养父养母那间黄泥小屋里，前去看他的乡亲都说，今后这家业都是他的了，就叫“全领”吧。

在豫北山区这块贫瘠的土地上，养父养母吃着红薯面、槐叶、黄窝头，却让小全领一年四季吃着白馍、煮鸡蛋，还供他上到高中毕业。谁料到，14 年后，上海的父母又找到了他，8 个月他收到七封让他回上海的信。紧接着又是父亲的电报：母病重，速回。全领的心酸了，母亲生下自己，在她病重时，自己咋能不到床前侍候呢！他把电报摆在了养父养母的面前。两位老人掉泪了，让全领回上海，怕他一去不回；不让他去，道理上也说不过去。泪水从两位老人那枯皱的脸上爬下来，滴在衣襟上，但最后终于同意了……

三

赵全领随父亲来到不知比河南那黄泥小屋强多少倍的家，才知道母亲并没病，才知道想让他来上海工作。

“守海，爸爸年纪大了，准备退休，你三个哥哥都安排好了，就剩下你……”流露出父爱的眼睛望着他。

“把你送给人家，我和你爸心里都很难受，这些年来，我们年龄越大越想你呀！”母亲的眼里闪着泪光。

霎时，赵全领的心里激起朵朵浪花。养父养母那满含期待的目光，那扑簌簌的老泪，那对比强烈的野菜、煮鸡蛋，临来那天乡亲们那诚挚的话语：“全领，你可不能不要良心，这里你爸你妈把你带大，多不容易！”一切都历历在目，震撼着他的心灵。赵全领看着眼前的生身父母，感情是那样深沉："生身父母和养父养母都一样，都有功劳。不过，既然把我送给了人家，我就得照顾好那里的爸妈。农村有句俗话，养儿防老。他们都是60来岁的人了，我一来上海，他们吃水都有困难。这里还有三个哥照顾你们，各方面条件也都好，我看我还是回去。"

"农村条件太艰苦了，我和你妈都怕你受不了。"赵全领却说："条件确实没法跟上海比，不过，这些年我也过惯了。"父亲看一时不能说服儿子，便暂告一段落。

第二天，父亲开始陪着儿子饱览大上海的现代风光。

一个月转瞬即逝。赵全领又向父母提出了"我该回去了"的恳求。父亲拿出两打约有一寸厚的拾圆票面的人民币："留在上海吧。这些钱你随便用。"

"跟妈在一块吧，妈离不开你！"母亲哽咽着。

"那样吧，"父亲忽然又想起了什么，"把这些钱都给你养父养母，你在这接班后，每月再给他们寄些钱，这还不行吗？"

全领摇了摇头："钱，他们肯定不要，他们需要的是我这个人。叫我回去吧，上海这个大地方，我也真不习惯。"

沉默。久久的沉默。

四岁时的儿子是那么天真可爱，14年后竟变得这样执拗。他有自己的理想，自己的追求，自己的感情，他有着一颗不可多得的良心啊！

"相见时难别亦难。"父母又硬留儿子住了几天，终于忍受着撕心裂肺的痛苦，将分离14年的儿子送上了火车。父亲在儿子身边坐了许久许久。将开车时，这位在公安战线战斗了几十年的老兵，含着热泪向儿子提出了几条不准：不准喝酒、不准抽烟……

开车铃响了，父亲难舍地下了车，站在站台上，望着列车渐渐地远去……

四

全领高中毕业了。村里见他真的不回上海了，就让他担任了民兵连长、团支书。不久，又发展他入了党，担任了村党支部书记。这年他才25岁，是全乡最年轻的党支部书记。在他的带领下，全体村干部义务修水库，解决了有史以来山区缺水的最大难题，使大面积土地旱涝保收，并使三里五村受益匪浅。还在全村安装了10个水龙头，结束了跑几里地排长队担水的历史。1986年春节前，他带领干部群众栽下19根水泥电线杆，把光明送到了仅有7户28口人的洪岭沟。最近，他准备买台石渣机，修好通往洪岭沟的路，在那里建个石渣厂，再买几台小拖拉机搞运输，使全村人早日富起来。

他心里不仅装着养父养母，还装着哺育他长大的古老的黄土地，装着土地上可敬可爱的乡亲。

话说帽子

人们穿衣戴帽的帽子可谓多种多样，色彩斑斓，千姿百态。中年男女的、青少年的、婴幼儿的、军人的……还有棉的、单的，毛线的、虎皮狗皮貂皮的……不胜枚举。帽子给生活增添了色彩，给人们带来温暖，带来美丽，带来自尊自信。而同样称“帽子”的戴在头上，便是另一种感觉了，轻则挨批挨斗，厄运笼罩，重则妻离子散，家破人亡。

这就是“政治帽子”!

政治帽子也是多种多样，色彩斑斓，千姿百态。古代，比干剖心，商鞅车裂，岳飞“风波亭”遇害等，无不是被扣上“欲加之罪，何患无辞”的各种帽子。第一次国内革命战争时期，张国焘在红四方面军搞肃反扩大化，给许多战士扣上莫须有的帽子，将他们错抓错杀。许世友的弟弟也惨遭不幸，结发之妻也被县政治保卫局抓起来。延安时期，中央研究院文学研究室特别研究员王实味，无辜被扣上“暗藏的国民党、特务”的帽子，竟被枪杀。毛泽东事后得知，向康生等人大发脾气，“还我一个王实味！”但人头落地，为时晚也。新中国成立初的“反右”扩大化，更给一大批敢讲真话、仗义执言、给党提意见者扣上了右派的帽子，有的被发配边疆，有的甚至含冤而死！他们20年后才得以摘帽，可惜大好年华早已磨蚀殆尽，不少家庭破镜难圆。有的“右派”去找单位平反时，竟找不到“右派”帽子的依据，不知谁的一句话，就使他沉冤20年！“史无前例”的疯狂年代，为党流血流汗几十年的老党员、老干部，一夜之间就被扣上了“走资派”“叛徒”“内奸”“特务”等多种帽子，整天戴着用钢筋或竹篾制成的高帽子游街示众、“架飞机”，有的被折磨致死，有的被关进“牛棚”。可叹堂堂国家主席刘少奇及一大批老一辈无产阶级革命家，也难逃厄运。

“唯成分论”的年代，“地主”“富农”的帽子，也使不少生长在红旗下的地主富农的子弟备受株连，成为被社会歧视的对象，在招工、招生、参军、入党、婚姻等方面，都受到严重影响，改变了本应美好的命运。

影响人的命运的，还有不少“身份”的帽子，诸如：“工人”“农民”“聘干”等。“农民”这顶帽子，使不少有知识、有水平、有才能的农家子弟在计划经济时代难以跳出“农门”，工厂招工不面向农民，当兵复员后还得回农村，只有考上大中专或在部队提干，方才能告别面朝黄土背朝天的艰苦岁月。“工人”这顶帽子虽然比农民强，但也受到严格限制，再有能力、再有水平的工人，也难以进入行政事业单位的行列，即使凭关系进入，也给你戴上“以工代干”的帽子，使你不能再前进一步。你想通过电大或自考获取大专文凭以转干，却又给你换上一顶“聘干”的帽子，使你只能在事业单位受聘，而不得到行政单位任职。眼下许多招聘科级、县级等领导干部的公告，仍将“聘干”排斥在外。

多少年来，各种各样的帽子扼杀了多少人？使多少人命运多舛？可喜的是，随着改革开放的不断深入，坚冰已经打破，莫须有的“政治帽子”已被扔进历史的垃圾堆，各种“身份”帽子也已经摘掉或正在摘掉。一些城市招考公务员的公告中，就已经明确表示，农民也可以报考。给人们带来多年不便和限制的“户口”，也迎来阳光，渐渐冰消雪化。街上给人以美感的帽子，越来越多了。

拥军情

巍巍太行，洒下了无数先烈的热血；涓涓山泉，吟唱着一首首拥军的歌。66 年前，24 岁的靳月英掩埋了丈夫的遗体，擦干了眼泪，背上只有 8 个月的儿子，怀着对丈夫无限的爱，对敌人无比的恨，毅然参加了解放战争的支前工作。在支前点上，她将失去丈夫的悲伤埋藏在心底，把对丈夫的爱洒在人民子弟兵的身上。她把家中能用的布都赶制成军鞋、鞋垫，把自己吃野菜、吃树叶节省的口粮都亲自送到前线战士的手中。这里面靳月英作了多大难，甚至流了多少泪，只有那盏小油灯知道，只有天上无数的星辰清楚。

除了做军鞋外，靳月英还带领妇救会人员到战区救护伤员。这工作又危险又辛苦，不仅随时有流弹的袭击，还要为伤员擦洗包扎伤口。一次，前线送来一批伤员，其中一位伤口已溃烂化脓，靳月英为减轻伤员的痛苦，就用嘴轻轻地将脓液吸了出来。伤员感动得泪流满面，紧握住靳月英的手说：“大姐！您比俺的亲姐姐还亲啊!”靳月英也哭了，她哽咽着说：“看见受伤的战士，我就像看见了孩子他爹，再苦再累都是俺该做的。”

解放战争的硝烟散去了。伴着共和国的礼炮声，靳月英的拥军歌在鱼泉村越唱越响，久唱不衰，她一如既往，将满腔的拥军情献给了共和国的钢铁长城。

靳月英说：“咱啥时候也不能忘了当兵的，他们守大门苦啊，没有他们，咱老百姓咋能过上太平日子。”她像战争年代一样，每年坚持给部队做鞋垫。一针针一线线，一个夜晚又一个夜晚，一人缝不完就动员全家缝，全家缝不完就动员亲戚缝。“八一”建军节这天，靳月英总是带上几百双上千双鞋垫，带着对子弟兵的无限深情走进军营，将鞋垫送到战士的手中。当南疆自卫反击战打响的时候，靳月英又将324双鞋垫寄给了参战部队。成都军区云南前线指挥所政治部在寄给靳月英的感谢信中说：“靳月英同志，您给边防部队寄来的慰问品收到了……我们一定不让祖国的寸土丢失，为保卫祖国四化建设，维护世界和平作出更大贡献。”

小小的鞋垫寄托了靳月英对子弟兵的爱，小小的水饺也表现出靳月英对子弟兵的情。

从共和国诞生那天起，鱼泉村共送走了60个兵，每个兵临走时，靳月英都请他们到家吃顿饺子，并送上几十块钱。在鱼泉村一带，请到家里吃饺子，是对客人最高的礼遇。将要加入部队行列的战士，是靳月英家尊贵的客人。鱼泉的花椒味浓扑鼻，靳月英调出的饺子馅儿更是香味缭绕、回味悠长。看着新兵们津津有味地吃着她亲手包的饺子，靳月英语重心长地说：“请你们来吃饺子，一是为你们送行；二是希望你们到部队上好好干，别忘了家乡父老对你们的期盼。共产党打江山，靠的是军队，保卫江山，还得靠军队啊！战争年代，咱这里为革命牺牲了77人，你们要继承他们的遗志，为咱老百姓站好岗放好哨啊！”新兵们纷纷向靳奶奶表示：请靳奶奶放心，俺绝不辜负家乡父老的期盼！保家卫国，俺一定一不怕苦，二不怕死！

新兵送了一批又一批，靳月英又主动担负起照顾军属的义务。她常对在乡民政所工作的儿子小锁说：“兵送走了，可不能说咱就没事了，咱还要帮助他们照顾好家，让他们安心当好兵。”

靳月英是这样说的，也是这样做的。新兵李俊清走时，在靳月英家吃过饺子，却泪流不止。靳月英看在眼里，想在心里。李俊清的爷爷奶奶有病，弟弟年幼，他走后就只有父亲干活养家糊口，他到西藏当兵，那里条件又非常艰苦，为了让李俊清安心服役，靳月英三天两头到李俊清家，送去米面、点心和零花钱。后来，靳月英又买了头肉滚滚的小猪送到了李俊清家。当她听说李俊清一度产生想从部队跑回来的念头时，她马上对俊清爹说："这可不中！咱这儿还没出过逃兵呢！可不能让他丢咱老区的人啊！你今儿个就给他回信，要狠狠说他一顿，让他不要挂念家，安安心心当好兵。"俊清爹随即给儿子写道："俊清儿，你想跑回来的念头是大错误，你就是回来，家里的困难你也解决不了。现在家里的情况比你在家时好多了。政府给了咱家救济款，特别是你靳月英奶奶，三天两头往咱家里跑，给咱家抱来了小猪娃，到年底能卖七八百元钱，你挂念家个啥？你靳奶奶让我对你说，你在部队一定要混出了个人样再回来。"

李俊清看着父亲的信，流下了感动的泪水。他打消了跑回来的念头，正儿八经地当起了兵。不久，部队寄来了李俊清立功的喜报。李俊清的全家笑了，靳月英也欣慰地笑了。

靳月英的拥军歌从1942年唱到现在，这位中国共产党最基层的普通党员，几十年如一日，默默无闻地用她平凡而伟大的人生，诠释着一个共产党员的崇高品格。

时光进入20世纪90年代，靳月英的拥军歌唱得更嘹亮了。南方四省发生大水灾，靳月英从电视上看到解放军日夜战斗在抗洪前线，她一次寄去了价值800多元的慰问品；军属张梅英病了，她立即拿上50元去看望；拉练部队来到鱼泉村，靳月英看到战士拾柴做饭，马上扛起自家的柴送去；每逢"建军节"，她就带上保温杯、毛巾、鞋垫、高压壶等慰问品，来到战士们身边。淇县人武部、淇县武警中队、鹤壁武警中队、高村驻军、鹤壁军分区都收到过靳月英的慰问品。

半个世纪的拥军情，靳月英付出了多少心血和汗水？她从没有计算过。可高耸的大山计算过，门前淙淙的小溪计算过，靳月英拥军的慰问品除了用去她每月的抚恤金外，其余全是她上山割草、够酸枣、挖小叶茶、够槐米卖的钱！

割黄密草，要爬上鱼泉村周围的大山，年轻人爬上去也会累得气喘吁吁，而靳月英却从每年9月爬到11月，每天坚持上山割三捆草。一人多高的黄密草中常有三种蛇。一种是花蛇，虽不伤人，但看上去令人生畏；一种是青蛇，舌信像火苗一样吐着；再就是七寸毒蛇，这种蛇在黄密草上行走如飞，外号“草上飞”。被毒蛇咬伤，救治不及时，便会有生命的危险。可与大山做伴多年的靳月英没有被这些吓倒，她早已掌握了对付这三种蛇的办法，就是见到又毒又猛的“草上飞”，她也是不慌不忙地用镰刀在草上“刷刷”打上几下，使“草上飞”逃之夭夭。

黄密草中还夹杂着许多刺，靳月英那布满老茧的手，也常被扎得血迹点点。山上的小草长在石头缝里，踩上去又光又滑，靳月英每次上山不知要摔多少跟头。有一天她摔倒后，头碰到一块尖尖的石头上，霎时血流不止，她简单包扎了下，又挥镰干了起来。第二天，她的侄女看到她头上被鲜血浸红的绷带，含着泪说：“姑，您这么大岁数就不要干了，万一磕碰得有个三长两短……”靳月英却笑着说：“我又不是琉璃格崩，不能磕不能碰，叫我在家闲着坐着，心里咋能安生！”靳月英又上山了。

俗话说，上山容易下山难。年过七旬体重不过45千克的靳月英，每次背一人捆草下山谈何容易。为减轻草的重量，她将今天割的草晾晒一天，明天再背下山，明天割的草也晾一天，后天再背下山。一次当她背着几十千克重的草下山时，突然一阵旋风刮来，将靳月英连人带草旋到悬崖边，幸好被一块山石挡住，才幸免于难。

靳月英每年秋天能割黄密草近一万斤，每斤草只能卖三五分钱，她如果给部队送100元钱的慰问品，就得割3000斤草啊！而3000斤草靳月英需要上山割一个月！如果把她这些年来割的草堆在一起，那草垛也是一座高高的大山！

鱼泉村的山上长满了酸枣树，农历7月，红红的酸枣染红了大山。靳月英头顶烈日，带着干粮和水又上山了。酸枣树大都生长在山崖边，稍有不慎，就会掉到山沟里，轻则摔伤，重则甚至有生命危险。酸枣树浑身是刺，扎进肉里挑不出来，便成了脓包。而靳月英一晌就摘二三十斤。这需要多么顽强的意志！这需要多么坚定的信念！

靳月英早出晚归，将一袋袋酸枣背回了家。然后将酸枣倒进锅内把皮肉煮烂，再到河里用手一把一把把酸枣核搓得干干净净，晒干后背到药材收购站去卖。靳月英每年上山摘酸枣400多斤，晒干的酸枣核只有几十斤。而一斤酸枣只能卖一元多钱。

鱼泉村野生的小叶茶是价格较高的药材，可采这种药材并不容易。小叶茶长得很细，细如圆珠笔芯，兰花开得很小，小得像一粒豆子，但它的根却扎得很深，用手硬拔就会拔断，而小叶茶最珍贵的就是根上的外皮儿。每年3月至5月，靳月英挖小叶茶的根，然后将根轻轻砸软，剥下外皮儿。100斤小叶茶只能剥2斤外皮儿。每年春天，靳月英都要挖300斤的小叶茶，剥下6斤外皮儿，卖上几十元钱。

1998年7月11日，离“八一”建军节只剩20天了，她打算给淇县中队的战士买三个矿泉壶，到现在还差百十元钱。她想起东边山头上那棵槐树，便带上干粮和水去够槐米。前几年槐米12元一斤，现在6元一斤。靳月英一晌能够十几斤，能卖70多元。可够这十几斤槐米需要76岁的靳月英爬上一丈多高的槐树，在树上最少要站立4个小时！76岁高龄的老人，在城里早已颐养天年，而巍巍太行山上这位银发飘飘的76岁的老人，为了向人民子弟兵表达革命老区人民的一点心意，正顶着7月如火的骄阳，爬到了高高的槐树上摘槐米！这天，烈日当空，靳月英摘完了身边的槐米，又探身去摘另一枝条上的槐米时，没想到手抓的树枝突然折断了，靳月英一下子从一丈多高的树上掉了下来！靳月英的腰摔伤了。她的儿子哭着对娘说：“娘！您咋摔成这样了！我从小就没了俺爹，你要是再有啥好歹，你叫我咋办啊！叫我咋对得起俺早去的爹呀！”靳月英却泰然一笑说：“恁爹为党命都献出去了，我这算啥。”

靳月英就是这样，用辛勤的劳动、咸涩的汗水、鲜红的热血，为我们的党旗增添着光彩，为我们的钢铁长城奉献着爱心！她的每一分钱都来之不易，她的每一分钱都浸透着76岁高龄的普通党员的高尚情操！

可她对自己却从不舍得花一分钱。原鹤壁军分区的刘司令与她合影时，记者让她换件新衣服，她在屋里翻腾了半天也没有翻出一件像样的衣服。靳月英的每件衣服上几乎都打着补丁！她摸着衣服对刘司令说："这的确良布料真好，穿了5年都不破。解放前我给咱部队做军鞋要有这种布就好了，战士们穿在脚上肯定壮。"刘司令员的眼湿润了，靳月英啥时都想着子弟兵，唯独没想她自己啊！

她至今还过着俭朴的生活，屋里还是破旧的木板床、破旧的老棉被、破旧的老桌椅、破旧的老沙发。靳月英脚上穿的袜子，也是补丁摞补丁，甚至一只是这颜色，一只是那颜色。这与那些拿着公款在豪华酒店大吃大喝，沉迷在小包间"潇洒"，贪图享受，收受贿赂的所谓共产党员相比，是多么强烈的反差！多么鲜明的对照！

每一幕场面，都沸腾着她满腔的热血；每一幕场面，都燃烧着她火一般的激情。有人看来，这一幕幕的场面似乎并不宏大，并不壮观。是啊，它没有董存瑞炸碉堡那样的惊心动魄，它太普通了，普通得就像太行山区的一块石、一棵草、一株树，可就是这一块石、一棵草、一株树聚集到一起，构成了太行山壮丽的风景！构成了人生征途上夺目的坐标！

和平年代虽没有董存瑞、黄继光式的英雄，但也充满着形形色色的明碉暗堡。这些明碉暗堡有的叫权，有的叫钱，有的叫女人，有的叫……每一个明碉暗堡都射着甜甜的子弹。在这些明碉暗堡面前，一些共产党员没有丝毫炸掉它的勇气和骨气，竟在它的面前做起黄粱美梦，异想天开。可子弹是无情的，哪怕是甜甜的子弹。

握一握靳月英这双粗糙的手吧！这是一双母亲般温暖的手，这是一双默默奉献了半个多世纪的手。这双手，在太行山的石缝间栽下10万株绿色的希望；这双手，给子弟兵送去了66年的真情；这双手，3次与党和国家领导人的手紧紧相握；这双手，捧出了一个共产党员赤诚的心。握着这双手，你会感到自己渺小，你会汗颜自己的言行，你会感到伟大出自平凡，你会洗濯自己的心灵，你会感到人类不朽的是精神财富，而单单拥有物质财富的人却是精神贫穷的乞丐。

党和政府及部队的首长没有忘记靳月英。几十年来，靳月英先后多次光荣地出席了全国和军区、省、市"双拥"模范大会，受到了三代中央领导人的亲切接见，先后20余次荣获中央和地方的各种嘉奖，并获得“全国劳动模范”“全国拥军模范”“全国绿化模范”等光荣称号。

伟人毛泽东曾经说过：“一个人做点好事并不难，难的是一辈子做好事，不做坏事。”靳月英将最难的事做好了，她的平凡和伟大正在于此！

老骥伏枥，志在千里。靳月英虽然已年逾八旬，但她的精神依然振奋，她的拥军情依然浓烈。她紧紧攥住前来看她的一位将军的手说：“你给我出出点子，看部队上还需要做点啥?”将军听着靳月英那朴实无华发自肺腑话，泪水霎时涌满了眼眶，他紧握住靳月英的手说：“靳妈妈，我们真诚地希望您老人家多休息、多保重，过几年不苦不累的日子，这样我们当兵的心里才安慰些。您的拥军情我们一辈子也感谢不够！您的无私奉献的精神，我们一辈子也学不够!”

靳月英又精神矍铄地爬上了高高的大山，弯腰弓背，挥镢刨坑，那瘦小的身影在如火的夕阳中渐渐变幻成一尊雕塑，定格在太行山上，定格在人们心灵的光盘上。

难忘邻里情

听母亲说，20世纪50年代中期，母亲抱着我从冀西南的故乡来到豫北南宋抗金名将岳飞的故乡汤阴，刚开始住在父亲的单位，后来就住到了在附近租赁的民居。几十年后母亲还常提起，说房东林东奶奶多好多好。那时我还不记事，虽未留下丝毫的印象，但从母亲的言谈话语中，完全可以感受到林东奶奶的音容笑貌和那民居小院的温馨。

随着父亲工作的调动，举家来到了曾为商纣王都城的朝歌，又搬进了租赁的一家民房。这是一个狭长胡同似的小院，房东住北屋，我们一家住南屋。北屋一溜都是瓦房，南屋则是一座用砖和土坯混合而成的两层小楼，均破旧丑陋，不知是解放前哪年所盖。给我印象最深的是连降大雨的

那天夜里，临睡前，不知何时，院里的水排不出去，漫进了屋内，地上的鞋小船一样漂动着。母亲发现后，忙叫父亲一起挡住门槛，然后用脸盆往外舀水。我迷迷糊糊中，父母抱起我和妹妹，急促地喊着，快醒醒！快醒醒！房塌了！只听"呼通、呼通"的响声砸在木质楼板上，和那喀嚓嚓的震耳雷鸣遥相呼应。倾盆大雨中，鬼光似的闪电不时划过，父母抱着我和妹妹大声呼喊着房东，使劲敲着房东的屋门。房东很快醒了，开门让我们进到屋内。那是一个恐怖的雨夜，幼年的我却又迷迷糊糊睡着了。

我们在房东隔壁黑糊糊的一间小屋住了些时日，又搬到距此不远处的一家民房。房子照样破旧，每逢下雨，屋里总是漏个不停，地上、箱子上摆满了盆盆罐罐。房虽破，人情味却浓，房东在生产队分了菜，总要送我家一把，母亲做了什么好吃的，总要端给房东一碗。母亲和房东大娘及街坊邻居一块纺线、浆线、织布，我则和房东及邻居的孩子一块儿到地里割草沤粪，种下绿色的希望，收获金黄的梦想。也在夏日的中午跳进河里，尽情酣畅地"狗刨"、倒猛，你逮我我逮你，将本来寂静的田野喧闹得沸沸扬扬。

院里有三棵枣树，枣花的暗香盈满了鼻孔，然后在五脏六腑里回旋着清晰、舒畅。枣屁股泛红时，我就和房东儿子顺着枣树爬到房上尝鲜。这时的枣青气味大，等全身红遍时，那枣真是甜脆得无法形容，令人垂涎。

年关时，家家户户都蒸花糕、菜包、豆包、皮渣。煤火这时就不胜任了，每家都用院里的烧火蒸。我家没有烧火，就和房东家伙用，互相帮着和面、上笼、烧锅。谁的菜包、豆包先蒸出来，就热腾腾地忙拿给对方品尝，边品尝边评论蒸得如何，面发得如何。那真是一幅洋溢着真善美的邻里和谐的图画。

20世纪90年代中期，我和妻儿搬进三室一厅大商品楼，六面都被钢筋水泥裹着，邻里间互不往来，各自躲进小楼成一统，过去那洋溢着真善美的邻里和谐的图画荡然无存，多的是嘈杂、喧闹。谁从门前过，脚步声都传到室内，若是小孩蹦跳着喊叫着走过，更是声声贯耳。当你卧床想舒服入睡或正在甜蜜梦乡或正在爬格时，楼上哗啦啦的麻将、谁家震耳欲聋的音响，都把你搅得坐卧不安，心绪烦乱。更可气的是汽车、摩托、拖拉机，哪怕是后半夜，出出进进不停。正常行驶还能忍受，难以忍受的是车打不着火，而车主却较上劲反复地打，制造出大分贝的噪声，使你头疼欲裂。难以忍受的还有警车，白天和深更半夜鸣笛叫人不说，等得不耐烦时竟换成刺耳的警报声，真乃警察中之败类！

难以忍受地忍受了三年，20 世纪末，我又搬进了远离县城中心的自己盖的一幢小楼，真正地躲进小楼成一统了。过去那种亲如一家的邻里情再也找不到了。邻居们也躲进小楼成一统了。

小村故事

小村看上去很普通，大多是很朴素的平房，只有不多的几座两层小楼，鹤立鸡群，做着先富起来的榜样。

小村不大却古老。据说殷商时纣王之大将黄飞虎便是此村人。小村西望，太行余脉近在咫尺，一形似卧牛的山岭更是触手可及。这卧牛似的山岭曰金牛岭，却也有段与纣王的传说。百姓云：“殷纣王的江山，铁桶一般。”如此固若金汤，除纣王兵多将广外，还有金牛保驾。这金牛高 200 多米，长约 8000 米，日卧眠山脚，夜下田啃苗，饮四井之水，然后洒乳汁于田野。那禾苗随吃随长，又得乳汁滋润，茁壮得年年丰收。充足的粮草使纣王兵强马壮，百姓安康。后，纣王荒淫，武王讨伐，牧野之战把商军打得落花流水，至朝歌城下，却久攻不克。军师姜尚神机一算，原来是金牛暗保朝歌城。“凿不断金牛岭，攻不破朝歌城；只有断金牛，方能断王气。”周武王即调众石匠凿岭。谁知此岭日凿夜长，周武王便又下令日夜不停地凿，直凿得金牛血流成河，断为三截，朝歌城方破。明嘉靖《淇县志》曾记载：“金牛岭在县西十五里，古传周武王伐纣凿金牛岭以断王气即此地也。今中间山口，名断王口。”

小村还有一奇，皂角树不长圪针。信步到村南路口，只见那皂角树一人合抱有余，枝叶繁茂，如擎巨伞，树根裸露四周，或似卧龙或似鳄鱼，苍劲有力。据村中老者讲，原来那棵有三人合抱之粗，可惜解放初土改时，村中几人将树刨倒盖房用，结果没多久，那几人便都在盖房时出了事，死的死，伤的伤。现在这棵是在原地方又长出来的。常见皂角树的虬枝上均布满圪针，而这棵为何不长一根圪针呢？老者讲，黄飞虎之妹当年洗衣后，搭在树上晾晒，收衣时，衣裙却被树上圪针挂破。姑娘嗔怒道："这树上要不长圪针多好。"从此，树上的圪针便不翼而飞，只有皂角和碧绿的叶子。老者说，姑娘后来得道成仙了，现在浚县碧霞宫的老奶就是咱村姑娘。老者又说，东面沟里酸枣树上的圪针也与别处不同，上面没有倒钩儿。那是当年姑娘够酸枣时被倒钩儿挂住裙子，姑娘生气不让那酸枣树上长倒钩儿的。一看，果然。不知林业专家如何解释。

小村原来远离尘嚣，空气如洗，如今工厂的浓烟已随风而至。更令人作呕的是，村北一鸡毛厂（俗称）拔地而起，每天收购大量的死鸡，然后烘干，磨成面作鱼饲料。虽很畅销、很赚钱，但那极其难闻的"火葬场"的烟味，令人头痛恶心，甚至窒息。

晒麦的少女

那公鸡不知何时飞上了平房的房檐，悠悠散着步。那公鸡看上去很雄壮，鸡冠红、大，身体呈很淡的黄色，黑黑的尾巴上有两根长长的弯弯的羽毛，更增添了它的雄性和威风。它停住脚步，昂首挺胸，"咯、咯、咯儿——"那声音在乡村五月的清晨非常宏亮，非常有穿透力，非常的底气十足。

平房上又多了一农家少女，齐肩的褐色秀发，黑衬衣，牛仔裤。她手握铁杈，将一堆麦子摊开晾晒。那极自然的劳动简直是舞蹈，不加任何修饰的舞蹈。只见她身体前倾，握铁杈的双手极有韵致地向前送出铁杈，又向后拉回，这一送一拉，使她那青春洋溢的身体呈现出无比优美的曲线，比风中的翠柳和沙漠中自然形成的弯曲还要美！那短短的黑衬衣下面的纽扣未系，随着身体的扭动，不时露出圆圆的肚脐，那皮带扣也在初升的阳光下闪着银光。她停了下，撩了下飘到脸上的秀发，又重复着那可人诗入画的美丽。

那是劳动者的美丽，那是阳光下的美丽！

那公鸡“咯咯”着，欲去啄清新的麦子，少女挥铁杈一撵，那公鸡便“咯咯”着飞下房去，院里随即传来那公鸡非常宏亮非常有穿透力非常底气十足的雄性声音。

两只鸟

院里的两只鸟很漂亮，身体两侧洁白，背部至长长的尾巴呈黑色，似披着一件黑色的披风，胸前也有一片2分硬币大的黑色羽毛，点缀得恰到好处。

两只鸟一大一小。小的显苗条、清秀，可能是雌性；大的稍胖，壮实，可能是雄性。两只鸟每天在院里走来走去觅食，步伐时快时慢，慢时优雅，快时如舞台上演员圆场时的台步。它们还时常飞到外面觅食，回来时衔着小虫，落在距我两米远的冬青树旁，先左右观望，再仰望树内，长长的尾巴一翘一翘的。确认无危险后，它们便轻轻飞入树内。如此几天，我想它们的巢一定筑在这里吧?

一天，趁小鸟外出觅食时，我好奇地拨开树枝一看，果然有一形似蒜臼的巢，里面还有5只羽毛未丰赤身裸体的雏鸟，它们趴在巢沿儿，朝上大张着黄嘴角，嗷嗷待哺。我轻轻松开树枝，为两只鸟一天不停地觅食哺育自己的孩子而心动。

连着数天，我从未见两只鸟悠闲地嬉戏，或在枝头歇息啼鸣，留给我的只是从早到晚忙碌的身影。可怜天下父母心啊！人如此，鸟也如此。

感受农民

农民，是中国人的根；农民，是中国人的魂。不管你的官再大，不管你的领再白，你与黄土地都有密不可分的渊源，你与农民都有千丝万缕的扯不断的牵连。

农民是牛，披星而出，戴月而归，终日面朝黄土背朝天，汗珠摔八瓣，吃的是草，挤出来的是奶，甚至是血。

农民身上集中了中华民族的传统美德，勤劳、善良、淳朴、老实……但也夹杂着贫穷、落后、愚昧、无知……我从小学到高中，每星期都要上两节劳动课，全年级同学打着红旗唱着歌，到附近农村帮助生产队或打花杈、摘棉花，或拾麦穗、拔草、灭蝗……毕业后上山下乡，更是与犁耧锄耙、扬场、放磙打起了交道。虽说学了些劳动技能，体力上经受了锻炼，思想上经受了磨炼，但也荒废了学业，失去了自己理想的选择。从中学时贫下中农管理学校的“贫代”身上，从上山下乡接受贫下中农再教育的“贫代”身上，除看到他们贫穷破旧的衣襟里裹着的那份勤劳、善良、淳朴、老实外，我看不到先进生产力、先进思想文化在他们身上的体现。可从“反右”到“文革”，却不知有多少大小官员、知识分子被强迫接受农民（当然，地富反坏除外）的改造，这种改造，怎能推动历史车轮滚滚向前呢？这是那个时代的悲剧。

农民很容易满足，有地种、有饭吃、有衣穿，他们就浑身舒坦，就在青纱帐里很爽地吼上几句地方戏，就老婆孩子热炕头地幸福，就不上访告状打官司……

农民不怕政治运动，再批再斗再开除，谁也开除不了他修理地球的职务，谁也降不了免不了他的农民级别。

“农民”这顶帽子很沉重，戴着这顶帽子从小就遭到了社会的歧视。

从幼儿园到中学，吃商品粮的干部职工子女都能上各方面条件较好的园校，而农民子女却不准入内。长大成人后，干部职工子女可以当时髦的条件优越的工人，而农民子女却被排斥在外，几十年只有与黄土为伴，就是当几年兵，复员后还得重新戴上“农民”的帽子。多少人因这顶帽子永远地插翅难飞；多少人像放羊的孩子那样：放羊—找对象—生孩子—放羊。这正如司汤达《红与黑》中的于连，你生来就是下等人，想挤进上流社会贵族阶层，那是比登天还难的。也正如路遥《人生》中的高加林，想方设法从农村走进了县城，却又因“农民”这顶沉重的帽子压得难以在城里施展自己的才华、抱负，又被压回到了他不愿回到的毫无现代生活气息的黄土高坡。

戴上这顶帽子进城，也常遭城里人的白眼，你土哩叭叽的衣着、举止，与整洁鲜亮的城里人形成强烈的反差，城里人挺着胸脯自觉高你一等，而你却哈着腰自认低人一等。城里的地痞、无赖、泼妇可随意骂你，甚至挥拳相向，而你却忍气吞声，委曲求全，打碎牙咽到肚里。你向城里人问路，城里人带搭不理，烦着呢。而城里人向你问路，你却连说带指，甚至前边带路，还赔上满脸憨厚的笑。

戴着这顶帽子，你绝对找不到城里人做媳妇或丈夫，除非城里人有毛病。你只能在同类中寻找自己的伴侣，去画那个放羊孩子的圆。

农民的心情也很沉重——当把锅把门锘钌儿都砸掉大办钢铁时；当种着粮食却自己饿得直不起腰，嘴里吐酸水，吃大食堂吃得满脸菜色时；当宁要社会主义的草、不要资本主义的苗，卖几斤炒花生也被撵得慌不择路如老鼠见猫时；当连孩子上小学的学费也拿不起时；当某些昏官庸官不顾当地实际，强迫种这种那养这养那时；当某些官儿官瘾很大，急功近利大搞形象工程往自己脸上贴金而不顾百姓死活时；当各种乱摊派、乱集资、乱罚款、乱提留袭来时……

党的十一届三中全会的一声春雷给广袤无垠的田野送去了如油的春雨，滋润了久旱的禾苗，滋润了数亿农民干涸的心。蔫了的禾苗支棱了，弯了的腰挺直了。农民在自己的责任田里舒心地劳作，满脸的红晕取代了菜色。他们不再满足于有地种有饭吃有衣穿，他们中的许多人走出封闭，走向开放，或在家乡的土地上办起这厂那厂，或在城市甚至在国外寻找自己的位置、自己的价值。“农民”的帽子不再算什么，他们终于和吃商品粮的站到了同一起跑线上，只要有技术、有才能、有文凭，他们同样可以被工厂或公司招聘，同样可以让城里人成为自己的媳妇或丈夫，同样可以走进上流社会。他们的孩子同样可以送进最好的幼儿园、学校。而原来他们所羡慕得眼珠发红的工人，却三十年河东三十年河西地纷纷下岗，连他们也不如，他们毕竟还有二亩三分地养活，而有的下岗工人连最低的生活保障也得不到。他们进城时也挺起了胸脯，鼓起的腰包荡漾起一脸的兴奋，还有自强与自尊。他们中的佼佼者更是名牌加身名车相伴，昔日吃商品粮的如今下岗或下海的不少干部职工，聚集于他们的麾下，拿出了比在机关或国营厂矿还要大的心劲和干劲。

农民的法制意识增强了，他们不再逆来顺受，不再任人宰割，他们为了自己正当的权益敢于上访告状打官司，甚至敢把大小官员告上法庭。

农民，正在时代的浪潮中搏击冲浪；农民，正在时代的熊熊火焰中涅槃……

每一个走出农村的人都不应该忘记农民。忘记农民，就忘记了自己的祖先；忘记农民，就失去了最起码的良心……

感受农民吧，感受农民就感受到了黄土地温馨淳厚的魅力；感受农民就感受到了综合国力的强大；感受农民就感受到了中国跳动的脉搏。

陪陈天然先生采风

这天，宣传部领导突然通知我，让我陪同著名书画家陈天然先生到淇县太行山区采风。

初冬的阳光，洒在巍巍的太行山余脉。时任中国美术家、书法家协会副主席，河南书画院院长，河南美术家、书法家协会副主席的陈老，看上去那么普通、慈祥。他头戴蓝呢帽，脚蹬黑布鞋，精神矍铄，步履矫健，不像60岁的老人。他那戴着一副老式眼镜的双眼，望着远处层峦叠嶂的大山，俯瞰着纵横交错、线条苍劲的山坡的脊梁，神情是那么专注，那么神往，好像大山深处藏着什么奥秘。他不时拿起挂在胸前的照相机，对着大山按动快门，欣喜地连说："太好了！太行山太雄伟了！让外国人来这看看，保准一看就高兴。"他自然想起了不久前的日本之行，"日本的山太单调了，哪有这山势！"陈老高兴地又举起了相机。同行的新华社李记者告诉我："陈老现在主要搞版画创作，他拍这些照片，都是很好的创作素材。"陈老听到，笑着说："这比闭门造车好多了。"

晚上，我们下榻在十分简陋的云梦山管理处。晚饭不久，便有人将笔墨纸砚摆到了陈老面前。陈老毫不推辞，借着两支蜡烛微弱的亮光，欣然挥毫，为管理处写下了"宝藏兴"几个遒劲大字，也为我这个从事文学创作的晚辈，留下了"汇万象"的墨迹。这是陈老对我的期望，也是陈老多年来的艺术结晶吧！

第二天一早，我们正顺着山谷走，陈老又发现前边的山头很好，可他却想等个穿红衣服的女孩儿出现在山路上。我们坐在石头上等了个把小时，突然一辆驴车过来了，车上除了几位老太太，车梆上竟还坐着一个穿红色羽绒服的姑娘！陈老兴奋地抢拍了下来。他喜不自禁地说："这红衣服一点缀，整个画面就活了。"我也颇有同感地说："生活气息也浓厚了。""是啊，有生活气息的作品才有生命力。"陈老的思绪倏地回到了20世纪50年代："1958年，我创作了一幅版画作品《山地冬播》，就凭着有点生活气息，多次到法国、美国等地展出。前不久，日本善通寺寺长还向我要这幅作品呢！"我不禁联想到前些时的文坛，感叹地说："现在一些文学作品，离人民越来越远了。"陈老说："我这画了四十年画的人，对现在的一些画也看不懂，别说群众啦。不过，我不反对，你搞你的，我搞我的。现在还有些书法作品，从头到尾叫你认不出一个字。我坚持写自己的，有几个字你不认得，但总要让你认出几个，从头到尾能顺下来。"说着，陈老发现了另一个山头上正在吃草的骏马，又举起相机拍了下来。

来到一个小山村，陈老对村头羊圈里的羊很感兴趣，想趁羊群出圈时，以大山为背景拍上一张。李记者去找放羊人，却遭到了村干部的盘问，还以来拍照片是为了夜间偷羊呢！直到李记者亮出记者证，村干部才笑脸配合，使陈老如愿。

我们继续前行时，陈老又被正上山的牛群吸引住了，他跟着牛群边爬山边拍照，足足有两个小时。

根在朝歌

一个偶然的机会，我有幸结识了西安中国画院国家二级画家、祖籍河南淇县西裴屯村的赵彤海先生。

赵先生50多岁，身体健壮，满面红光，两眼透着艺术家的睿智。他自幼家境贫寒，虽酷爱绘画，却无缘进美术院校深造。20世纪60年代初，他有缘结识了我国著名画家、“长安画派”的代表石鲁先生，石鲁先生风趣地对他说：“我能教你画画，却不能给你发文凭。不过，我主张学习中国绘画，还是师傅带徒弟的好。”从此，他拜石鲁先生为师。“文革”中，石鲁先生惨遭蹂躏，一纸“驱逐令”限先生24小时之内离开西安，欲置他于死地。赵彤海不顾一切危险，将老师藏于家中。石鲁先生谢世前，用朱笔为他写下了“人生难得一知己”的肺腑之言。

画家能否在人们心中生根、开花，取决于他们的作品的个性、风格、特点，这是艺术的根本所在。高格调的作品与高格调的人品相统一，这是画家的灵魂所在。赵先生为人、作画，都是极其认真的。多年来，他沿着“长安画派”所走过的艺术道路，一手伸向传统，一手伸向生活，不断探索攀登。他的足迹踏遍了大半个中国，尤其对大西北广袤无垠的大漠戈壁和厚厚的黄土，更是充满了激情。他历经艰险，独探西域，循着当年玄奘取经的古丝绸之路，历时14个月，创作了200余幅作品。我手捧着他赠予的陕西旅游出版社出版的《赵彤海画集》，一页一页仔细品味着：那气势磅礴的《三北春潮》《大漠孤烟》；那生活气息浓郁的《塬上人家》《鸭趣》《巴楚盐湖之行》；那写意的《黄河边》《红高粱》；那形神兼备的《塔什店税务员》《百岁老人》《牧羊人》；那疏密有致的《秋韵》《憩》等，无不充满了他对生活的爱，对祖国大好河山的爱。

他的画不求修饰，朴实无华、直抒胸臆、别具风格。我国著名画家邵宇先生看了他的作品说："凡·高伟大，在于他渴求生活，用充满激情的笔倾诉感情。他所创作的作品，从不重复，画家应该选择这个层次。"赵彤海的老师石鲁先生也常对他说："生活决定精神，生活枯竭，画必凋败。只有置身于生活斗争之中者，艺术之智慧与灵感才会降临在你的头上。"长期以来，赵先生每年都有大半年时间在外采风写生，大河上下、秦岭南北、塔克拉玛干大沙漠，无不留下了他一串串坚实的脚印。他牢记着恩师石鲁先生的话："画家不是话家，多说没用，最好拿自己的作品说话。"赵先生正像一头顽强的骆驼，在艺术的瀚海中跋涉着。"登峰通海，斯为乐也。"石鲁先生的话，将永远铭刻在他的心中。

来也匆匆，去也匆匆。短暂的停留之后，赵先生又登上了西去的列车。我想，故乡的山水人物，早晚会出现在他的笔下，因为他的根在朝歌。

唯有牡丹真国色

在牡丹花开动京城的时节，我拜访了刚从新西兰举办画展并讲学归来的中国民族书画院著名牡丹画家崔廷玉先生。

崔先生系满族人，号紫春，自称"香魂斋主"，1937 年出生于河北承德避暑山庄，现任中国民族书画院院士、中华名人协会会员、中国少数民族艺术促进会会员、全国高级书画人才进修中心特邀研究员、中国工艺美术家协会河北分会理事。

崔先生从画30多年来，在国画创作中成就卓著，蜚声海内外。他主攻牡丹、梅花。他笔下的作品或雍容华贵国色天香，或清丽淡雅婀娜多姿，或万紫千红丹心向阳，或铁骨铮铮傲霜斗雪，令人叹为观止。他的作品多次被李瑞环、钱其琛、王兆国等党和国家领导人及国家各部委领导人作为礼品赠送给美国、日本、韩国、新西兰等国际友人。“汪辜会谈”时，他的牡丹飞越海峡，被带到了宝岛台湾。北京人民大会堂、中南海第三会议室、外交部、文化部等处，都挂有崔先生的巨幅作品。他的作品还多次在国内外大展中获奖，并被国内外收藏家收藏。1996年，他在河南省博物馆举办了“大老崔牡丹画展”，盛况空前。《人民日报》、中央人民广播电台、《中国老年报》、河南电视台等新闻单位，都给予了高度评价。著名国画家老庄题诗云：“崔氏牡丹动京华，又飞河南访故家。良机不怕千回演，艺苑群英相惊讶。苍头古貌奇且丑，内有至美发奇葩……胸中藏有牡丹国，姚黄魏紫斗芳华。神妙殿堂有多少，堂堂遍栽富贵花。华夏蒸腾新气象，老崔一支是王花。”1997年，崔先生荣获中国书画人才艺术成就奖和1997年度中国书画人才评审交流特别奖。1997年12月，中国出版社出版了《崔廷玉牡丹画集》，精选了崔先生46幅佳作。

崔先生爱好广泛，对京剧也颇有造诣，在1995年全国中老年戏曲大赛京剧花脸组演唱中，荣获菊花奖。著名京剧艺术大师、八十岁高龄的袁世海先生亲笔题词：“京剧牡丹融一家”。在新西兰举办画展、讲学期间，他在新西兰电视台、华人电视台手拉京胡，边拉边唱，尽显风流。他的牡丹也随着电视节目的播放轰动新西兰。新西兰总督亲自接见了他，中国驻新西兰大使馆收藏了他的大作。

与崔先生合影留念后，崔先生便南下郑州，去参加河南省博物院的开放仪式。几天后，他又将北上北戴河，去参加“纪念北戴河开发100周年——百名画家作品联展”活动。

愿崔先生的牡丹绽放得更加娇艳！

初识画家林之源

著名画家林之源先生，字半溪，号石门山樵、冷香居士。现任中央文史馆书画院研究员、中国画院院长助理、中国石涛艺术研究院（筹）院长；曾任中国国际书画艺术研究院常务副院长，中国书画院副院长，中国书画家协会副秘书长、中国将军书画研究院客座教授等职。有幸结识林先生，是在林氏之源——林氏祖先比干的殉难处——河南淇县（朝歌）摘心台。三千多年前，中国第一位忠臣比干丞相，为了商朝社稷的安危苦谏纣王，在此被纣王剖心；三千多年后，他的后世子孙纷纷来到这里寻根问祖，林之源先生便是其中之一。己丑四月，他在卫辉参加比干公诞辰 3101 周年纪念活动后，第一次来到这里。时隔两个月，他又第二次前来，可见对朝歌这片故土的厚爱，对林氏祖先比干的敬仰。

林先生一身皂色唐装，面色白净，个头不高，两眼睿智，长髯飘飘，乍一相见，便给人一种仙风道骨的感觉。20 世纪 50 年代，他出生于浙江温州一个儒医世家，自幼天资聪颖，六岁临池，八岁学画，先后又求学于江浙名流诸乐山、陆俨少、沙孟海、方去疾、柯逢春等人。之后客居上海十年，饱读经史子集之精华，博览诗书画印之精粹，极大地丰富充实了他的文化素养。林先生深知，作为一个画家不仅要读万卷书，还要行万里路，于是，他先后赴日本、新加坡、加拿大、巴西、中国香港、中国澳门、中国台湾等地办书画展，感受世界的历史文化，采集异国民族之风情，将外界的文化艺术与中国传统的艺术相结合。回国后，他又遍游祖国的三山五岳、大江南北多处风景名胜，搜集各地的风土人情。

1997 年初夏，他来到美丽的桂林资源，乘竹排漂至百卉谷，只见山峰峻秀，云雾缭绕，翠竹婆娑，古木苍劲，不禁被大自然的神奇之笔深深吸引，加上“资源”与“之源”的谐音，更使他感到了这就是自己梦寐以求

的地方，这就是他与资源的缘分。至此，他顿生隐意，告别了五光十色的大上海，告别了家人的温馨，即在蛮荒的百卉谷觅得一方圣土，创建了他的“世外桃源”——“冷香书屋”。并在山林里放养100多只鸡，在资江里放养300多只鸭，有成群的狗、猫、鹅，还有开垦出的成片的菜地……品大自然之美，吟诗作画，垂钓赏月，抚琴下棋，他真正地像陶渊明一样，过起了长达10年的“采菊东篱下，悠然见南山”的田园生活。“面壁十年图破壁”，10年的隐士生活使他有了新的感受、新的创作观：“我把大自然和人类看得越来越美好。我在寻找一种人与人、人与社会、人与大自然的和谐关系。你看到我画笔下的鸟儿，只见背后，因为我的眼光与观众一致向前看。我在琢磨画画的主体，那应该是一种与人类生活和情感距离最近的东西……”

随着旅游业的不断升温，资江漂流成了资源县最吸引人的一条旅游热线。而百卉谷，正是资江漂流终点段最精华的景区。林先生难以再继续隐居下去，最终作出了适应环境、主动“入世”的选择。

2007年5月，由中国将军书画研究院主办的“中国当代隐士文化代表林之源诗书画印展”在北京荣宝斋举行。这是他近10年来创作的200余幅作品，不仅有形神兼备的山水、花鸟、人物等国画，还有大家风范的书法、洋溢着人生理想和生活品位的清新诗词以及吸汉印之乳汁撷明清之精华的篆刻。北京荣宝斋负责人向记者透露，诗书画印同时在荣宝斋展出的，在中国，林之源属于第一人。林之源在接受记者采访时表示，他的成功，得益于中国传统文化及桂林的山水，是优美的水乡环境熏陶了他，让他对绘画产生了浓厚兴趣。徜徉于展厅的各界人士，无不被一幅幅小桥流水、碧绿河塘、高大榕树等充满大自然气息的作品所感染，纷纷赞叹：他的画让人感受到一种天地间的苍茫之气，在蓝天、白云、苍岩、流水间表达了生活情趣；他的书法既有颜真卿的浑厚，又有米元章的潇洒，既有帖学的优美，又有魏碑的朴拙和流畅；他的篆刻布局错落有致，方寸之间展现了人生智慧；他的诗让人感到像中国水墨画般的美好……开幕式后不久，一位来自浙江的商人便以26万元人民币买走了一幅6米长的水墨山水画，掀起了画展第一个热潮。具有300多年历史的荣宝斋，是老牌的中国古今名书名画集散地，是中外书画艺术界重要的交流场所。林先生的作品能在此展出，标志着他的作品的高度和广度。目前，他的书画作品先后被《人民美术》《大地》《亚洲新闻人物》等多家报刊发表，有的已被中国历史博物馆、中国美术馆、台北故宫博物馆、德国艺术博物馆等处收藏。

林先生还在西安办过一次画展，画展结束后，他将一百幅作品捐给了陕西慈善协会，并谢绝了新闻媒体的采访。他说，人不能只图名利，而应有社会责任感，要多一点善心义举，多一些精神追求。

在欢迎林先生的午宴上，林先生侃侃而谈："我们凭什么轻薄一块石头、一株古树抑或是一根古藤？我曾问古藤：你跑到这儿干什么？忽然间，他又意识到，我能这样问吗？我能懂什么？老古藤会说，你爷爷的爷爷，我是看着他们长大的。"由此可见，林先生对大自然的一草一木都充满了热爱，充满了感情，并产生了深刻的理解和感悟。接着，他又道出了他的创作真谛："先做人，后做事。创作的根本源泉是生活。""其实我的心一直留在百卉谷，一刻也没舍弃过……百卉谷始终是保留在我心中的一泓清水。也许过一两年，我又会回到这山谷里来，一个人静静地读书、作画……"

是啊，艺术创作从来离不开生活之水，只有生活之水的滋润，才能结出丰硕的艺术成果。愿林先生创作出更多更好的作品，再为中国画坛锦上添花。

午宴后，林先生又来到摘心台公园内纪念箕子、微子、比干的"三仁祠"，挥毫写下了"林之源"三个行书大字。据《林氏族谱大全》和近几年出版的《比干文研》《海内外林氏源流》等书记载：比干夫人姜氏墓和儿子林坚墓均在古朝歌城外，林坚诞生、成长、得姓、受封的地点也都在古都朝歌，朝歌（今淇县）理所当然就是中国林姓的发源地。林先生表示，他还会来到这里——林氏之源，寻根问祖，为林氏文化的研究和发展作出自己应有的贡献。

访郭沫若故居

我终于找到了北京前海西街 18 号，走进了向往已久的“郭沫若故居”。这里原为乐氏达仁堂私宅，1963 年 11 月郭老由北京西四大院胡同迁此居住，直至 1978 年 6 月病逝。这是一个幽静的小院。院里摆满了一盆盆红红黄黄的花，一棵亭亭如盖的海棠树，生机盎然。

客厅门的上方，挂着邓颖超题的“郭沫若故居”的匾额。客厅内，傅抱石的巨幅山水画——《写郭沫若九龙渊诗意》下，静放着他喜爱的形态各异的石头。周恩来等党和国家领导人及科学、文化、外事等部门的同志，常在这里聚谈或商讨工作。钢琴前面的单人沙发，是郭老接待国际友人时的座位。郭老写作办公的桌子上，静放着他生前常用的文具和助听器。西橱的上方，横挂着毛泽东的亲笔《西江月·井冈山》。东南侧窗前的条几上，陈置着郭老的手稿箧——“沧海遗粟”，里面珍藏着郭老在日本从事古文字研究的原稿。郭老的床边放着他经常翻阅的《二十四史》。

郭老 1892 年 11 月出生于四川乐山河湾镇。“五四”时期，他充满爱国反帝激情的诗歌，为我国新诗歌奠定了基石。他组建著名文学团体“创造社”，积极倡导无产阶级革命文学运动。他在文学、艺术、哲学、史学、考古学及马克思主义理论著作和外国进步文艺的翻译介绍等方面，都有着重要的建树。

新民主主义革命时期，郭老始终站在革命斗争前列。新中国成立后，他在继续创作与研究的同时，担负着国务院副总理和科学文化教育事业的领导工作，为保卫世界和平，促进国际交往，发展我国的科学文化，作出了不可磨灭的贡献。

我凝视着绿茵茵的草坪上的郭老的纪念铜像，崇敬之情油然而生。

鼓浪屿小记

从厦门乘轮渡穿过700多米的厦鼓海峡，便到了驰名海内外的海上花园——音乐岛——鼓浪屿。这是一个面积不到2平方千米的小岛，因山上怪石嶙峋，叠成洞壑，洞内海风呼呼，涛声如雷，故名。岛上空气湿润，鸟语花香，树木高耸，四季常青，亭台楼阁，掩映在浓浓的绿丛中。没有污染，没有噪声，宛若世外桃源。

鼓浪屿的最高峰是日光岩，俗称龙头山。山麓有日光寺。每天太阳出海面，便亲吻岩石和寺院，日光岩因此而名。走进小巧玲珑的石门，突兀而来的巨大峭壁映入眼帘，上面有名人题刻的“鼓浪洞天鹭江第一”“天风海涛”等径尺大字，苍劲有力，昔时被列为厦门八景之一。进入山门，踏石阶蜿蜒而上，“鹭江龙窟”“古避暑洞”等幽壑，更是引人入胜。“古避暑洞”是由一硕大的石头靠着山体天然形成的，登峰顶从它的腹下穿过，真是令人心惊，生怕那巨石骤然下来。

盘旋而上，登临岩顶，顿觉天风浩浩，心胸开阔。近看，厦鼓风光、东渡港区以及星罗棋布的岛礁，尽收眼底。远眺水天相连，浩瀚无边，大担、二担、圭屿、青屿诸岛，有的如露出海面的鲸鱼脊背，有的如停泊的舰艇，令人遐思万千，流连忘返。当年，民族英雄郑成功，就是在这里为收复台湾而屯兵构筑水操台，于永历十五年（1661年），率领将士数万人从这里出发，经澎湖在台南登陆。经过8个月的奋战，迫使荷兰总督揆一投降，使台湾重回祖国的怀抱。为纪念郑成功收复台湾，1962年2月在日光岩北麓建立了“郑成功纪念馆”。郭沫若同志为纪念馆题写了馆匾和对联。船只在岩下游来游去，时而响起悦耳的汽笛。不久的将来，这些船只也能自由来往于宝岛与大陆之间吗？

走下日光岩，我朝菽庄花园走去。

菽庄花园在日光岩下的港仔后海滨，始建于 1913 年。一进园中，一堵短墙挡住了我的视线，墙根儿是无数盆千姿百态的鲜花。绕过短墙，就像从深山峡谷来到平原一样，眼前竟是一望无际的碧波大海，原来此曰“藏海”！

向左经过色彩斑斓的花圃，漫步在伸向海中的弯曲有致的“四十四桥”上，犹如踩着那柔柔的海水。桥上有“观钓台”“渡月亭”和“海阔天空”“枕流”等叠石。从“招凉亭”拾级而上，为“补山园”。倚山建有“十二洞天”假山，迂回相通，上下盘旋。坐在亭子里，望着那万顷碧波上和园外金色沙滩上众多的泳者，闻着满园的花香，真是令人心旷神怡！

来也匆匆，去也匆匆。鼓浪屿似一本厚重的彩色影集，我还没欣赏完她的倩影，便踏上了归程。

煤矿行

换上矿工的服装，乘上下井的大铁罐，我钻进地球数百米深处，去寻找光明，去寻找温暖，去寻找开采光明和温暖的男子汉。

宽宽的巷道，一溜白炽灯，犹如走在夜的街面。呼呼凉风，顺着通风设备送来，仿佛感到了夏夜空调的舒坦。有人用口哨吹起了《地道战》，吹去了一帮文人刚下井时的胆寒。

然而，巷道并非一直那样宽宽，白炽灯并非一直那样耀眼，凉风并非一直那样舒坦。不知拐了几道弯，宽宽的巷道远去了，越来越低窄的巷道就在眼前。我把腰弯成阿拉伯数字 7 行进，后来又蹲下一步一步向前。习习凉风早已无影无踪，潮湿闷热如同进了桑拿间。耀眼的白炽灯也早已没有了，头上的矿灯成了我最好的伙伴。它伴着我上坡像登险峰一样，它伴着我下坡如坐滑梯一般，它伴着我忍受着棚顶的木棍不时把“钢盔”碰得叮当响，它伴着我让我体验着开采光明和温暖的艰难。没人再用口哨吹

《地道战》，只听到一个个气喘吁吁，只看到一个个汗流满面。

突然，迎面吹来夹着煤屑的风，打得我们难以睁眼，只好眯着眼摸索着向前。原来，我们已来到了如“钢铁走廊”般的综采工作面，来到了开采光明和温暖的矿工们的身边。只见液压柱顶着厚厚的钢板，钢板顶着工作面的顶板，采煤机在矿工们的操纵下，像发怒的雄狮怒吼着，用巨大的钢牙利齿啃下大片大片的煤炭，随即在传送带中汇成一条黑色的长河，泛着乌金的灿烂，滚滚流动着，流动着矿工们的血汗和默默的奉献，流动着带给人间的光明和温暖。

“爝火燃回春浩浩，洪炉照破夜沉沉。……但愿苍生俱饱暖，不辞辛苦出山林。”煤，默默地燃烧着自己，把光和热献给别人。而我们的矿工不正像煤一样吗？忽然，那黑黑的煤在我的眼中变幻成红红的钢水，变幻成万家灯火，变幻成一棵棵挺拔的绿树。那绿树，忽的变幻成煤，忽的又变幻成矿工……

品味祁眉

茶，是国饮；茶，是文化；茶，是艺术。我爱上喝茶，是在信阳当兵时。信阳是信阳毛尖的产地，几乎人人都喝茶。入乡随俗，我也渐渐爱上了这口，至今爱不释手。

今年“五一”，我到黄山游玩，顺便拐到在黄山脚下当兵的战友那里。战友拿出一罐茶叶说，当年在信阳喝惯了毛尖，你尝尝这个。我拿过茶罐一看：钓鱼台国宾馆指定用茶，特级祁眉红茶。说实话，我从未喝过红茶，甚至从未见过红茶。看这茶的包装，肯定是上品位的。战友是师级干部，他这儿肯定没有赖茶。我打开盖子，里面是一锡箔袋装的茶叶，我倒到手心里一点，只见条索紧细匀整，锋苗秀丽，色泽乌润，恰似少女的秀眉向我眉目传情。我不由想起宋代大文豪苏东坡在《次韵曹辅寄壑源试焙新茶》诗中的名句："从来佳茗似佳人。"我笑问战友，这茶名祁眉，是否因茶叶形似少女的秀眉？战友笑答，正是。接着，战友给我讲起了祁门茶经——

祁门红茶简称祁红，为工夫红茶中的珍品，产于安徽省祁门、东至、贵池、石台、黟县以及江西的浮梁一带，自然品质以祁门的历口、闪里、平里一带最优。祁门红茶产区自然条件优越，山高林密，温暖湿润，土层深厚，雨量充沛，云雾缭绕，很适宜于茶树生长，加之当地茶树的主体品种——槠叶种内含物丰富，酶活性高，很适合于工夫红茶的制造。祁门红茶的历史悠久，始创于清朝光绪年间，至今已有130多年的历史，是中国十大名茶中唯一的红茶。祁门红茶、印度大吉岭红茶、斯里兰卡乌伐红茶，是世界三大高香名茶。祁门红茶凭其独特的祁门香，被誉为世界三大高香名茶之首，1915年曾在巴拿马国际博览会上荣获金牌奖章。英国人最喜爱祁红，赞祁红为"群芳最"，全国上下都以能品尝到祁红为口福，皇家贵族也以祁红作为时髦的饮品，并用茶向皇后祝寿。最近，上海世博会世博局为了招待外国友人，特向全国征集名茶，祁眉高级红茶作为祁门红茶的佼佼者，光荣入选，并成为入选名茶中的第一个红茶品牌，同时，还被钓鱼台国宾馆确定为指定用茶。

战友边说边为我沏茶。祁眉高级红茶脱胎于祁门红茶，刚才你打开包装，观赏了祁眉，闻到了茶香，那只是视觉享受和嗅觉享受的第一步。现在你看，这是第二步。果然，随着战友将茶叶放入一透明壶中，不断加水冲泡，缕缕茶香扑鼻而来，一群祁眉似飞天在清亮、红澈的茶水中翩翩起舞，形态各异，不禁使人精神一振。战友说，人家讲究的，把喝茶当作一门艺术，这个过程很复杂。第一步，投茶洗茶。按1∶50的比例将茶投入壶中，右手提壶加水，用左手拿盖刮去泡沫，左手将盖盖好，将茶水倒入闻香杯中。第二步，将开水加入壶中，泡一分钟，借机洗杯，将水倒掉，右手拿壶将茶水倒入公道杯中，再从公道杯斟入闻香杯，只斟七分满。第三步，品赏玩茶。一是鲤鱼跳龙门：用右手将品茗杯反扣于闻香杯上，右手大拇指置于品茗杯底上，食指放在闻香杯底，翻转一圈；二是游山玩水：

左手扶品茗杯底，右手将闻香杯从品茗杯中提起，沿杯口转一圈；三是喜闻幽香：将闻香杯放在左手掌，杯口朝下，旋转90度，杯口对着自己，用大拇指捂着杯口，放在鼻子下方，细闻幽香。然后品啜甘茗，三口为一品，方能细细品尝出茶的香味。咱都是当兵的出身，不搞那么艺术，那么复杂，来，品尝一下。我徐徐将茶水送入口中，一股蜜糖香味的鲜甜、醇和，加之蕴藏的丝丝兰花香，滑过我的舌尖，霎时间便满嘴茶香直至心脾。战友说，祁眉独特的清鲜持久的香味，被国内外茶师称为砂糖香或苹果香，国际市场上称之为祁门香。口感如何？我连连点头，名不虚传。确实，这茶喝下去，口腔感觉清凉滋润，回味悠长。战友说，祁眉有生津清热，止渴消暑的功效，还有预防龋齿、消除疲劳、明目、提神、养胃、美容、入菜等许多作用。我若有所思道，其实品茶也是品味人生。茶刚沏上，还紧缩着的上下翻飞的茶，就像婴儿刚刚出生，手舞足蹈，清澈明亮；随着茶叶的逐渐展开和茶色的渐渐加深，就像人生从幼年到少年，从青年到中年；那杯中浮沉的茶叶，岂不犹如人生的沉浮？茶色最浓时，也像人生事业如日中天时；茶色最淡时，也就到了人生的谢幕时……战友哈哈一笑说，到底是作家，品茶品出了人生！我也笑了，老兄过奖了。

战友还告诉我，祁眉的采摘时间和其他茶叶一样，都是在谷雨至清明时节，采摘刚刚舒展的鲜叶。不同的是，祁眉采摘的一芽一叶的茶叶来自不同海拔的茶树，这样，不同的地质、气候、环境造就的茶叶，品质便各有所长。祁眉以独到的拼配秘方，将高山云雾的轻灵纯净、中海拔茶的醇和和水岸洲茶的清香润泽相融合，再完全靠手工加工制作，每一个环节，再加上都有十年以上制茶经验的老技师悉心指导，这样才使祁眉达到了茶形、香气和滋味的完美结合，使祁眉在全球走红，独树一帜，百年不衰。

黄山归来，泡上一杯战友送的祁眉，欣赏着杯中飞天曼妙的舞姿，顿觉神清气爽。我随即给战友发了一条短信：是天时、地利造就了祁眉；人勤、人和打造了祁眉；理想、追求成就了祁眉。愿祁眉芬芳常在，香飘四海！

邂逅白芽奇兰

白芽奇兰，多么美的名字！多么令人遐想的名字！

邂逅你，是在上海世博。你胸前戴着上海世博的特许证，头上戴着在国内外屡屡获得的“中国专利新技术新产品博览会金奖”“意大利国际米兰轻工博览会金奖”“上海国际茶文化节金奖”等多种桂冠，翩然而至。你像走在红地毯上的女明星一样光彩照人，但你不像女明星那样浓妆艳抹，你分明披着大芹山、彭溪岩壑云雾般的轻纱，娇嫩的脸上带着清纯的茸毛，桂冠上带着晶莹的露珠，浑身散发着奇特的兰花香味，展示着令人陶醉的梦一般的风韵。你的美是天然的，是像“万人迷”一样迷人的。

你来自文化底蕴深厚、人杰地灵的千年古城——平和，你和现代著名文学家林语堂、中国现代油画拓荒者周碧初、台湾阿里山之神吴凤、中国国民党副主席江丙坤等人，都出生在这里。在这方水土的滋润下，发出希望的嫩芽，成长为一棵棵名气不凡的树，为这里增添了不少神韵和光环。

“两脚踏东西文化，一心评宇宙文章”、熟读《茶录》《茶疏》和《煮泉小品》的林语堂先生，可曾与你青梅竹马、两小无猜、情有独钟，度过了他的童年时代？在远离家乡的日子里，林先生没有忘记你，他时常带着一只茶壶，不论走到哪儿都是快乐的。他还时常捧着一把茶壶，静静地品味你，把人生煎熬到最本质的精髓。你的身上带着丰富的文化色彩，也丰富了林先生的艺术想象和创作空间，他的一本本鸿篇巨制，岂不也是在你的陪伴下频频问世？林先生是非常看重你的，至少在中国和英国，他把你看成社交上一种不可少的制度。“制度”二字，可见你在他心中的高度。他对你也是厚爱有加的。因为你的娇嫩，他让你远离酒灯香类等一切有强味的事物和身带这类气息的人。在潮湿的季节，他让你保持干燥清爽；你喜欢择水，他便选山泉为上；你不喜嘈杂，他便不让儿童在旁哭闹，或不让粗蠢妇人在旁大声说话，或不让自命通人者在旁高谈国事，只邀二三文人雅士。他讨厌混杂真味的香料，唯独喜欢你宛如婴孩身上的“奶花香”，唯独喜欢你十六岁女郎般的美……我不得不佩服林先生的娴雅之情和他对你的一往情深。

我走近了你，是因我受林先生娴雅之情的影响，也因我和林先生有着同样的嗜好。撩开你云雾般的轻纱，我更感受到了你神奇的风韵，更感受到了你兰花般的清香，这清香是那么悠长，那么醇爽，那么沁人肺腑，那么令人心旷神怡……

龙泉论剑

跨越两千六百多年的历史时空，我走进了春秋战国时期的越国，看到一个叫欧冶子的翩翩少年，蹦蹦跳跳地来到母舅那里，来到铿锵震耳的铁与火的炉前，睁大惊奇的双眼，看着冷峻坚硬的铁在炉火中变得通红，看着变得通红的铁在铁砧上经受不断的锻打和变化。看了 N 次后的又好奇又好学的他，也掂起了火钳和铁锤，从锻打一些小物件开始，渐渐学会了锻打铁锄、铁斧等生产工具。是战国连绵不绝的争霸战争使他走上了铸剑的道路；是楚国先后吞并了长江以南 45 国、越国成了楚灵王的属国后，楚王命令风胡子到越地寻找欧冶子制造宝剑，从而成就了他铸剑大师的美名。已学会了冶金技术并发现了铜和铁性能的欧冶子，深知只有寻觅到能够出铁英、寒泉和亮石的地方，才能铸制出利剑，于是他走遍了江南的名山大川。是秦溪山两棵千年松树下排列如北斗的七口井吸引了他，那水明净冷澈，望而生寒，寒气逼人，如入骨髓，实乃天赐上等寒泉。欣喜若狂的他便在此安营扎寨，风餐露宿，披星戴月，含辛茹苦，终于铸制出了永垂青史、声名显赫的利剑——“龙渊”“泰阿”“工布”，开创了中国冷兵器之先河，为战国风云涂上了一层雄壮的色彩。第一把宝剑起名龙渊，相传是因欧冶子在一次汲水淬剑时，水面忽然出现了“五色龙纹”和七星斗像，人们感到神奇，便将此地称为“龙渊”，把剑称为“七星龙渊剑”。另有一传说是，剑成之后，俯视剑身，如同登高山而下望深渊，缥缈而深邃仿佛有巨龙盘卧，故名“龙渊”。至唐代，因避高祖李渊讳，便把“渊”改为“泉”。

后来，欧冶子还为越王铸制了湛庐、纯钧、胜邪、鱼肠、巨阙五剑，剑剑锋利无比，其中的纯钧剑，“观其华，如芙蓉始出；观其抓，烂如列星之行；观其光，浑浑如水之溢于溏；观其断，崖崖如琐石；观其才，焕焕如冰释”。而巨阙剑，能“穿铜釜，绝铁粝，胥中决如粢米”。《淮南子·修务训》曾载：“夫纯钧，鱼肠……加以砥砺，磨其锋锷，则水断龙舟，陆属犀甲。”传说吴国公子光为得王位，派刺客专诸刺杀吴王僚，一剑刺穿吴王僚的三层铠甲，用的就是鱼肠剑。可见欧冶子不愧为铸剑鼻祖，他的剑不愧为价值连城的稀世珍宝。

龙泉宝剑名列中国古代十大名剑之五。据《吴越春秋》记载，春秋时，名将伍子胥因奸臣所害，逃至长江之滨，前面江水浩荡，后有楚国兵马一路追杀。在这危急万分之时，一条小船急速驶来，载伍子胥迅速隐入芦花荡中，使伍子胥转危为安。伍子胥为谢渔丈人救命之恩，特将祖传三世的价值千金的七星龙渊剑相赠，并嘱咐渔丈人千万要为自己的行踪保密。渔丈人接过七星龙渊剑，对伍子胥疑他贪利少信仰天长叹，遂横剑自刎，以示高洁。故龙泉宝剑又被誉为诚信高洁之剑。

穿越了两千六百多年的历史风云，龙泉宝剑早已退出了冷兵器时代，摇身变成了馈赠的礼品、家中的藏品和饰品、强身健体的器械。但是，经过长期的发展和历代铸剑师的革新，龙泉宝剑不仅仍保持着它坚韧锋利、刚柔相济、寒光逼人、纹饰巧致的四大特色，而且又揉进了先进的现代制作工艺。在1978年我国工艺美术界两次全国性集会上，龙泉宝剑在众目睽睽之下，不费吹灰之力将叠在一起的六个铜板一劈为二，而剑刃丝毫不卷，真乃是“削铜如泥”；古代的龙泉宝剑用生铁铸造，现在则用中碳钢铸造，加之淬火工艺恰到好处，使中碳钢具备了弹簧钢的特性。一把薄型宝剑可在腰中卷成一个圆圈，放开后挺直如故。真乃是柔中有刚，刚中有柔。“宝剑锋从磨砺出”，龙泉宝剑的锋利，得益于龙泉境内一种名叫“亮石”的磨石，在这种石头上全靠手工磨制数日甚至数月出来的宝剑，寒光闪闪，青光耀眼。再看剑身上刻的七星标志和飞龙图案，也是一项绝技。铸剑师们不用打底稿，只用一把钢凿直接在宽不盈寸的剑身上刻凿，然后浇上铜水，经铲平加磨，图案生动自然，永不消失。古时，龙泉宝剑大都无鞘，如今，用当地特产的花梨木制作剑鞘及剑柄，再饰以银、铜，显得纹理秀美，古色古香。这种传统工艺与现代工艺的完美结合，更使龙泉宝剑锦上添花，熠熠生辉，光彩迷人。毛泽东等党和国家领导人收藏了它；尼克松等外国首脑收藏了它；社会各界名人收藏了它；寻常百姓也收藏了它。

龙泉因宝剑而名，也因宝剑而富。2006 年 5 月 20 日，龙泉宝剑的锻制技艺经国务院批准，被列入首批国家非物质文化遗产名录。宝剑企业如雨后春笋，由国家级大师及高、中级职称铸剑师构成的 100 余家从业近万人的铸剑队伍，已成为龙泉一道亮丽的风景，已成为龙泉经济的重要组成部分。

“十年磨一剑”，建市 20 年的龙泉已“磨”了“两剑”，将自古就有“处州十县好龙泉”之美誉的龙泉，“磨”得如同传统工艺与现代工艺完美结合的龙泉宝剑一样锦上添花，熠熠生辉，光彩迷人。相信“第三剑”定会将这座浙江省历史文化名城、这座享誉“青瓷之都”“宝剑之邦”“香菇灵芝之乡”的山水古城，“磨”得更加富庶，更加秀美，更加靓丽！

亲吻查干湖

中国十大淡水湖之一的查干湖，蒙语为“查干淖尔”，意为白色圣洁的湖。她似一位披着轻纱的情人在那里等我，我匆匆登车前往，恨不得一下子与她相拥相抱。

查干湖是郭尔罗斯的母亲湖，古老的查干淖尔人生于斯、长于斯，以渔猎为生，繁衍生息，世代传续。据史料追溯到辽金时期，最喜欢吃“冰鱼”的辽王，每年腊月要率领家眷来此，在查干湖湖面上搭建帐篷，在帐篷里把厚厚的冰刮至薄如纸片儿，欣赏鱼儿在冰下游动，然后打破薄冰，欣赏活蹦乱跳的鱼儿跃上冰面……形成了查干湖冬捕的一种渔猎文化、民族文化，融合了民族的团结，增进了人与人之间的感情传递。至今，这一传统文化又得到了很好的传承和发扬，在每年的冰雪渔猎文化旅游节上，又增加了查玛舞、民族歌舞、头鱼拍卖、现场观鱼和大型文艺活动等，使传统文化的内容更加丰富多彩了。

查干湖等了我好久好久，起码达一万年以上，而我，却来得太晚太晚了。许多许多的历史名人都来到了我的前面，契丹王侯与贵族、一代神弓哈萨尔大王、起义的陶克陶胡、金戈铁骑的蒙古骑兵团、一代琴师苏玛……他们先后来到这里，与湖水朝夕相伴，结下了不解之缘。

查干湖，不仅是一个人文荟萃的湖，也是一个景色秀美的湖。清清湖水是她的肌肤，层层涟漪是她的微笑，柔柔柳丝是她的秀发，片片芦苇是她的头饰，萋萋芳草是她的裙裾，裙裾上缀着五颜六色的野花，还有洋溢着蒙古风情的妙因古刹、圆圆的敖包、传情的哈达、飘香的奶酒，还有王爷府邸、塔虎重镇、满蒙文碑、孝庄祖陵等上千年的文化瑰宝。太阳渐渐升起，她仿佛换上一件缀满宝石的旗袍，在微风的抚摸下，闪动着银光，闪动着梦幻，闪动着万般风情。我忍不住捧起她，亲吻了她，那感觉很美、很甜。一群群鸟更比我有过之而无不及，它们总是贴着湖面边飞边叽叽喳喳地唱着，不时与湖来一个飞吻。这是真正的飞吻，边飞边吻，不像人那样，只是象征性的。看来它们是查干湖最亲密的调情者、嬉戏者。不，还有鲤鱼、鲢鱼、鳙鱼、鲫鱼等 15 科鱼类和 68 种虾类，还有狐、兔、貉、獾等 20 多种野生动物，还有野鸡、野鸭、大雁、灰鸥、鹭鸟、天鹅、丹顶鹤等 80 多种珍贵鸟类……

夕阳西下，晚霞似火。查干湖又换上一件红红绸缎做成的曳地长裙，随着微风的轻抚，伴着悠扬的笛声、悦耳的琴声，她像巨星走上奥斯卡金像奖的红地毯一样闪亮登场。闪亮登场后的她又犹如微醉的杨贵妃似的翩翩起舞，舞动出万般娇媚。一群群鸟、一条条鱼、一只只水禽，也都纷纷起舞歌唱，尽情展示着自己优美的舞姿和歌喉，就连湖边草丛中的小虫们也边唱边跳，简直比东方卫视的舞林大会还要热闹。月亮和星星闻讯匆匆赶来，以灯光师自居的她们，为这台自发的晚会打上了一组银色的光，使整台晚会更显得如梦似幻，分外迷人。紧接着，她们以外星球的身份也融入了晚会中，随波舞动着外星球的神秘莫测。一个个小精灵似的萤火虫也闻讯匆匆赶来了，她们不仅为晚会增添了别具一格的灯光效果，也为晚会增添了一个特别的节目——夜空飞行表演。突然，一首悦耳动听的歌声回荡在我的耳畔：

蓝天白云碧水间，鸿鹄翩翩鸟流连，蒲苇轻拂鱼戏浪，野莲荷花绽笑颜。啊，查干湖，湖光蜃景仙子幻。查干湖啊，美丽的姑娘，梦萦魂也牵。

草原沃野湖岸边，牛羊涌动马腾欢，古寺妙因毡包绕，芳草稻花起波澜。啊，查干湖，烟波浩渺水连天。查干湖啊，不朽的传奇，心广天也宽。

我与朋友尽情地边饮酒边欣赏着，不禁产生了一种超凡脱俗、飘然若仙的感觉……不知是酒醉了我，还是她醉了我……

西施故里品香榧

在绍兴一位文友的陪同下，我走进了历史悠久、人文荟萃的越国故都诸暨，不仅是慕名中国古代四大美人之一的西施和她的故里，还慕名曾被作为朝廷贡品而名声在外的香榧。

说实话，作为北方人，我从没有见过香榧树，更没有吃过香榧这个天赐圣果。是文友的介绍、推崇，是宋代文学家苏轼任杭州知州时曾写下赞美会稽山香榧的诗：“彼美玉山果，餐为金盘实。瘴雾脱蛮溪，清樽奉佳客。”使我对诸暨、对香榧产生了好奇和向往。

南宋《嘉泰会稽山志》曾记载：“稽山之榧，多佳者。”清朝末年，枫

桥镇上致和等3家商号收购香榧，加工成双熄香榧，运销沪杭。据民国二十三年（1934年）《诸暨县物产及农村状况》记载："诸暨县年输出香榧3400担（170吨），用船、火车运销沪杭。"新中国成立后，香榧畅销国内市场，并远销海外。果然，在离枫桥镇东南10千米的会稽山脉深处，在被浙江省林业厅命名为"浙江省十大效益林业基地"的枫桥香榧基地，使我对1993年就荣获国际农产品金奖的枫桥香榧和稽山之榧的多佳，有了深深的体会和感受。

满眼的绿扑面而来，一种特殊的香气扑鼻而来，一棵棵香榧树郁郁葱葱，如伞如盖，那宛如篦子的榧叶，在风中挥舞着热情的手，欢迎着远方的客人。那形似橄榄又状若微型冬瓜的香榧，一簇簇地挂在榧叶丛中，令我垂涎。这真是一个绿色的世界，一个香榧的世界。文友介绍说，香榧又名榧树、玉榧、野杉子，为红豆杉科，为亚热带树种，系常绿乔木，是世界稀有树种之一。它喜光也稍耐阴，喜温暖湿润的气候和深厚肥沃的酸性土壤，较耐寒，不耐积水涝洼和干旱瘠薄的土壤，寿命长达四五百年，有的甚至上千年，有"寿星树"之称。

香榧在我国为原产，特别是会稽山区，山高岭峻、云雾缭绕、温湿凉爽，非常适宜香榧树生长，是浙江香榧的主产区。枫桥香榧栽培历史悠久，南北朝《名医别录》中就有明确记载。唐朝时，宰相李德裕曾称："木之奇哉有稽山之海棠榧桧。"可见早在1500多年前，会稽山区的香榧就享誉全国了。近代，曾勉之、郑万钧等著名植物学家，纷纷来诸暨榧区调查考察，并以诸暨香榧为模式标本著书立说。所以说，浙江的枫桥香榧最负盛名。诸暨是枫桥香榧原产地和香榧主产区，总面积10万亩，年产量700吨左右，占全国总产量的80%左右，产量、质量均居全国绝对首位。现拥有百年以上香榧古树4.1万株，香榧古树群245个，占浙江省香榧古树总数的70%；拥有全国最大的香榧容器育苗基地和种质资源库，年培育香榧容器苗300万株，香榧种质146个。诸暨因此被中国特产之乡推荐暨宣传活动组委会命名为"中国香榧之都"，被省、市人民政府命名为"香榧之乡"。

动物分雌雄，没想到香榧树也分雌雄。风便是它们的红娘。她有性繁殖全周期需29个月，一代果实从花芽原基形成到果实形态成熟，需经历三个年头。每年5~9月，两代果实在树上生长发育，同时，新一代果实的花芽原基也在分化发育，所以人们称为“三代同树”，“三代果”。

香榧子是世界上最著名的干果之一，自古以来就是宴席上的上乘佳品。宋朝时，香榧就被加工成椒盐香榧、糖球香榧、香榧酥等，并被列为朝廷贡品。明、清时，枫桥镇已有专业的香榧加工工场和经销商店，经营的品种有细榧、圆榧（木榧）、芝麻榧等。枫桥出产的香榧中，细榧占80%以上。细榧又名“薄壳香榧”，具有壳薄、肉满、味香、质脆等特点，是香榧中之最佳品种。我看着手中的香榧，想用牙咬开它的硬壳细细品尝。文友一笑，边示范边告诉我，根本不用牙咬，这样用拇指和食指一按香榧上的两只“眼睛”，硬壳就裂开了。没想到吃香榧也有这样的小窍门。我将那枣核般大小的种仁徐徐放进嘴里，像放进一粒花生米，但细细一嚼，味道香美、松脆，比花生米更有一种别致的香味。文友告诉我，香榧子不仅味美，而且营养价值很高，除含有丰富的蛋白质和多种微量元素，还是名贵的中药材。现代医学临床证实，香榧有化痰、止渴、清肺、润肠、消痔等功能，对驱除蛲虫效果显著，对治疗小儿遗尿症也有一定的裨益。果仁中所含的四种脂碱对淋巴细胞性白血病有明显的抑制作用，并对治疗和预防恶性程度很高的淋巴肉瘤有益。因为它含有较多的维生素A等有益眼睛的成分，对眼睛干涩、易流泪、夜盲等症状有预防和缓解的功效。香榧中脂肪酸和维生素E含量较高，经常食用可润泽肌肤、延缓衰老。我不禁想到西施，这位大美人也一定爱吃家乡的香榧吧？如将她奉为“香榧皇后”，岂不具更好的广告效应？

香榧树浑身都是宝，经济价值也很高。作为木料，纹理通直，硬度适中，有弹性，不翘不裂，既耐水湿又不易变形，是制作家具、造船和工程建筑及工艺雕刻的上等材料。其树皮还可以提取工业用的栲胶。生鲜的榧壳含有柠檬醛，提纯后可作化学芳香油。香榧树枝繁叶茂，四季常青，形体美观，并且能吸收硫化物，是一种优良的绿化观赏树种。

品味着香榧，欣赏着已成为诸暨不朽的金字招牌的“摇钱树”，我仿佛看到西施袅娜而来，轻轻一挥嫩藕似的玉臂，无数香榧子刷地飞向了远方……

徜徉在恩钿月季公园

徜徉在江苏太仓恩钿月季公园，便徜徉在姹紫嫣红的月季花的海洋，心也随之灿烂、舒畅，情也随之绵绵、悠长。

位于太仓现代农业园区内的恩钿月季公园，是为纪念为中国月季事业作出巨大贡献的杰出女性蒋恩钿，于2008年她百年诞辰之际特建，并以她的名字而命名的。公园由蒋恩钿纪念馆、月季品种集中展示区、月季研发中心、玫瑰庄园四部分组成，已引进英国、法国、日本、美国等世界各地优秀月季品种七百多种，拥有中外各类月季超过四万株。

恩钿女士出生于太仓，毕业于清华大学西洋文学系，是钱钟书、杨绛、万家宝（曹禺）的同窗好友。1950年，恩钿女士和丈夫怀着建设新中国的强烈愿望，从美国回到北京。研读西洋文学的她，却从此与月季结下了不解之缘。一位旅欧华侨吴先生非常热爱月季，已引进国外200多个月季新品种。他热情好客，每当月季花盛开时，就主动在家举行赏花酒会，邀请文人墨客、社会名流前来赏花。恩钿女士和丈夫便是其中的常客。吴先生病逝后，恩钿女士接受了吴先生的重托，把400棵月季移栽到自己北京的家中并精心培育。后来，又随家搬到了天津。此后，她与月季朝夕相处，松土、剪枝、浇水、施肥、扦插繁殖，通读吴先生留下的书刊，并虚心向园艺家请教。5年过去，恩钿女士已成了培育月季花的行家里手。

20世纪50年代中期，周恩来总理到印度访问时，对机场道路两旁的月季很欣赏。回国后，也想用漂亮的月季花美化首都北京。在有关领导的安排下，请恩钿女士准备了一大束月季花，并附上有关月季花生长的特性以及中国月季在世界上的地位等材料，送到北京，转呈给了周总理。后来，时任北京市副市长的吴晗专程到天津，邀请清华老同学恩钿女士到北京，为迎接国庆10周年而美化北京，美化新建的人民大会堂。恩钿女士欣然前往，不仅建起了人民大会堂月季园，还把自己园中的月季花也捐了进去。绚丽多彩的月季在国庆10周年之际隆重登场，新建的人民大会堂花团锦簇，不仅使人们流连忘返，也受到了周恩来总理的赞赏。

人民大会堂月季园的成功，为月季在北京的发展起到了关键性的作用。接着，恩钿女士应北京园林局之邀出任顾问，全身心地完全义务地投入到了她深爱的月季事业中，先后帮助京津地区建起了4座月季园，仅天坛月季园就拥有3000多个品种，还对500多种中外月季作了名字的鉴定，并与英国皇家月季花协会建立了联系。20世纪60年代初期，朱德、陈毅等党和国家领导人到天坛月季园观赏，陈毅对喜欢养兰花的朱德说，你是兰花司令，然后指着恩钿女士说，你是月季夫人。由此，月季夫人的美誉渐渐流传开来。

经过几年潜心研究和实验，恩钿女士考证出：月季源自中国。中国月季走向世界，源自1806年，由英国胡姆爵士在广州郊区花地将四种中国月季带到欧洲。这一学术成果，为中国月季正了名，打破了过去认为月季（玫瑰）来自欧洲的传说。中国古代月季作为现代世界月季之母的地位得到了世界的公认。

正当恩钿女士的月季事业如日中天的时候，十年浩劫劫去了她的梦想，人民大会堂的月季园也变成了茄子园。值得欣喜的是，随着万物复苏百花齐放，月季成为北京市等数十个城市的市花，被称为“和平之花”。2007年，中国生物多样性保护基金会设立蒋恩钿月季基金会，以纪念她为中国月季事业发展所作出的重要贡献。北京奥运会时，月季被确定为颁奖用花的主花材之一。

太仓没有忘记恩钿女士；中外月季界知名人士没有忘记恩钿女士；所有月季爱好者没有忘记恩钿女士。恩钿月季公园落成时，全球月季界知名人士纷纷来到太仓，缅怀这位向世界播撒美丽的月季夫人。世界月季联合会主席梅兰在致辞中对恩钿女士给予了很高的评价：“世界月季事业的发展，中国‘月季夫人’蒋恩钿功不可没。”随后，他亲手种下四株世界月季联合会用恩钿女士的名字命名的“恩钿女士”月季——一种多次获奖的法国名贵月季，以此纪念这位杰出女性对世界月季事业的突出贡献。

凝视着端庄秀美的“恩钿女士”，我仿佛看到恩钿女士笑吟吟地从花丛中姗姗走来，欣赏着满园的月季花，渐渐又消失在姹紫嫣红的花的海洋……

足球的魅力

足球是世界的，足球像音乐一样没有国界。无论黑眼睛蓝眼睛褐眼睛，都随着足球而转动；无论黄种人白种人黑种人，都为足球而欢呼雀跃。

足球是狂放的桑巴、迪斯科，充满了生命的张力和活力，燃烧着生命的熊熊火焰。足球是豪情万丈的交响乐中跳动的音符，它没有小夜曲的舒缓缠绵，它奏响的是一节节激越昂扬震撼人心的旋律。这旋律，令人振奋，令人热血沸腾，令人歇斯底里！这旋律，使人陶醉，使人憧憬，使人彻夜不眠！

足球没有华丽的外表，足球没有娇态可掬的姿容，足球没有喁喁细语，足球没有似水柔情。足球只有阳刚，足球只有拼搏，足球只有力与力的交锋、冲撞，足球只有人与人意志的较量、抗衡。

当你相恋时，去看足球吧，它会使爱情之火燃得更旺！

当你失恋时，去与足球相伴吧，它会将你从失恋的泥淖中拽出，使你看到天涯何处无芳草，重新扬起爱的征帆。

当你消沉时，去看足球吧，它会一扫你心中的郁闷，高擎起亢奋的旗帜。

足球也和人生一样，时而荆棘丛生，时而电闪雷鸣，时而险象环生，时而柳暗花明。

足球制造了球迷心中的明星，足球塑造了球迷心中的英雄。贝利、马拉多纳、巴乔，还有长发飘逸的马蒂、托蒂、马尔蒂尼和佩蒂特……更使越来越多的红粉球迷崇拜不已。她们从足球身上看到了男人的雄健、性感、刚毅和勇敢。

足球凝聚了数万万不同人种的球迷的心，球迷同时也成为足球的铁杆弟兄和坚强后盾。没有球迷，便没有足球明星；没有球迷，便没有足球英雄。球迷是足球的母亲！足球是球迷的骄子！

感慨奥运

1896 年 6 月，当第一届现代奥林匹克运动会的圣火在希腊雅典点燃，著名爱国教育家、南开中学堂校长张伯苓就对奥运会情有独钟。据记载，1907 年 10 月 24 日，在天津第五届联合运动会闭幕典礼和颁奖仪式上，张伯苓就以“雅典的奥运会”为题发表了演说，他介绍了古代奥运会的历史与现代奥林匹克运动复兴的过程，并说：“此次运动会的成功，使我对我国选手在不久的将来参加奥运会充满了希望。”“中国人应该加紧准备，在不久的将来也出现在奥运赛场上。”他还认为，当时最需要的是聘请有技能的教练员，并说已有计划从美国聘请一位奥运会冠军来华作指导，应争取早日实现这一计划。天津档案馆副研究员周利成研究认为：“张伯苓是历史上明确提出中国要参加奥运会，并提出一些措施来实现这一主张的第一个中国人。”

1908 年 8 月，第四届奥运会在英国伦敦举行。赴美国参加世界第四次渔业大会、会后顺路到欧洲考察教育的直隶省代表张伯苓，趁考察间隙来到奥运会现场，亲身感受并目睹了一幕幕动人的场面。这是第一位亲临奥运会现场的中国人，也是第一位感触最深因而发出“奥运举办之日，就是

我中华腾飞之时”的预言的中国人。他带着对奥林匹克的崇拜和对中国参加奥运会的梦想回国了。他想在自己的祖国播撒奥林匹克的种子；他想让奥林匹克的种子在中国开花、结果；他想让中国的奥林匹克之花在世界的赛场上绽放。可他的能量太弱了，处于晚清没落时期的中国的能量太弱了。八国联军的入侵，《辛丑条约》的签订，日俄在中国的掠夺……直至1908年11月，伦敦的奥运会刚刚结束，而中国的末代皇帝、只有三岁的溥仪，也刚刚踩着光绪和慈禧的丧钟登基。这样愚昧落后挨打的中国，这样像蚂蚁一样任人踩踏的中国，有什么能力参加奥运会！更何谈举办奥运会！1908年《天津青年》发表的《竞技运动》一文，发出了振聋发聩的吼声：“中国人何时能派代表参加奥运会?”“中国何时能在奥运会上夺得奖牌?”“中国何时才能举办奥运会?”这是中国人的怒吼，这是炎黄子孙的美好憧憬!

时隔24年的1932年7月，第十届奥运会在美国洛杉矶举行。南京政府坚持不派代表参加，而日本却竭力策划所谓“满洲国”代表参加，激起国人的强烈反对。为张扬中国人的志气，为使中国国旗高高飘扬在世界人民的面前，以张伯苓为首的中华全国体协，毅然多方筹资，终于迈开了走上奥运圣坛的第一步。虽然代表团只有领队、教练、运动员各一人，虽然唯一的运动员刘长春只参加了100米和200米的短跑比赛，并随即在预赛中被淘汰，但中国向奥林匹克报到了，中国向世界级的竞技场挑战了！它虽然羽毛未丰，但它向全世界昭示了东方一头睡狮的存在!

时隔40年的1948年，第十四届奥运会又在英国伦敦举办。这时，中国代表团从最初的3人发展到了53人，比赛项目也发展到田径、游泳、篮球、足球和自行车5个项目。可是，十几年战争不断的中国，国力和国民的体力都消耗得实在太衰弱了，不仅所有参赛项目名落孙山，而且连入住奥运村的租金也付不起，无奈寄宿在当地的一所小学校。更可悲的是，比赛结束后，竟连回国的机票也无钱购买，不得不卖掉带去的没有吃完的余粮，又得华侨的资助，方才踏上了回国的舷梯。

饱经磨难的东方睡狮终于渐渐醒来了，不屈不挠的中国人民终于渐渐醒来了。在全世界瞩目的那一刻，萨马兰奇的一声“北京”，犹如霹雷闪电，霎时间响彻了全球。这是世界对中国强盛的承认，这是世界对中国改革开放的赞同。张伯苓当年的预言终于变成了现实，《天津青年》当年的吼声终于有了回音，13 亿中华儿女终于露出了开心的笑容。正如国际奥委会主席罗格所说：“这个首次在北京举办的盛会，将圆一个中国人——张伯苓先生一个世纪以前表达的梦想，那就是看到他的祖国成为奥林匹克事业的一部分。”

2008 年 8 月 8 日晚 8 时，这是一个永载世界历史和中国历史史册的时刻；这是一个让全世界对中国刮目相看的时刻；这是一个令炎黄子孙扬眉吐气的时刻；这是一个向世界展示绿色奥运、科技奥运、人文奥运的时刻！2008 人的击缶，“有朋自远方来，不亦乐乎”的吟诵，活字印刷、文房四宝和书画长卷，以及巨大的焰火脚印等，无不表现出中国文化的博大精深，无不表现出中国人极其丰富的想象力和创造力。

中国代表团的入场，更是一道靓丽的风景。那鲜红的国旗，那鹅黄的服装，那庞大的队伍，那庞大队伍中充满自信、骄傲、自豪、青春的张张笑脸，更展现了中国国力的强大和中国人蓬勃向上的精神风貌。全场沸腾了！中国沸腾了！五星红旗好像红色的海洋，在硕大无比的鸟巢欢腾、激荡……还有那个天真无邪的小女孩的天籁之音，将永远在每一位炎黄子孙的心中回荡：“五星红旗迎风飘扬，胜利歌声多么响亮。歌唱我们亲爱的祖国，从今走向繁荣富强……”

淇水悠悠

朝歌（今河南淇县）的水，不是一般的水。特别是至今未被污染的从《诗经》中悠悠而来的淇水，依然流动着数千年的历史，依然舞动着传奇的浪花，依然吟咏着历代的诗文，依然亲吻着两岸的子子孙孙。

淇河，是一条古老的河，据国家地质部门实测记载，她的源头形成于下澳陶统，距今已有五亿年的历史。她没有黄河的雄浑，也没有长江的壮阔，她从峰峦叠嶂的太行山深处起程，在幽深峡谷中冲突，在乱石中游刃，在荆棘中穿行，在荒山上跋涉，在野岭上翻腾。五亿年风雨兼程，五亿年追求不停，五亿年执着地向着东方，迎接着一个又一个黎明，终于在没有路的地方，留下一个银光闪闪的梦，终于将自己溶进大海，和大海的脉搏一起跳动。

这是一条母亲河。1956 年的朝歌石河岸村旁的淇河，碧波荡漾，淇鲫欢畅。她的身边，岸柳成行，野花飘香。刚发现的仰韶文化遗址——石河岸遗址，则以刚出土的钵、盆、鼎、罐、瓮、刀、凿、尖底瓶以及少量的猪骨、鹿骨，向人们展示着、让人们想象着 7000 年前先民在悠悠淇水边的生产生活状况。时隔 23 年，1979 年在淇县花窝村淇河南岸发现的新石器时期早期文化遗址——花窝遗址，更以出土的铲、斧、凿、磨棒、陶器以及尖状器、刮削器等文物，填补了仰韶文化以前新石器时代的历史空白，为探索仰韶文化的渊源，提供了翔实的宝贵资料和实物佐证，也让我们仿佛看到了 7000 多年前先民在汤汤淇水边刀耕火种的身影。

这是一条历史文化的长河。3000 多年前，淇水边巍然耸起了商朝的都城——沫邑（朝歌）。《史记·殷本纪》记载："沫邑，殷王武丁始都之。""帝乙复济河北，徙朝歌，其子仍都焉。"《笺本竹书纪年疏正》也记载道："武乙三年，自殷迁河北，至是复济河北徙朝歌，纣仍都之。盖武乙之时，其地名沫，至纣时，其地乃名朝歌。《水经注》曰：'朝歌城本沫邑'。"武丁、武乙、帝乙、帝辛四代帝王在此演绎着商朝的故事，开拓了辽阔的疆域，创造了宝贵的甲骨文，制造了惊世的青铜器，托起了商朝的文明，照亮了商朝的天空。

与鹤壁新区一河之隔的高村村的淇水关，是商朝大将黄飞虎镇守的重要关隘，也是商纣王的第一道城墙，今遗址清晰可辨。因濒临淇水，村中沟壑纵横，故小桥遍布，约几十座之多。最小的"一步三孔桥"，恐怕成了吉尼斯之最。最大的桥，要数贯穿南北的淇河古石桥了。古石桥原名太平桥，于明代成化十三年（1477 年），由兵部尚书兼左都御史王越（浚县人）奉旨修建。桥全长360 余米，宽5. 15 米，桥墩桥面全由青石建成。桥面每块青石长1. 75 米，宽50 厘米，厚30 厘米，青石间全部用浇铸铁水的铁燕尾联成一体，坚不可摧。虽500 多年过去，不知经受了多少次洪水的冲击，不知经受了多少次载重车辆的碾压，古石桥至今虽老态龙钟，但仍然顽强地履行着自己的使命。

淇水关是一条国道，也是御道。当年慈禧与光绪途经这里，正是洪水未退的初冬，因水势较大，古石桥已成了漫水桥。轿夫们面面相觑，不敢前行，生怕有所闪失，吃罪不起。慈禧看到此景，也担心自己掉到河里喂鱼，于是叫来知县问策。曹知县一听，让老佛爷尽管放心，这淇水关有许多好水手，让他们为老佛爷护驾，肯定万无一失。曹知县精心挑选了28 位好水手分列御驾两侧，安全护送慈禧到达对岸。

淇水关是古老的。纣王高筑的寨墙仍残存着；黄飞虎的营盘北大庙仍矗立着；古驿道的凹凸不平的青石仍铺就着；老字号的商铺及一些古建民居仍飘摇着；悠悠的淇水仍潺湲着……但若能精心打造，她怎能不像秦淮河一样吸引着如织的游人，展现她魅人的时代风采呢?

中国古代第一位杰出的爱国女诗人许穆夫人，自幼生长在淇河岸边，与淇河结下了深厚的感情。她载入我国的第一部诗歌总集《诗经》的诗篇《竹竿》《泉水》《载驰》，充满了浓郁的地域文化色彩。诗中的“籊籊竹竿”“淇水悠悠”“泉水”“肥泉”“漕邑”“桧辑”“松舟”，描绘了故乡一道道亮丽的风景，充分表达了她思念故土的强烈的爱国主义情感。

公元前660 年冬，朝歌失陷，懿公被杀。许穆夫人毅然驾车北上，向齐国求救，终于收复了失地，使卫国得以复兴。《左传》曾记载：“许穆夫人赋《载驰》，齐侯使公子无亏帅车三百乘，甲士三千人以戍曹。”（见《左传》闵公二年）

许穆夫人是一颗璀璨明珠，她强烈的爱家乡爱祖国的精神，对团结、召唤国内外炎黄儿女，为振兴中华贡献自己的力量，将家乡建设得更美好，有着十分重要的现实意义。

这是一条荡漾着诗的河。那波光粼粼中，闪亮着《诗经》中的“淇水悠悠，桧楫松舟”“淇水汤汤，渐车帷裳”“瞻彼淇奥，绿竹猗猗”；闪亮着李白的“淇水流碧玉，舟车日奔冲”；闪亮着杜甫的“淇上健儿归莫懒，城南思妇愁多梦”；闪亮着王维的“屏居淇水上，东野旷无山”；闪亮着苏轼的“惟有长身六君子，猗猗犹得似淇园”，以及陶渊明、骆宾王、宋之问、高適、陈子昂等人300余首脍炙人口的咏诵淇河的诗篇；也闪亮着淇河儿女一首首崭新的时代诗篇。

朝歌“三仁”

朝（zhāo）歌（今河南淇县），因商朝末年曾为殷纣王的国都而闻名于世。20世纪五六十年代初，我随父母来到这座历史底蕴异常丰富的故城，50年来耳濡目染了许多有关纣王的故事和史料，其中，我少年时就得知，被孔子称为“三仁”的箕子、微子、比干，就是在这里为了社稷的兴旺和安危，向纣王献言献策，慷慨陈词，甚至不惜以死相谏，给后人留下了一段可歌可泣的历史，成为我国历史上最早的忠谏之臣。

箕　子

箕子名胥，乃商末贵族，系殷纣王叔父，官居太师，因封国于箕（今山西太谷县东北），爵为子，故称箕子。

箕子作为我国历史上最早的谏臣之一，当殷纣居功自傲、生活奢侈、吃饭必用象牙筷子时，便为其叹息，为商朝的社稷担心。《史记·宋微子世家》曾记载道：“纣始为象箸，箕子叹曰：‘彼为象箸，必为玉杯；为玉杯，则必思远方珍怪之物而御之矣，舆马宫室之渐自此始，不可振也。’”箕子的叹息，没有引起纣王的警惕，这时的纣王，已听不进逆耳的忠言了。果然不出箕子所料，纣王用上象牙筷子后，便用上了玉杯；用上玉杯后，便用上了远离朝歌的珍奇宝物；接着，大修离宫别馆，亭台楼阁，终日沉湎于酒色之中，不理政事。

面对纣王的腐败，箕子心急如焚，屡次进谏，可纣王都听不进去，仍我行我素。箕子无奈之中，有人劝其离去，箕子曰："为人臣谏不听而去，是彰君之恶而自悦其民，吾不忍为也。"（《史记·宋微子世家》）无奈的箕子选择了披发佯狂，终日鼓琴以自悲，抒发自己郁闷而悲愤的心情。纣王以为箕子真的疯了，便将其囚禁羑里。公元前 1046 年，周武王在蓄谋已久的牧野大战中克商，纣王兵败后，逃至鹿台自焚。至此，长达 600 多年的"邦畿千里"的商朝被周族取而代之。周武王命召公释放了箕子，并请他为周朝臣子，而箕子却不愿做周朝的顺民。周武王询问其殷之所以亡，箕子却又不愿说自己的国家如何不好。周武王又向其请教治国之道，箕子以《洪范》陈之，所谈 8 条治国之策，不仅为周武王所用，有些策略还传至后人，为历代统治者所用。周武王不禁从内心里佩服箕子的才能，他极力想请箕子辅政。而箕子却决意离去，不为灭掉自己国家的周朝效力，毅然率领殷商贵族、遗老故旧约 5000 人，离开已属他人的朝歌，迎着朝阳一路东进，经山东半岛到朝鲜半岛，创立了朝鲜历史上前所未有的第一个王朝——箕子王朝。

随着箕子王朝的建立，荒芜的朝鲜半岛由原来的渔猎又增加了农耕，一块块箕田里，展示着商代的先进生产技术，收获着新的希望。随着箕子王朝的建立，箕子也将商代的各种法律运用到朝鲜，使其民不淫不盗，社会风气良好。诗书礼乐、医药卜筮、官制衣着等方面，也都在朝鲜显示出殷商文化的厚重和魅力。这种厚重和魅力，一直延续了 3000 余年，现在韩国的国旗上，还飘扬着中国殷商时期易经八卦的图案。朝鲜和韩国人还保留着"殷人其服尚白"的衣着色彩。其他诸如食宿、祭祀、节气等习俗，至今一定也都与我国辽东半岛、山东、河南等地相似。在《箕子传》《箕子外传》《海东译史》等朝鲜文史书中，多处记载了箕子创立朝鲜古国以及各种典章制度、洪范传录、箕子像、事迹图、谱系等，其中《海东译史》中记载道："箕子率5000人入朝鲜，其诗书礼乐、医药卜筮，皆从而往，教以诗书，使知中国，礼乐之制，衙门官制衣服，悉随中国。"在中国多部史书中，不仅记载了箕子赴朝之事，还记载了周武王顺水推舟封朝鲜给箕子一事。《尚书大传》曰："武王胜殷，释箕子之囚，箕子不忍周之释，走之朝鲜。武王闻之，因以朝鲜封之。"《史记·宋微子》曰："武王乃封箕子于朝鲜而不臣也。"箕子为开发朝鲜半岛，创立古朝鲜国作出了杰出贡献，在《三国史记》中，明确把箕子看作古朝鲜建立以后的第一个国王。

箕子虽身在朝鲜，但他的心还牵系着失去的故国家园。当他朝见周武王路过朝歌，目睹昔日宫殿已成废墟，遍地野草麦黍，一片荒凉，不禁伤感至极，欲哭无泪，欲泣又觉近于妇人。他即作《麦秀歌》一首，以陈心志："麦秀渐渐兮，禾黍油油，彼狡童兮，不与我好兮。麦秀渐渐兮，禾黍油油，彼狡童兮，不我好仇。"殷民闻之，皆涕泪满面。这首载入《史记·宋微子》等史志的《麦秀歌》，可谓是我国最早的诗歌了。该诗由景起兴，假借抱怨指责不听话的顽皮淘气的孩子，其实隐喻着的是箕子对纣王不听忠谏而失去江山的抱怨和指责，以及箕子此时此地的痛苦而又悲愤的心情。这种运用借景生情、借喻、暗喻结合在一起以抒发政治情怀的艺术手法，为后世诗歌创作提供了极大的借鉴。该诗也在后世文人中产生了很大影响。晋代大诗人陶潜在《箕子》一诗中云："狡童之歌，凄矣其悲。"宋代诗人王十朋也在《箕子》一诗中云："千古共传箕子操，一时难悟狡童心。"明代诗人何士琦的"伤心歌麦秀"，清代诗人高遐昌的"禾黍悲歌千古恨"等诗句，也都对《麦秀歌》作出了回应，对箕子这位爱国谏臣给予了同情和颂扬。箕子死后，葬于商朝最早的都城亳（今山东曹县）。今朝鲜平壤市郊还有他的衣冠冢——箕子陵，当地称"箕圣陵"。朝鲜人将箕子奉为檀君祭祀，时隔3000年，韩国在举办各种国际国内大型比赛中，还冠以檀君的名字。中国历代王朝使节出使朝鲜，也均到"箕圣陵"祭拜。唐朝时，人们在朝歌南关建箕子庙。唐代大文学家柳宗元前往凭吊，撰写了《箕子庙碑文》，为箕子歌功颂德。

微　子

微子，商末朝歌人，本名开，后称启，因其封国名微（原在今山西潞城县东北，后迁山东梁山西北），爵位子，故称微子。

微子乃商朝第十六世帝王帝乙之长子，是殷纣王同父异母的兄长，世称卿士。他虽聪明，但优柔寡断，遇事不能自决。因其母为妾非正后，作为长子的他未能继承王位。

没能顺理成章登上帝王宝座的微子，当弟弟“淫乱于政”时，他仍出于对商朝江山的考虑，多次向纣王进谏，劝其关心政事。而纣王却认为自己“有命在天”，对微子的劝谏置之不理。微子看纣王“终不可谏”，便想以死诀别自己一意孤行的弟弟。但真要去死，微子却犹豫了。他找到太师箕子和少师比干，让其帮他出主意。太师箕子认为，“今诚得治国，国治身死不恨；为死，终不得治，不如去。”（《史记·宋微子世家》）微子闻言，点头称是。于是，便打消了死的念头，抱上祭器，为保殷商宗祀，远离纣王到微国去了。

周武王灭商后，微子带着祭器来到了武王军门，并且是“肉袒面缚，左牵羊，右把茅，膝行而前”，向武王表明自己与纣王早已划清界限。其实，周武王早已知微子与纣王的关系，见微子如此低下，颇受感动，便把他与纣王分别看待，上前解开其捆绑的绳子，并“复其位如故”，仍让他当卿士。约公元前 1041 年，纣王之子武庚叛周，周公旦以成王命杀死武庚，命微子接替武庚管理殷余民，封其国于宋（今商丘一带）。从此，微子便成为宋国国君，也成了殷的宗祀人。

微子本来一身正气，刚正不阿，为何低三下四去见周武王？为何又当周朝的卿士？是司马迁记载有误？还是微子向周朝投降？还是微子委曲求全，让周武王手下留情，保存殷朝的香火得以传承，甚至想重振殷室？恐怕还是后者吧？殷商灭亡后，周武王并未杀殷商的文武百官及黎民百姓，还封卫国给纣子武庚，让其管理殷商遗民，以续殷商的宗庙祭祀。这其中除周武王听取各方意见，采取稳定殷商遗民的万全之策外，是否也有微子的良苦用心?

微子死后，葬于今山东微山湖微山岛西北部的高岗上，墓前竖古碑四通，中间主碑上有汉代匡衡题写的“殷微子墓”，横额为“仁参箕比”，箕指箕子，比指比干。

比　干

比干是帝乙之弟，殷纣王的叔父，商朝著名的忠谏之臣，因封于比（今山东曲阜一带），故名比干。

身为少师（又称亚相），辅佐纣王是他应尽的职责。当他目睹纣王筑酒池、悬肉林、“作长夜之饮”、施暴政酷刑、建耗资巨大的摘星楼、鹿台等离宫别馆时，他和箕子、微子、商容、祖伊等人曾多次劝谏，可刚愎自用的纣王充耳不闻，以至众叛亲离。箕子佯狂为奴，微子出走，商容贬为庶民。心急如焚的比干，不禁怒叹道：“主过不谏，非忠也。畏死不言，非勇也。过则谏，不用则死，忠之至也。”（《括地志》）于是，比干凛然正气登上摘星台，劝谏正沉迷于酒色之中的纣王。比干苦劝三日不去，“不得不以死争……纣怒曰：‘吾闻圣人之心有七窍。’剖比干，观其心。”（《史记·殷本纪》）63 岁的比干，为了商朝的存亡，就这样惨死在自己的侄子之手。

商朝在腐败透顶的纣王手中灭亡了。当年供纣王玩乐的摘星台，早已被殷人改为“摘心台”，并在台上建“忠烈坊”一座，上书对联“刚之忠之仁之勇之，惨也酷也悲也伤也”一副。比干葬于朝歌南三十里处，周武王封为“比干墓”。魏孝文帝、唐太宗、宋太祖、清乾隆等皇帝及历代文人墨客均到此祭拜，或挥毫吟诗颂之。

比干殉难后，夫人陈氏为避纣王迫害，携子坚逃难于朝歌城西长林山。周武王派人将陈氏母子找回，封陈氏为“英烈夫人”，赐其子坚姓林，并封爵于博陵。从此，比干即成了林姓始祖，摘心台和比干墓也成了天下林姓宗亲族人寻根祭祖的地方。

“三仁”走进了中华民族悠久的历史长卷中，他们的拳拳爱国之心，镌刻在朝歌的“三仁祠”中，更镌刻在每一位炎黄子孙的心中。

纣王也走进了中华民族悠久的历史长卷中，但对其贬多褒少。不知是司马迁等人漏记了纣王的功绩？还是周武王灭纣后掩盖、抹杀了纣王的功绩？因年代久远，史料有限，不得而知。用马克思主义一分为二的观点来看，纣王虽是“三仁”悲剧的罪魁祸首，但他作为中国历史上第二个奴隶制王朝的君王，自然有他的历史局限性，可他平定东夷，开拓淮河流域和长江流域，促进北方文化向南方传播，对古代中国的统一和中华民族的发展是很有功劳的。因种种原因，他的过掩盖了功。不管怎么说，他是一位亡国之君，这是铁定的事实。既然是亡国之君，这其中怎能无“过”呢？

弯弯的折胫河

折胫河——我第二故乡古都朝歌（今河南淇县）的一条小河。那岸边萋萋的草丛里，那五颜六色娇小可爱的野花瓣儿里，藏着我少年时的欢声笑语，那清澈潺湲的和河水哟，带走了我一个个天真纯洁色彩斑斓的梦。

这是一条古老的河，古称肥泉，又名澳水，发源于县城西北1.5千米的太和泉，全长只有19.8千米。河虽小，但名气却大，不少史书上均有记载。中国第一位爱国女诗人许穆夫人曾在《诗经·邶风·泉水》中留下“毖彼泉水，亦流于淇。……我思肥泉，兹之永叹”的诗句，抒发对故乡的无限情思。北魏郦道元在《水经注》中也记载道：“老人晨将渡水，而呻吟难济。纣问其故？左右曰：‘老者髓不实，故畏寒也。’纣乃于此斮胫而视髓也。”折胫河也由此而名。据此又传说，殷纣王和爱妃妲己在摘星楼游玩，妲己忽然发现一老者迟迟不敢下水渡河，便问纣王何故？纣王说，老者骨髓不满，怕冷。妲己不信，纣王便令手下卫士将老者捉来，砍断老者的胫骨让妲己观看。“不书殷之水，不书周之波。有人隐民恨，大书折胫河。是非在人心，嗟哉独夫何!”明代刘希鲁、李尚实，清代张尚久、高鉴敬等人，都在此留下了谴责纣王的脍炙人口的诗篇。

折胫河紧靠县城，是县城内唯一的游泳场所。每年的夏天，河边的草地里支满了自行车，小河唱着沸腾的歌。我就是在这里学会了“狗刨”、倒猛。一个个小泥鳅似的同学，互相开水仗，在水中捉迷藏，在岸上拍着光屁股“跑马竿”，玩得是那么惬意，那么开心。中学里的老大哥老大姐们押着敲着破锣、脖子里挂着尿罐的老师整天游街，我们这群上了8年小学的孩子们无法升学，更是每天泡在小河里。

除游泳外，这里也是垂钓的好场所。许穆夫人当年“籊籊竹竿，以钓于淇”，不知是否在此垂钓过。这里的鱼除白条、草鱼外，还有许多彩色的扁片儿鱼，个儿很小，却很是有劲，捧在手里一直打挺，在阳光下闪着五光十色的鳞光，可爱极了！钓上或逮住此鱼，我和同学们或玩够了放回水中，或带回家养到大口瓶里欣赏（那时还没有鱼缸），增添了无穷乐趣。

结束了上山下乡和几年的军营生活，我又回到了小城，我又邀同学到折胫河游泳、垂钓。同学忽然笑了：“那水早变成酱油汤了!”我的心陡地一沉，仍不死心地来到了折胫河边。那清澈潺湲的河水呢？那在阳光下闪着五光十色鳞光的扁片儿彩色鱼呢？……折胫河的源头早已筋疲力尽了，只有工厂里那黑黄黑黄的泛着白沫的水，哗哗地流着、流着……

夜阑人静，我久久难眠。不知何时，那清澈潺湲的折胫河，那在阳光下闪着五光十色鳞光的扁片儿彩色鱼，活灵活现在我的梦中……

凭吊纣王墓

秋风如泣如诉，秋雨缠绵悱恻。桑塔纳驶出淇县城几分钟，便停在淇（县）、浚（县）公路上的淇河大桥西侧。雨雾中的纣王墓即刻展现在我的眼前。

这就是商纣王之墓吗？真令人不敢相信。它没有秦始皇陵的威严，更没有明清皇陵的壮观，它太不起眼了，太不像一代帝王的陵墓了，看上去只不过是一大土堆而已。土堆上荆棘丛生，荒草萋萋，几只乌鸦腾地从草丛中飞起，喳喳远去。土堆的北面还有两个小土堆，一曰姜皇后（娘娘）墓，一曰妲己墓。

“不向高岗建玉茔，却来潭窟作佳城。”纣王何以葬淇河滩中？何以如此凄凉？传说纣王之子武庚好与父亲唱反调，武王伐纣时，纣王感到大势已去，鹿台自焚前，他将儿子叫到身边嘱咐道：“我死后，就将我葬到低洼的淇河之中吧。”纣王本想让儿子葬他于高山之上，想到儿子常跟他唱反调，便正话反说，如此嘱咐儿子。而武庚想，自己常与父亲唱反调，父亲死后，岂能再这样？这次一定要满足父亲的遗愿。于是，纣王自焚后，武庚便派人将父亲的遗骨葬于淇河滩中。纣王在天之灵若知如此后果，只有死而遗憾了。

数千年来，《尚书》《史记》和《封神演义》等书及民间传说，都将纣王描绘成一个刚愎自用、荒淫无耻、手段残忍、残害忠良的暴君昏君，酒池肉林、炮烙之刑、剖比干之心、囚箕子……使纣王成为一个不齿于人类的狗屎堆，纣王之墓岂能不如此荒凉！

如此荒凉之墓，淇人却没遗忘它。1990 年，县文物旅游部门在此树起巨碑一通，碑阳为全国人大原副委员长、著名历史学家周谷城先生题写的“纣王之墓”四个遒劲有力的行书字，碑阴为中国社科院历史研究所副教授孟世凯于 1986 年撰文，并由教授杨向奎润色，河南著名书法家王澄书丹的“商纣传”。该传称纣王“聪慧敏捷，能言善辩，体壮力强，能格猛兽，……嗜酒好乐，爱财重宝。因聚财而加重贡赋，为玩乐而有靡靡之音。……建离宫别馆，苑囿亭台，常从美姬往来其间，作长夜之饮。用谀臣……施重刑，有炮烙之法。……比干、商容、微子、箕子等先后谏，纣怒，命剖比干囚箕子……”可见该传对纣王毫无褒扬之意，该碑实乃纣王遗臭万年之碑！

秋雨打在黑色的墓碑上，纣王是否感到是打在自己悲哀沮丧的脸上？那顺碑而下的雨水，是否是纣王抱憾终生在以泪洗面？一代帝王，就这样在凉凉秋风秋雨中，面对着鸦声时鸣的寂寞荒野，没有香火，没有像其他帝王陵墓前那样的人声鼎沸。昔日的美酒，如云的美女，豪华的离宫别馆、苑囿亭台，包括一呼百应的至高无上的权力……一切都化为烟云，一切都在秋风秋雨中化为一片可怜的落叶。

回城走进书斋，翻开《毛泽东评点二十四史》，却看到一代伟人曾这样精辟论述："把纣王、秦始皇、曹操看作坏人是错误的，其实纣王是个很有本事、能文能武的人。他经营东南，把东夷和中原的统一巩固起来，在历史上是有功的。"历史学家、考古学家、原中科院院长郭沫若，更是在毛泽东之前就在《驳〈说儒〉》中说："像商纣王这个对于我们民族发展上的功劳倒是不可淹没的。商代末年，有一个很宏大的历史事件，便是经营东南，这几乎完全为周以来的史家所抹杀了，这件事在我看来，比较起周人的剪灭殷室，于我们民族的贡献更要伟大。"他在1959年6月到安阳考察时，也曾题诗为纣王鸣不平："我来洹水忆殷辛，统一中州赖此人。百克东夷身自殒，千秋公案与谁论？"

孰是孰非，孰功孰过，只有留待史学家去进一步研究、争论了。不管如何，韩国一研究会已两次来纣王墓实地察看，并有意投资兴建。到那时，纣王墓将会以新的面孔来面对世人，纣王也将会含笑九泉了。

摘心台怀古

蒙蒙细雨，似烟似雾，若有若无，飘洒着朦胧，飘洒着梦幻，飘洒着一种飘然若仙的感觉。

位于河南淇县（古称朝歌）城内的摘心台，蒙着这轻纱般的雨雾，更增添了它的肃穆和庄严，更使人激起了睹景怀古的情思。

摘心台原与古城相连，城墙外是潺潺的护城河。童时，我常和小伙伴们在护城河中钓鱼、掏螃蟹、学“狗刨”，然后再登上城墙，爬上摘心台鸟瞰。可惜20世纪六七十年代，人们疯狂地取土、烧砖，竟把这遗存了三千多年的卫国古城墙活活地“吃”掉了！只留下这一高约13米，南北长约90米的土台。

该台原名为摘星楼，意谓其高，登临可摘天上的星星。相传商纣王因宠爱妲己，为博得妲己欢心而建，故又称妲己台。据《淇县志》记载：台上原有摘星楼一座，楼基高7米，以青石砌成，呈拱形通道，四面贯通，上筑木质楼阁二层，高12米，面宽10米，进深5米，歇山重檐屋顶，四周有雕刻花卉禽兽的木质回廊，设计精巧，风格独特。武王伐纣不久，摘星楼被雷击毁。清代《淇县志》记载道：“摘心台，纣王所建，是纣王和妲己观朝涉，摘比干心处。”相传纣王携妲己登楼观朝涉时，妲己发现一老人怕冷水刺骨，不断呻吟着，涉水渡肥泉河，便问纣王，老人为何怕冷？纣王便派人将老人抓来，将其胫骨折断，以视其髓。因此，肥泉河改名为“斮胫河”，以此记载纣王的残酷。北魏郦道元在《水经注》中这样记载道：“老人晨将渡水，而呻吟难济。纣问其故，左右曰：老者髓不实，故畏寒也。纣乃于此斮胫而视髓也。”

更为残酷的就是纣王在此摘其叔父丞相比干的心了。纣王晚年孤傲自大，刚愎自用，沉迷酒色，听信谗言，加重民赋，重用佞臣，打击忠臣。目睹纣王如此荒淫误国，忠臣无不忧心如焚。纣王庶兄微子屡次进谏，遭拒后愤而出走；纣王叔父箕子苦谏，反被纣囚禁羑里；被孔子誉为“三仁”之一的比干不甘心，数次以死进谏，却惹恼了妲己。妲己装病，非让纣王用比干的七窍玲珑心做药引，除其病根。当比干又到摘星楼进谏纣王，劝其停淫乐、疏妲己、用忠臣、理朝政、救黎民时，纣王大怒，遂命武士将比干剖心。《括地志》这样记载道：“比干见微子去，箕子狂，乃叹曰：‘主过不谏，非忠也。畏死不言，非勇也。过则谏，不用则死，忠之至也。’进谏不去者三日。纣问：‘何以自持？’比干曰：‘修善行仁，以义自持。’纣怒，曰：‘吾闻圣人之心有七窍，信诸？’遂杀比干，刳视其心也。”可叹中国最早的一代忠良，就这样惨遭毒手了！摘星楼由此便被人们改名为摘心台，以此纪念比干为国捐躯，同时也成为纣王昏庸残暴荒淫误国的历史见证。汉代重修摘星楼时，增建了一座纪念比干的石坊，石坊横额上刻“忠烈坊”三个古朴庄重的汉隶字，中间两柱上刻对联“刚之忠之仁之勇之，惨也酷也悲也伤也”。这是对比干的赞誉，这是对比干的痛悼，这是对比干一生的真实写照。

传说比干被刳心后，纵马到心乡（今河南新乡市）安心，途中顿觉腹内空空，恰遇一老妪正在剜菜，比干便想以菜充饥，上前问道：“剜的何菜?”老妪说：“没心菜。”比干一惊：“这菜没心能活?”老妪顿时两眼露出凶光：“菜没心能活，人没心就不能活!”比干大惊，遂倒地而亡。原来，这老妪乃妲己所变，她怕比干到心乡安心，便在此截杀。可见妲己之歹毒!

令人称奇的是，我曾拜谒过的距此南边30余里的比干庙，庙院内松柏参天，可一棵棵刚正不阿、巍然挺立的松柏，从根到枝的树皮都裂开着，如同主人向世人坦荡着忠勇的胸怀，后人称为“剖心柏”。孔子封的比干墓顶，还真的长着萋萋的“没心菜”，向世人讲述着昨天的故事，向世人展示着生命的顽强和精神的不屈。

比干殉难后，夫人陈氏为躲避纣王派兵追杀，即带身孕逃出朝歌，并在山林深处一石洞内生下一子。纣兵追至山林，捉问陈氏，孩子姓甚？陈氏急中生智，指林为姓，指泉为名，方脱险境。武王伐纣后，武王派人四处寻找陈氏下落，终在长林石洞中找到陈氏母子，遂召回，封陈氏为“英烈夫人”；赐比干之子姓林，将名泉改为坚，并封国清河郡（又称博陵郡、西河郡，在今河北安平县一带），封户两千，世袭爵位。从此，比干即成了林姓始祖。唐《元和姓纂》、宋《林氏家谱》、明《元和姓氏纂辩》分别记载道：“武王封比干之墓，召其子于长林之石室，封爵博陵侯，赐姓林氏，而林之姓，从兹而得也。”“正妃陈氏避纣难，于长林生子泉。”“林氏出自比干之子坚，始于长林受姓。”

近年来，摘心台已辟为公园。天下林姓前来祭祖者及国内外游客络绎不绝，香火不断。

登上摘心台，透过雨雾，遥望东边，距此10余里的位于淇河滩中的纣王墓却荒草萋萋，少人问津。是非功过，人心向背，岂不昭然若揭?

商朝的天空

朝（zhāo）歌（今河南淇县），是商朝末代君王纣王的都城。在此居住了半个世纪的我，又一次来到位于城东8千米处淇河岸边的纣王墓。望着全国人大原副委员长、著名历史学家周谷城先生题写“纣王之墓”四个苍劲有力的大字，望着中国科学院历史研究所教授孟世凯先生撰写的“商纣传”，我的思绪不禁倏地飞回到延续600多年的商朝的天空，回味着商朝由盛而衰的历史……

每一个朝代建立之初，大都是顺乎民意。中国历史上第二个奴隶制王朝——商朝，即是如此。当著名暴君夏桀沉迷于筑倾宫、瑶台，生活奢侈腐朽，“不务德，而武伤百姓，百姓弗堪”（《史记·夏本纪》）之时，一直臣服于夏并曾被夏桀囚于夏台后来又被释放的商汤，顺应历史潮流，率兵大败夏桀。共传十四世十七君，有国四百七十一年的中国历史上第一个奴隶制王朝，就这样顷刻间崩溃灭亡了。百姓欢迎商军的到来，“若大旱之望云霓也。”“归市者不止，耕者不变。”（《孟子·梁惠王》）可见商汤伐夏之举多么的得人心，军纪多么的严明。正如孟子所言：“失天下也，失其民也；失其民者，失其心也。得天下有道，得其民，斯得天下矣；得其民有道，得其心，斯得民矣。得其心有道，所欲与之聚之，勿恶勿施尔也。”（《孟子·离娄上》）

商朝之初，一派兴旺，商成为黄河流域的主要统治者。西至陕西西部，北至河北北部，南至湖南北部，东至海滨，莫不臣服于商，就连西方的氐族和羌族，也俯首称臣。《诗·商颂·殷武》曰：“昔有成汤，自彼氐

羌，莫敢不来享，莫敢不来王。”

江山易得而不易守。在没有战乱享受安逸的日子里，商朝的贵族内部发生了长期而又激烈的权力之争，他们于国家的如何发展壮大而不顾，互相倾轧，明争暗斗，甚至不惜刀刃相见，给如火如荼的商朝泼上了一盆又一盆凉水，使商朝的国势由盛而衰。《史记·殷本纪》曰：“自中丁以来，废嫡而更立诸弟子，弟子或争相代立，比九世乱，于是诸侯莫朝。”此时，方国叛乱，再加上洪水的不断光顾，更使居住在黄河下游的商族雪上加霜。自汤至阳甲之弟盘庚，“乃五迁，无定处。”直到盘庚毅然从奄（今山东曲阜东）迁都于殷（今河南安阳小屯）后，气喘吁吁的商朝方才稳定下来，政治、经济、文化方才有了较大的迅速发展，诸侯纷纷来朝，商朝又恢复了元气。至武丁时，商朝达到了鼎盛时期。西北伐鬼方，西南伐荆楚，还一再征伐土方、马方、羌方等，可谓节节胜利。东至黄海，北至渤海，西至青海湖，南至古云梦泽（今洞庭湖），都在商朝的势力范围之内，商的疆域则比此更加辽阔。

每一个朝代灭亡之际，大都是统治者不得人心，政治腐败，生活糜烂。商朝的灭亡，亦即如此。

商朝的后期，贵族们除对奴隶们进行残酷的经济剥削和政治压迫外，最残酷的就是人祭和人殉。他们将奴隶杀死，供奉祖先、鬼神，这就是人祭。据甲骨文记载：商王在祭祀时，一次杀死的奴隶多达数百人。或砍头，或焚烧，或活埋，或宰割等。甲骨文中还记载有“焦妾”，就是用熊熊烈火烧死女奴以求雨；“沉妾”，就是把女奴投入水中以祭神；“伐羌”，就是杀死羌奴以祭祖。甲骨文中记载人祭的，其中记有人数的一千九百九十二条，共用一万三千零五十人；未记人数的一千四百四十五条，共用人数不详。

为奴隶主贵族殉葬，便是人殉。据考古发掘发现，为奴隶主贵族殉葬的少则一二人，最多则达400多人。位于安阳武官村的商王陵墓，仅墓室与墓道内的殉人就有79个。妇好墓中的殉人15个，有男有女，还有小孩。残忍的人祭和人殉，更加剧了奴隶主与奴隶的矛盾，奴隶们或逃亡，或反抗，为风雨飘摇中的商朝走向灭亡埋下了伏笔。

贵族们的生活越发腐朽透顶了，他们沉湎于酒色之中，醉生梦死，荒淫至极。《尚书·无逸》曰：“不知稼穑之艰难，不闻小人之劳，惟耽乐之从。”

商朝最后一个君王——纣王，天资聪颖，能言善辩，材力过人，有倒曳九牛之威，具托梁易柱之力，他即位后，励精图治，以期重振先祖之兴旺。他御驾亲征，平定东夷，把中原文化传播到了江淮地区。战争的胜利，使大批战俘成为商朝的奴隶，有力促进了商朝农牧业和手工业的发展。同时，战争的胜利，也冲昏了纣王的头脑。爱江山更爱美人的他，为取悦爱妃妲己，不惜重金，大造离宫别馆，筑广厦高台，让乐师创新淫声，引进“北里之舞”，建酒池，“为长夜之饮”，悬肉林，让男女裸体追逐其间；对妲己言听计从，为博妲己一笑，甚至折朝涉者之胫以观其髓，剖孕妇之腹以观其胎。真是暴虐残忍奢侈荒淫到了无以复加的地步。他万万没有想到，他的暴虐残忍荒淫无度越发加重了奴隶和平民的赋税，越发使奴隶主和奴隶的阶级矛盾更加尖锐；他万万没有想到，他连年用兵东夷，不仅损耗很大，而且造成了国内兵力空虚，早已忍辱待时的周武王，正磨刀霍霍等待时机……

当年，九侯有美女献给纣王，而纣王却嫌该女不善淫欲，怒而杀之，并把九侯剁为肉酱。鄂侯争谏，纣又脯了鄂侯。西伯暗自叹息，却被谀臣左疆告密，被纣王囚禁7年。后西伯之臣将美女、奇物、良马等屡献纣王，西伯方被放回。西伯回西岐后，对纣王臣服恭敬，并率诸侯进贡。纣大喜，特赐西伯田地千里，还赐弓、矢、斧、钺等兵器。西伯却借此暗地里扩大自己的实力，以与商对抗。他一边整修内政，增强国力，一边又征伐邻近的方国。为消除将来伐纣的后顾之忧，西、北伐犬戎和密须（今甘肃灵台）。后又渡河东征，连克黎（今山西长治西南）和今河南沁阳西北等地，打通了东进伐纣的通道，直接威胁殷都朝歌（今河南淇县）。接着，西伯又回师灭掉商在西方的关系密切的附属国崇（今河南嵩县北）并将国都自西歧迁至崇，建立丰邑。此时，西伯威望大振，许多诸侯纷纷背叛纣王而归顺西伯，而西伯仍不露声色，对纣王毕恭毕敬。众臣在西伯克黎后，都为之震惊，先后向纣王进谏，而沉迷酒色又轻敌的纣王却置之不理，对西伯嗤之以鼻，一个地方百里的小国，岂能撼动我铁桶般的江山！西伯壮志未酬身先死，但他为东进伐纣奠定了基础，铺好了道路。

早已磨刀霍霍的周武王终于等来了伐纣的大好时机。他继承文王西伯的遗志，联合庸、蜀、羌、微、卢、彭、濮等族或方国，慷慨激昂地历数了纣王的罪状，亲率“戎车三百乘，虎贲三千人，甲士四万五千人，以东伐纣。”（《史记·周本纪》）中国历史上第一次规模最大、人数最多、以弱胜强、以少胜多的“牧野（今河南淇县西南）大战”，就这样拉开了序幕。大战一开始，周师如貔、如貅、如熊、如罴。而纣王的主力军却在东夷，拼凑起来的由奴隶和东夷战俘组成的军队，根本不愿为纣王卖命，纷纷倒戈，溃不成军，一败涂地。纣王无奈逃往鹿台，自焚而亡。长达近600年的商朝，就这样断送在纣王之手，重蹈了夏桀的覆辙。据夏商周断代工程专家进行认真的考古研究，又通过天文方法回推克商时关于天象的记载，这年为公元前1046年。在此后漫漫的历史长河中，众多的末代帝王都未以夏桀、商纣为鉴，步了桀、纣的后尘。

纣王虽为亡国之君，但一代伟人毛泽东还看其主流大节，在评点二十四史中仍给予了他较高的评价：“把纣王……看作坏人是错误的，其实纣王是很有本事、能文能武的人。他经营东南，把东夷和中原的统一巩固起来，在历史上是有功的。”但他也指出了纣王失败的教训：“纣王伐徐州之夷，打了胜仗，但损失很大。俘虏太多，消化不了，周武王乘虚进攻，大批俘虏倒戈，结果商朝亡了国。”较早为纣王翻案的中国科学院原院长、历史学家、考古学家郭沫若1959年6月到安阳考察时，也对纣王高度评价道：“我来洹水忆殷辛（即纣王），统一神州赖此人。百克东夷身自殒，千秋公案与谁论？”他在《驳说儒》中也说：“像纣王这个对于我们民族发展上的功劳倒是不可淹没的。商代末年有一个很宏大的历史事件，便是经营东南，这几乎完全为周以来的史家所抹杀了。这件事，在我看来，比较起周人的剪灭殷室，于我们民族的贡献更要伟大。”在郭沫若的眼中，纣王最后兵败自焚，也是“一幕英雄末路的悲剧，大有点像后来的楚霸王，……他自己失败了而自焚的一节，不也足见他的气概吗?”（《驳说儒》）

用唯物辩证法的观点来看，事物都是一分为二的。商朝的奴隶制度是一种极其野蛮的社会制度，奴隶们如牛如马地为奴隶主进行着最廉价的劳动，又如牛如马地任奴隶主宰割，无疑这是应当批判谴责的。但在当时的历史条件下，奴隶制也推动了社会的发展，它使农业和手工业大规模地分工，特别使手工业产生了飞跃式的发展，最具代表性的便是青铜铸造业。举世闻名的在安阳出土的司母戊鼎，那就是商朝最大的骄傲，它的铜、锡合金比例，在今天分析起来都是基本符合科学要求的。铸造这件重达875千克的大鼎，需要几百人同时用手工操作，这在科学极不发达的商朝，是多么了不起的工程！是多么了不起的技术！其他的青铜礼器同样造型美观，纹饰华丽，制作技术精湛绝伦。从考古发掘中发现，商代青铜器的数量和质量，都远远超过了夏代，仅在安阳殷墟出土的青铜礼器，就达数千件之多。其中妇好墓陪葬的就达400多件，且以酒器为主，竟占全部青铜器的百分之七十，品种达10余种。由此看来，商朝贵族嗜酒成风，纣王建酒池“为长夜之饮”，并非空穴来风。

商朝在发展农业、手工业的同时，也创造了轰动世界的甲骨文字。近5000个单字，刻在龟甲或牛肩胛骨上，记录着对祭祀、征伐、天气、疾病、收成等占卜的结果，刻成了一套极其宝贵的最原始的历史文献，刻成了世界上最亮丽的一道风景。它和青铜器一样，向世界展示着商朝的辉煌，成为世界文明史上灿烂的篇章。

商朝远去了，远去了3000多年，但它在奴隶制度下高度发展起来的经济和文化艺术，永远定格在商朝的天空，永远闪亮在中国历史的浩瀚星空。同时，纣王亡国的教训，也永远值得人们思考、回味……

从夏桀到商纣

中国历史上第一个最大的腐败者是谁？穿越历史的隧道，我走进了中国历史上第一个奴隶制王朝——夏朝。

夏王朝自建立起，其统治就一直不很稳定，特别是到夏王朝末代君主夏桀时，夏王朝的大厦已岌岌可危。《竹书纪年》记载，夏桀“筑倾宫、饰瑶台、作琼室、立玉门”。此外，夏桀还沉迷于酒色，生活奢侈腐朽。他宠爱一名叫妹喜的美女，为了与妹喜享乐，下令建起一座大池塘，大池塘内蓄的不是水，而是酒。这就是中国历史上最早的“酒池”“酒库”。这酒池、酒库造得有多大？大到里面可以行船。夏桀不但极其荒淫奢侈，还非常凶狠残暴，不仅让活人和野兽搏斗供他取乐，还经常滥杀向他进谏的大臣和无辜百姓。《史记·夏本纪》记载，“桀不务德，而武伤百姓，百姓弗堪”。可见，夏王朝已在夏桀的日益腐败中民怨沸腾，诸侯叛离，社会矛盾和阶级矛盾到了越来越尖锐的地步。

这时，商族部落首领商汤，顺应历史潮流，开始了推翻夏王朝的行动。公元前1600年，商汤联合同样遭受夏桀残暴欺压的各部落和方国，组成以商军为主的多国部队，正式向夏王朝都城发起最后的进攻。夏桀得到消息后，大惊，遂亲自带兵到鸣条（今山西运城）迎战。开战后，饱受夏桀暴政之苦的夏军将士不愿为其卖命，未作大的抵抗就纷纷逃散。夏桀见大势已去，仓皇逃回都城。多国部队在后步步紧追，夏桀匆忙带上宠妃妹喜，席卷王宫珍宝，逃到南巢（今安徽巢县）。后被商汤追上俘获。自此，共传十四世十七君，有国四百七十一年的中国历史上第一个奴隶制王朝，就这样顷刻间灰飞烟灭。

据《史记》记载，商纣王是和夏桀一样的腐败者，甚至有过之而无不及。商朝后期，贵族们的生活越发腐朽透顶，他们沉湎于酒色之中，醉生梦死，荒淫至极。《尚书·无逸》曰："不知稼穑之艰难，不闻小人之劳，惟耽乐之从。"纣王的腐败，最初是将雕花的筷子换成了象牙的，酒杯换成了犀玉的。有了象牙筷、犀玉杯，他又要吃旄象豹胎，穿衣要锦衣九重，住房要广厦高台，而且要雕梁画栋。爱江山更爱美人的他，嫌原配姜氏年老色衰，便要诸侯进献美女。九侯有美女献给他，而他却嫌该女没有床上功夫，怒而杀之，并把九侯剁为肉酱。鄂侯争谏，他又脯了鄂侯。西伯暗自叹息，却被谀臣崇侯虎告密，被纣王囚禁羑里 7 年。今本《竹书纪年》载："（帝辛）九年，王师伐有苏，获妲已以归。"《晋语》载："殷辛(即纣王) 伐有苏，有苏氏以妲已女焉。"在伐东夷有苏国时，纣王得到了妲已。当时妲已正是一个妙龄少女，而纣王已经六十余岁。老牛吃上嫩草，纣王对妲已爱不释手。为取悦爱妃妲已，纣王不惜重金，像昔日夏桀那样，大造离宫别馆，筑广厦高台；让乐师创新淫声，引进"北里之舞"；建酒池，"为长夜之饮"；悬肉林，让男女裸体追逐其间；对妲已言听计从。为博妲已一笑，甚至折朝涉者之胫以观其髓，剖孕妇之腹以观其胎。不仅如此，他还用炮烙之刑，镇压反对他暴政的臣民；重用小人费仲、恶来当政，使奴隶和平民的赋税更加沉重，使奴隶主和奴隶的阶级矛盾更加尖锐，为商朝的灭亡埋下了伏笔。

公元前 1046 年，当商朝的主力部队都在东夷，国内防御非常空虚，而纣王又暴虐残忍、荒淫无度，失去民心时，早已磨刀霍霍的周武王，感到终于等来了伐纣的大好时机。于是亲率"戎车三百乘，虎贲三千人，甲士四万五千人，以东伐纣。"（《史记·周本纪》）在孟津大会诸侯时，多国部队合计兵力达三十多万。二月初五凌晨，中国历史上第一次规模最大、人数最多、以弱胜强、以少胜多的"牧野（今河南淇县西南）大战"，就这样开始了。纣王溃不成军，一败涂地，无奈逃往鹿台，自焚而亡。长达近 600 年的商朝，就这样重蹈了夏桀的覆辙。可叹在此后漫漫的历史长河中，众多的末代帝王都未以夏桀、纣王的腐败为鉴，又步了桀、纣的后尘。

殷鉴不远。当今，一些贪官污吏奢靡成风，贪图女色，甚至比桀、纣有过之而无不及，怎能不以史为鉴给以重拳呢?

鬼谷子

“山不在高，有仙则名。”位于河南省淇县西南15千米的云梦山，主峰海拔虽只有577米，却闻名遐迩，不仅使历代文人墨客流连忘返，更使当今中外游客纷至沓来，一睹风采。

云梦山又名青岩山，属太行山余脉，峰峦叠嶂，巍峨峻峭，泉涌涧飞，雾霭缥缈。它的闻名于世不单是它的自然美，更主要的是两千多年前鬼谷子创办的“中国第一所古军校”诞生在这里，培养了苏代、张仪、苏秦、孙膑、庞涓等一批叱咤于战国风云的纵横家和军事家。鬼谷子何许人也？翻遍史籍却没有他的生卒籍贯等详细记载，只是寥寥地提了几笔。司马迁是最早在《史记·苏秦列传》中提到鬼谷子的：“苏秦者，东周洛阳人也。东事于齐，而习之于鬼谷先生。”在《张仪列传》中又云：“张仪者，魏人也。始尝与苏秦俱事鬼谷先生，学术，苏秦自以不及张仪。”此后，西汉的刘向，在《说苑》中提到了鬼谷子，并引用了“鬼谷子曰”。同属西汉的扬雄在《法言·渊骞》中也提到了鬼谷子：“或问：仪、秦学乎鬼谷术，而习之乎纵横言……”。东汉的王充也在《论衡·明雩》中云：“苏秦、张仪悲说坑中，鬼谷先生泣下沾襟。”在《论衡·答佞》又云：“术则纵横，师则鬼谷也。”该篇中还记载了鬼谷子与弟子的传说：“苏秦、张仪纵横习之鬼谷先生，掘地为坑曰：‘下，说令我泣；出则耐（能）分人君之地。’苏秦下，说鬼谷先生泣下沾襟。张仪不若。”可见鬼谷子不仅确有其人，而且是纵横家鼻祖，是苏秦、张仪的老师，汉代时就已大名鼎鼎。《史记·孙子吴起列传》中记载：“孙膑与庞涓俱学兵法。”虽没说明向谁学习兵法，但后世论著均说孙庞师从鬼谷子。刘心建的《战国著名的军事家——孙膑》（《孙膑兵法新编译著》）一书中就说：“（孙膑）曾和魏国人庞涓师鬼谷子，一同学习兵法。”《尉缭子》中称尉缭子“魏人鬼谷高弟，因魏王聘，陈《兵法》二十四篇。”可见鬼谷子不仅是纵横家鼻祖，也乃兵家之祖。《史记》之后的一些史书虽也有关于鬼谷子的记载，但都不出《史记》之外。

史书虽未记载鬼谷子的身世，民间传说中却说得活灵活现：鬼谷子系朝歌（今河南淇县）云梦山下王庄村人，其母霞瑞因食奇谷而生子，故称鬼谷子。又因蝉鸣时节所生，故随母姓名王蝉，长大后又叫王诩。至今，王庄村人把鬼谷子奉为祖先。王庄村南现有一土冢，村民称为王蝉谷堆（即鬼谷子墓）。据村中老人讲，村中原有一记载王蝉身世的石碑，1958 年兴修水利时被毁。无风不起浪。民间传说并非空穴来风，它和史料同样珍贵，同样被专家学者重视。

不管怎么说，鬼谷子是战国时期一位神秘莫测的隐士、奇人、高人，也可能是学鬼谷术的隐士们自称的通号。他是一个活生生的人，并非神。

鬼谷子其人给后世留下了一个谜，《鬼谷子》一书自然也给后世留下了许多的争议。有人认为系鬼谷子所著，有人认为系苏秦所著，还有人认为是伪作。究竟孰是孰非？经鬼谷子研究者综合分析历史记载和出土资料，认为《鬼谷子》一书最初出于战国时某隐士之手，后经苏代、张仪等纵横家的丰富充实，成熟于苏秦时代。此书因秘不面世，故很少有人能见全书，至南北朝陶弘景时方传于世，故《汉书》未录而隋书著录。

《鬼谷子》是“战国争雄，辩士云涌”时纵横家专讲说服的理论著作，苏代、张仪、苏秦等纵横家（其实就是现在的外交家），作为鬼谷子的门徒，无疑对此书了如指掌，他们活学活用，立竿见影，凭着三寸不烂之舌，游说于纷乱的各国之间。张仪相魏，诸侯震恐；苏秦合纵，五国伐秦。煊赫一时的他们，成为战国风云中的明星，为历史发展起到了积极的推动作用。

《鬼谷子》主要内容虽为纵横游说而言，但其中涉及了大量的谋略，在历代兵家眼里，《鬼谷子》也是一部兵书，为兵家所用。孙膑、庞涓作为鬼谷先生的学生，二人均成了战国时著名的军事家，在各国互相兼并的战争中，分别发挥了各自的军事才能，为各自的诸侯国立下了汗马功劳。

特别是著名的“桂陵之战”和“马陵之战”，为中国的军事战争史谱写了不朽的篇章，成为典型的战例。

《鬼谷子》不仅在国内影响较大，而且在国外也受到极大重视。德国著名历史哲学家斯宾格勒对鬼谷子和他的学生苏秦、张仪十分赞赏，在他的《西方的没落》一书中这样写道：“他们两人也像当时大多数的政治领袖一样，都是鬼谷子的学生。鬼谷子的察人之明，对历史可能性的洞察以及对当时外交技巧（合纵连横的艺术）的掌握，必然使他成为当时最有影响的人物之一。在他以后的另一个具有同等重要的人物是上面提到的思想家和军事理论家孙子。”生于德国的美国前国务卿基辛格，对斯宾格勒非常佩服，对其《西方的没落》深有研究。《基辛格——一个超级德国人的冒险》一书称：“斯宾格勒的哲学对基辛格有不可估量的影响。”由于斯宾格勒对鬼谷子等纵横家的崇拜和推崇，由于基辛格在世界上频繁的穿梭外交，人们称斯宾格勒是现代的鬼谷子，基辛格是当代的苏秦、张仪。20 世纪 50 年代中期，台湾研究鬼谷子的陈英略写出《鬼谷子的心理作战方法与理论》一书，当时美国驻台湾的军事顾问团团长蔡斯，专门为此书作序。该书很快被译成英文，在美国特别是在军界、政界广泛传播。在东南亚和日本，不仅有鬼谷子研究机构，而且有的还设有鬼谷子学术奖金，请大陆和中国台湾的鬼谷子专家前往讲学。尤其是日本，受鬼谷子影响最大，不仅研究功底深，而且还灵活运用到了企业经营中。既是学者又是企业家的大桥武夫就是其中之一。他把鬼谷子的智谋与应用实践结合起来，写出了《兵法与鬼谷子》。

虽说《鬼谷子》在国内外产生了深远的影响，但也褒贬不一，毁誉并存。唐代政治家、大文豪柳宗元在《鬼谷子辩》一文中，对偏爱《鬼谷子》的元冀驳斥道：“……《鬼谷子》后出。而险戾峭薄，恐其妄言乱世，难信。学者宜其不道。”明代宋濂更是将《鬼谷子》贬得狗屁不是：“鬼谷子所言之捭阖、钩钳、揣摩之术，皆小夫蛇鼠之智。家用之，则家亡；国用之，则国偾；天下用之，则失天下。学士大夫宜唾其不道。”其实，《鬼谷子》和其他兵法一样，它没有阶级性，谁用之则为谁服务。也正如一包鼠药，鼠吃则死，人吃也活不成。也如一杆枪，谁持有谁就打击对方。在侵华战争中犯下滔天罪行的日本大特务头子土肥原，也曾要求部下，“有一本书，作为情报人员无论如何也要读一下。”这本书，就是指的《鬼谷子》。土肥原们如得到《鬼谷子》，岂不更使中国人民遭殃？大桥武夫在他的《关于〈鬼谷子〉一书》一文中说：“当时，我在中国济南12军任参谋，我发誓要读到这本书。可是，当我向许多中国人打听该书时，他们或者含糊其辞，或者逃之夭夭，谁都不肯告诉我。……我曾想尽各种办法，可还是没有达到目的。”大桥武夫直到战后35年的1980年夏，“无意中我对来访的德间书店的编辑提起此事。数月后，这编辑突然拿来了这本书的复印件。”由此可见，中国人是不愿让日本侵略者看到《鬼谷子》的，更不愿让日本侵略者利用鬼谷子的智谋来屠杀中国人的。这也充分体现了中华民族不屈不挠的民族精神和浩然正气。

鬼谷子虽给后世留下了许多奇异的难解之谜，但也留下了不少遗迹和传说。陕西扶风、三原，河南淇县、登封、汝阳，湖南大庸、湖北当阳、浙江宁波、新疆哈密等地，大都有云梦山、水帘洞、鬼谷、清溪，多是山峻水俊，山中有洞，洞中有水，景色魅人，也都有或多或少关于鬼谷子的传说。这么多的遗迹和传说，不难看出鬼谷子的“鬼”（诡），连隐居地也如此变化多端。遗迹和传说较多的，当数河南淇县云梦山了。就地理位置而言，与《史记·苏秦列传》中说苏秦是洛阳人，“东事于齐”相符。淇县（朝歌）位于洛阳东北，战国时曾为卫国国都，不仅在地理位置上接近齐国的疆域，而且在政治上也长期受齐国的制约，卫国国君也多因政治原因多次让卫国公主与齐国公子通婚。卫国受魏国影响也较大，距魏国国都大梁（今河南开封）和距洛阳一样，只有三四百里，所以对魏人张仪来说，也是交通便利，来往自如。淇县云梦山现存与鬼谷先生有关的遗迹有鬼谷洞（水帘洞）、仙牛（鬼谷子坐骑）洞、孙膑洞、庞涓洞、毛遂洞、王蝉老母洞、天书崖、舍身台、五里鬼谷等十余处。水帘洞位于云梦山的半山腰，洞前的山门上刻有古代楹联一副：“出水帘跨扶青牛，执拐杖驾起祥云。”看来古时已有人把鬼谷子当作神仙。明嘉靖二十四年《淇县志》

中称此洞为“世传鬼谷子隐居处。”洞口上方至今仍清晰可见明代万历十一年窦文的摩崖题记：“鬼谷先生隐处水帘洞”和他《诣水帘洞有感》的诗：“天开玄窍授名贤，地涌灵泉在里边。万古水干帘不卷，有谁读易绝韦编?”另有清顺治六年何士琦撰写的《云梦山游记》碑刻：“此山螭怒虬盘，幻异万状。水帘一洞尤极幽玄，乃鬼谷先生仙栖之处。”水帘洞洞高10米，宽6米，深80余米，天然而成。洞口水珠似帘滴挂，故称水帘洞。又因当年鬼谷子在此隐居讲学，称鬼谷洞。洞内穹顶有钟乳石，水珠滴落而下，如珠落玉盘，似筝鸣琴韵。洞中有一深潭，水晶甘洌，四季不涸，夏秋之季，潭水溢洞而出，形成飞瀑。飞瀑与涧水、山泉相汇，形成一池，曰三溪池。池水流入五里鬼谷，便为史书上提到的清溪。晋代郭璞《游仙》诗云：“青溪千仞余，中有一道士。云生梁栋间，风出窗户里。借问此何谁，云是鬼谷子。”唐陈子昂也赋诗道：“吾爱鬼谷子，青溪无后氛。囊括经世道，遗身在白云。”历代文人墨客都在水帘洞留下了怀古鬼谷子的诗篇。至清代，梁启超的《无题》一诗中还有“我欲青溪寻鬼谷，不论礼乐但论兵”的诗句。

水帘洞前有一倒座观音殿，内奉观音面壁倒座，不知建于何时。殿门古联曰：“问观音为何倒坐，因世人不肯回头。”传说观音不忍看战乱给天下民众带来的灾难，故倒座面壁。又传说是庞涓被孙膑打败后逃回云梦山，求鬼谷先生再授技艺，鬼谷先生发现庞涓既奸诈又妒忌孙膑，便不予理睬，将其赶到北山（今称庞涓洞）居住。庞涓又求助观音，观音知庞涓难以悔改，便扭身而坐，不理庞涓。

依山凿就的孙膑洞，位于水帘洞右侧，建于明代。洞口两侧矗立有石雕旗杆两根，洞门石雕而成，上刻古联为：“道讲刑名勋垂渤海，胸罗兵甲气镇风云。”洞内奉孙膑坐像，庄重而睿智。像前有石雕柱两排六根，每根上刻有楹联和戏剧人物，造型生动，雕刻精细。

从水帘洞沿阶而下，便到毛遂洞。此乃天然洞穴，洞顶钟乳石形态各异。洞内奉战国著名外交家毛遂塑像一尊，不由使人想起“毛遂自荐”的成语。

毛遂洞前方，便是舍身台。舍身台其实是一悬崖峭壁，高 15 米，宽约 80 米。相传当年鬼谷子收徒时，让其从此跳下，以考验其勇气。

顺山而下，便到五里鬼谷。鬼谷狭长曲折，俯视青溪潺潺，仰视壁立万仞，时而山泉溢出，时而飞瀑一线，凉风习习，鬼气森森，给人以幽深莫测之感。出鬼谷，豁然开朗。道旁有五里井一眼，传说鬼谷先生送毕业的弟子到此，便舀井水一碗让弟子饮下，以示送别之情。

遗迹、传说比比皆是，数不胜数，更使鬼谷子显得神秘莫测。

清代曹雪芹和他的《红楼梦》距今只有二百多年，至今却让人研究不透。距今已两千多年且又奇谲高深的鬼谷子，又怎能让世人琢磨得透！透与不透，其人其学说必将继续产生着深远的影响，必将继续昭示着中华文化的博大精深。

许穆夫人

两千多年前的春秋时期，一位窈窕淑女含着惜别的泪水，从卫国（今河南淇县一带）远嫁到许国（今河南许昌一带）。

她是卫国君主卫懿公的妹妹。面对齐国和许国的求婚，她本想嫁给强大而又邻近的齐国。少女的她深深懂得，诸侯各国之间的通婚联姻是一种政治行动，带有亲善和结盟的性质。面临天下大乱诸侯间相互兼并，特别是卫国常遭到十分强悍的戎、狄部落的威胁骚扰的境况，嫁给齐国，将来万一卫国遭到外敌入侵，就可借助齐国的力量迅速求援，而嫁给既弱小又遥远的许国，则远水不解近渴。这种深谋远虑，这种将祖国安危与自己婚姻紧紧联系在一起的远见卓识和拳拳爱国之情，却因历史上卫国与齐国曾有隔阂而遭到了卫懿公的坚决反对，卫懿公坚持将她许配给许穆公，从而使她成为历史上的许穆夫人。

嫁到许国以后，她时刻眷恋着卫国的山山水水和父老兄弟姐妹，

时刻为自己祖国的命运而担忧。她在《竹竿》中写道："籊籊竹竿，以钓于淇。岂不尔思，远莫致之。"身在许国的她还想着故乡长而尖的竹竿，想着少女时代的她在淇河岸边手执竹竿垂钓的欢乐情景。而如今，这欢乐的情景却远逝了，怎不叫人深深怀念呢！路途遥远，又怎能归去探望祖国的亲人呢！"淇水悠悠，桧楫松舟。驾言出游，以写我尤。"诗人想着只有回到祖国，看到淇河悠悠流淌，乘舟在河中游玩，才能消解心中的忧愁。

这种对祖国的思念之情，在《泉水》一诗中，进一步得到了充分体现。"毖彼泉水，亦流于淇，有怀于卫，靡日不思。……我思肥泉，兹之永叹。思须于漕，我心悠悠。"（那涌出来的泉水，流进了淇河，我没有一日不思念卫国，我多么思念肥泉，多么思念漕邑，往常我时时为之感叹，如今我心里更加向往。）诗人的思乡爱国之情何等真切。

在《载驰》一诗中，这种思乡爱国之情更是表现得淋漓尽致。公元前660年冬，狄人攻打卫国。卫懿公玩鹤丧志，不理国政，结果卫国大败，朝歌失陷，懿公被杀。许穆夫人听到国破君亡的消息，悲痛欲绝。在许穆公胆小如鼠不敢与狄人交战的情况下，她毅然驾车北上。当受到许国大夫的阻拦时，她怒不可遏，义正词严地加以斥责："大夫跋涉，我心则尤。既不我嘉，不能旋反。视尔不臧，我思不闷，……许人尤之，众稚且狂！"诗的下半部分，则抒发了她勇往直前决不回头的豪情壮志。"我行其野，其麦。控于大邦，谁因谁极？大夫君子，无我有尤。百尔所思，不如我所之！"她吟唱出了自己踏上祖国大地的喜悦之情，她发出了向大国求援的强烈呼声，她将自己的思乡爱国之情推向了高潮。在她的感召下，齐国立即出兵救援，许穆公也率兵前来，终于使卫国收复了失地，并逐渐壮大起来，延续了四百多年之久。《左传》曾记载道："许穆夫人赋《载驰》，齐侯使公子无亏帅车三百乘，甲士三千人以戍曹"。（见《左传》闵公二年）

她的诗没有矫揉造作，没有风花雪月，只有对祖国的无限思念和热爱，只有对祖国命运的担忧和牵挂。

她的诗植根于自己的祖国，植根于悠悠的淇河，充满了浓郁的地域文化色彩。诗中的“竹竿”、悠悠“淇水”、“肥泉”、“漕邑”、“桧辑”、“松舟”，构成了祖国一道道亮丽的风景，更衬托出了诗人强烈的爱国主义情感，读来使人倍感亲切，备受感动。

许穆夫人的三首诗载入了我国第一部诗歌总集《诗经》，她作为中国古代第一位杰出的爱国女诗人载入了史册。

淇水仍悠悠地流着，我仿佛看到，许穆夫人又在碧波荡漾的淇水垂钓，泛舟……

荆轲其人

据《史记·刺客列传》载，荆轲系战国末年卫国人，其先人乃齐国人，后迁到卫国，卫人称他庆卿，到燕国后，燕人称他荆卿。

荆轲喜爱读书、击剑，不甘寂寞的他，曾拿剑术游说卫元君，而卫元君却不肯用他。他不气馁，又游历到榆次与盖聂讨论剑术，因意见不同，盖聂瞪着眼跟他发脾气。他忍气吞声，游历到邯郸，跟鲁句践下棋赌博，因发生争执，鲁句践恼怒呵斥他，他委曲求全，没有反驳，默默逃到燕国。这时，在秦国做人质的燕国太子丹怀着对秦王的怨恨逃回燕国，正寻求报复秦王的办法。在太傅鞠武的推荐下，太子丹召见处士田光商量。而田光却说自己年老，当年的精神已消耗殆尽，举荐可以派上用场的好友荆轲。这一举荐，竟使荆轲的坎坷命运发生了历史性的变化，阴差阳错地当上了后来载入史册的刺杀秦始皇的刺客。

荆轲并非心甘情愿地走上刺客的道路，是田光义气的自刎，激他去拜见太子丹，迫使他迈开了刺秦的第一步。拜见太子丹时，太子丹对他拜了又拜，双膝跪着走到他面前，痛哭流涕地求他担当刺秦的重任。这时的荆轲不知是谦虚还是不真正想担此重任，他对太子丹道：“此国之大事也，臣驽下，恐不足任使。”太子丹一听，忙上前叩头，坚决请求荆轲不要谦

让推辞。荆轲大概被太子丹的信任感动了，他没再推辞。太子丹欣喜若狂，即尊荆轲为上卿，让他住上等的馆舍，还天天到馆舍问候，送上美酒佳肴、珍奇宝物和车马美女，满足荆轲所有的欲望。在这种满足的享乐中，他迈开了刺秦的第二步。

秦国到处侵占各国地盘，燕国也危在旦夕，太子丹不得不督促荆轲加快刺秦的步伐，以保燕国的安全。荆轲这次没再谦让推辞，而是主动提出了刺秦的实施方案——拿秦王悬重金捉拿的逃到燕国的秦国将军樊於期的人头和燕国最肥美的督亢地方的地图献给秦王，骗取秦王的信任，然后趁机刺之。太子丹不忍，荆轲竟亲自去见樊于期，使这位老将军自觉献出了头颅。荆轲就这样迈开了刺秦的第三步。这一步，可以说是他无奈之下主动迈出的一步，也是他从性格内向的读书人成为一名悲剧英雄的关键一步。

荆轲被逼走上刺客的道路，从一开始就注定了失败的命运。田光以死激荆轲拜见太子，只知荆轲“非庸人也”，他岂知荆轲根本就不是刺客的材料。“荆轲好读书击剑，以术说卫元君，卫元君不用。……其为人深沉好书”。（《史记·刺客列传》）这样一个性格内向爱好读书的人（击剑可能是业余爱好），怎能胜任担当刀光剑影、血雨腥风中来去无踪的刺客呢？刺客向来都是侠肝义胆、武艺高强之人，荆轲却头脑发胀，意气用事，只凭侠肝义胆，却大大忽略了自己武艺的一般，正如不会游泳者却要跳水救人一样。刺客向来都是天马行空独来独往，而荆轲却配备了一名13岁时杀过人的孩子当副手，这样的副手能帮荆轲多少忙呢！到秦宫的阶前，他就被吓得脸色都变了，几乎露馅儿。这不能不说荆轲并不谙刺客之道，是个大大的外行。按说，刺客对所刺对象、周围环境等，必须了如指掌，以做到万无一失。而这些荆轲知道吗？了解吗？他一未见过秦王，二未进过秦宫，就这样“风萧萧兮易水寒，壮士一去兮不回还”。不具备刺客素质的荆轲，当图穷匕见的千钧一发时刻，他仅仅抓住了秦王的袖子，“未至身，秦王惊”，最终不仅刺秦未成，反赔了自己的性命，真乃可悲可叹也！这也许正是历史的必然。如换一武艺高强的刺客，那历史恐怕就会重写了，那秦始皇统一六国、统一货币、统一度量衡、统一文字、统一南越，为北防匈奴修筑名闻世界象征中华民族的万里长城的历史功绩，恐怕也就不会名垂青史了。

贾谊在《过秦论》中指出：“秦并海内，兼诸侯，南面称帝以养四海。天下之士斐然向风……天下之嗷嗷，新主之资也，此言劳民之易为仁也。”一方面可见秦王统一六国，这是历史潮流，荆轲逆历史潮流而动，为燕太子丹卖命，实乃不识时务、愚蠢之极也。但从另一方面来看，荆轲也不失为一位义士、一位孤胆英雄。

秋游青岩绝石窟

车驶出淇县城 20 千米，我们从贺家村沿田间小路步行向青岩绝石窟而去。

正是秋忙时节，田野里到处是农人忙碌的身影。有的在刨花生，刨出一嘟噜一嘟噜饱满的喜悦；有的在掰玉米，掰出一个个金黄的憧憬。收获早的，已在铡玉米秆“秸秆还田”。有“铁牛”突突着在裸露的沃土上耕犁，也有老黄牛默默地拉着古老的步犁，翻起土地的芳香。不知谁家金黄的谷子还没有收割，雪白的棉花还没有采摘，继续为秋天的油画点缀着自己的色彩。

行至淇河岸边，忽闻如火车奔驰之声，循声望去，只见从《诗经》中悠悠而来的淇水从一拦河坝上漫过，形成二三十米宽的瀑布，水花飞溅，晶莹透亮，犹如无数颗珍珠在跳着疯狂的桑巴、迪斯科。

再往前行，岸柳浓绿泛金，钻天杨昂扬挺立，淇水宛如温顺娴静的淑女，从绿色的胡同中姗姗而来，她的身上还彩绘着蓝天白云、绿树青山。片片芦苇中，偶有几只水鸟扑棱棱飞向空中，衔走一串串自由。数百只鸭子在水中嬉戏着，有的在觅食，有的直立起扇上几下翅膀，有的兴奋地张开翅膀哗啦啦地跑上一阵，还有的公鸭旁若无人地上到母鸭身上，宣泄着性自由。

我从《淇县志》中得知，这里的鸭蛋系淇县三珍之一，外形与普通鸭蛋相同，但煮熟后，蛋黄为黄红色，且有一圈圈色泽不同的圆，故称“缠丝蛋”。该鸭蛋在古代曾为贡品，民国三年七月（1914 年 7 月）还参加了美国为庆祝巴拿马运河开航，在旧金山举办的万国商品赛会。

至山脚下，路越来越窄，只有尺余宽的蜿蜒小径。小径旁开满了紫色、黄色、粉红的小野花，争奇斗艳、娇态撩人，一株株的酸枣树上结满了又红又圆的酸枣，伸手可摘，使人不觉流涎三尺（据说许多酸枣树已与淇县三珍之一的无核枣嫁接，嫁接的枣，皮薄肉厚，味甘质细，被中科院定名为“软核蜜枣”）。满山的绿草在山风的吹拂下，就像谁在抖动一块巨大的锦缎。

山越爬越高。左侧是刀砍斧剁般的峭壁，右侧是悬崖下的淇河。

终于，我们跨过山门，来到了青岩绝石窟。石窟位于太行山绝壁的胸部，仰视绝壁，岩层吐翠，山与天相连。有数十只黑色的鸟喳喳着飞来飞去，一只苍鹰从绝壁顶凌空而下，滑翔机似的在它的天空随意自在地翱翔。转身东望，几步外便是万丈深渊，俯视淇河，俨然一条淡蓝色的飘带，曲折有致地缠绕了几下，呈现出一幅绝妙的天然太极图！白色的鸭群喧闹着，一条小船上，渔翁正在放鱼鹰，不时叼上一条银光闪亮的淇鲫鱼（淇鲫鱼为淇县三珍之一，体宽脊厚，营养丰富，古诗有“以其食鱼，唯淇之鲫”之誉。相传明代万历年间曾为贡品。），给人以不是江南，胜似江南的感觉。河中的绿地上有羊群蠕动，不时传来“咩咩”的叫声。对岸的梯田上，鞭声清脆，犁铧在阳光下闪着银光。陪同的周乡长说，当年土匪头子扈全禄曾盘踞这一带，常将逃跑的部下或受株连的家属或无辜百姓，从这悬崖推到淇河中，不禁令人毛骨悚然。

石窟又称青岩洞，青岩绝千佛洞。洞高 1. 87 米，宽 1. 34 米，进深3. 6 米，内高 2. 87 米，南北两侧及内壁下部均凿有神坛，后壁中央雕有一佛像，高约 1 米有余，右手置于胸前，手指向上，手心向外，左手下垂屈指于膝盖。佛像端坐，看不出其面部表情，它的头和洞内四壁上 600 余尊小佛像的头，都被无情地凿掉了。据说是“文革”时破四旧所为，实在令人扼腕叹息！

佛像虽被人为残损，但也可以看出其雕刻精细，比例适当。窟内石质供桌两侧刻有“弘治七年”“淇县青岩村恭德”字样，另有明嘉靖四年《重修千佛洞碑记》石碑一通，可见历代皆有修复。虽历经兵燹，却安然无恙，唯“文革”中难逃浩劫，皆被“毁容”，不得不令人深思。颇具特色的是，石窟内佛像均用黑、红、浅蓝、淡绿等色彩绘，为国内少见。县志记载为北魏后期作品，1986 年被河南省政府公布为省级文物保护单位。

游“中国第一所古军校”

雨后初晴，山岚袅袅。桑塔纳山鹰一样盘旋着，爬上了位于河南淇县（古称朝歌）西南 15 千米左右的云梦山。我们下车沿数百个靠山而成的石阶蜿蜒而下，穿过百米长的“鬼谷”，跨过一座精巧玲珑的小桥，然后又拾级而上，便来到了名声日远的“中国第一所古军校”。相传，战国时期著名的军事家、纵横家鬼谷子，就是在这里向苏秦、张仪、孙膑、庞涓等人讲述纵横术和兵法。

进入山门，只见手握兵书的鬼谷子雕像巍然挺立，旁边一高约三丈、宽约丈余的洞口上方刻有“水帘洞”三个盈尺魏体字，还刻有“鬼谷先生隐处”及历代文人学士留下的摩崖题记。据《淇县志》记载，历代还留下不少关于水帘洞的诗篇。元代翰林学士王恽在《水帘洞》一诗中吟道：“秋云不卷水晶寒，芝草年深湿未干。翠壁悬冰鸣剑佩，朱绿穿露织琅玕。夕阳倒影鲛绡薄，春雨添流瀑布宽。我欲寻真问丹诀，凭谁传简借青鸾！”遗憾的是，长期干旱，这次雨又下得太小，未能看到水帘洞的瀑布。我想，虽然这里的瀑布肯定不及黄果树的气势壮观，但一定也是别有情致的。

借着手电筒的光亮，我们进入洞内。洞深约 40 余丈，可容千人。洞内

右壁上有洞龛，洞顶是千姿百态的钟乳石，无数颗晶莹透亮的水珠，像珍珠一样从上面滴落下来，如珠落玉盘，似佳人抚筝，格外悦耳动听。距洞口三十来米处有一水井，井口直径 3 米左右，井水随着天气的变化时涨时落，但却常年不枯。雨季到来，井水便漫出井口，流出洞外。干旱时节，此水离井口一丈多，游客可攀石而下，伸手可得。有人说，这水还治病呢！究竟此水是否含有何种物质至今尚未化验证明，反正众多游客到此，都要开怀畅饮，临走还带上一壶。明代通判窦文在《诣水帘洞有感》中写道："天开玄窍授名贤，地涌灵泉在里边。万古水甘帘不卷，有谁读易绝韦编？"

出水帘洞，东侧便是倚山凿就的"孙膑洞"。这位古代伟大军事家的洞口香火极盛，可看出中国老百姓是多么的真诚善良，他们对历史上的真善美、假恶丑，是多么的一清二楚！洞内正中是雕刻精致的孙膑像，像前一溜六根方形石柱，上面雕有戏剧人物画像，还均刻有对联。其中一副是："会众英戡乱天下，扫群魔扭转乾坤。"

沿石阶而下，便到"毛遂洞"前。在此遥望北山，可见山腰上有一小洞，那是"庞涓洞"。据传，鬼谷子嫌庞涓奸诈歹毒，不承认他这个学生，就把他赶到北山，并在他的洞前立一石塔，以镇住他的害人之心。"庞涓洞"前冷冷清清，与"孙膑洞"形成极强的对比。庞涓若不是先到魏国做官，因妒孙膑之才，对同窗好友残用膑刑，恐怕今日不会这样吧！

"毛遂洞"东侧有一数丈高的石台，曰"舍身台"。鬼谷子收弟子时，总是先让其从此台跳下，以试是否心诚和有无胆略。相传，当年庞涓不敢往下跳，鬼谷子不收他为弟子，还是孙膑替他求情呢。听着导游的解说，我们都情不自禁地笑了。导游又指着东边山上说："那里是南北桃园，一派草原风光，现在那里正在拍电视连续剧《鬼谷子》呢！"

我们又抖擞精神，蛮有兴致地随导游而去……

云梦山戏楼

早期的戏曲演出没有固定的场所、舞台，常就地或临时搭台演出。明清年间，随着戏曲的发展兴盛，戏曲演出逐渐有了固定的场所——戏楼。戏楼大都随着祠庙而修建，戏曲演出往往借祀神而达到娱人的目的。曾为殷末帝都、周王朝卫国国都的今河南省淇县，明清年间建造了十几座戏楼：目连僧庙戏楼、城隍庙戏楼、三仙庙戏楼、云梦山上神庙戏楼……式样各异，素有“淇县的花戏楼”之称。经过数百年的风雨侵蚀，大多戏楼已荡然无存，至今保存较好的，便是载入《河南省戏曲志》的云梦山戏楼。

出县城西行 15 千米，但见峰峦叠嶂，云雾蒙蒙，泉涌涧飞，清溪潺潺。闻名遐迩的中华第一古军校——云梦山战国军庠，便藏在这太行山的皱褶里。戏楼位于古军校中水帘洞孙膑洞、毛遂洞的下面，依山而建，坐南朝北，对面是供奉玉皇大帝的上神庙，舞台正对着庙门、神门、大殿门、内殿门。演员化妆休息在戏楼暗台。暗台是由石块砌成的拱形山洞，洞口宽约 2.5 米，高、深均约 3 米。暗台外为明台，也就是演出时的舞台，约 5 米见方。可惜的是戏楼的楼顶早已损坏。

云梦山戏楼的戏曲演出，主要是每年正月初八玉皇大帝的生日，三月三王母娘娘的蟠桃盛会和三月二十六鬼谷子千秋日。每逢这天，四方百姓一大早就沿山间小路来到上神庙烧香磕头，燃放鞭炮，祈求风调雨顺、五谷丰登、六畜兴旺、国泰民安。然后，就席地坐在庙门前，观看戏班的演出。演出前戏班先祭神破台，以免凶灾。破台时，由一位唱脸子的演员提一只大白公鸡上台，另一演员掂菜刀随后，另有 5 位演员，一人手持两把燃烧的火把；一人头戴白毡帽，身穿白孝袍，手持哀杖，嘴里吐出一尺长的红舌头；一人扎黑靠，背帅旗，挂黑满，手持神鞭；一人扮虎相；最后一人扎红靠，手持钢鞭。这时，大铙、大钹、两杆尖子号、三眼筒，鞭炮齐鸣。掂公鸡的一口咬住鸡脖，连撕带拽将鸡头咬下，然后绕台三圈，将鸡血洒到台四周，最后将鸡头钉在舞台上方正中。演出时，舞台正中挂有一把宝剑和一缕红胡子以求吉利。舞台两侧还贴有对联：“六七步走遍天下；三五人百万雄兵”。

光阴荏苒。今天，云梦山已成为风景名胜旅游场所，每天游人如织。云梦山戏楼虽楼顶早已损坏，但却仍在发挥着它的作用。历史沿袭下来的玉皇大帝生日、蟠桃会、鬼谷子千秋日，仍有剧团演出。演出时，不再“破台”，也看不到舞台正中挂的宝剑和红胡子。

令人欣喜的是，在戏楼上面的孙膑洞内，6 根方形石柱上每柱两侧都雕刻的戏曲人物画图，至今保存完好。一幅是《白猿盗桃》，画右为一棵结满果实的桃树，孙膑身着道袍，背宝剑站立树下。白猿身着猴衣，双膝跪地，双手合十。一幅是《孙膑下山》，画面上共有 4 人。孙母坐于堂上，孙燕站立旁边，一朝臣抱笏板站立，孙膑头戴软巾，身着褶子，躬身抱拳向孙母施礼。以下几十幅分别是《贬晋王》《珠帘寨》《下燕京》《铡美案》《铡赵王》《敬德战秦琼》等，共有 40 余幅。

随着时代的变迁，城市早已出现了一座座现代化的舞台，淇县农村也出现了一座座或仿古式或水泥式的戏楼。可近年来，城市现代化的舞台几乎不再有戏曲演出，农村的戏楼也失去了往日的热闹。人们坐在家中操着遥控器，随意挑选着电视中纷呈的色彩。古代的文明正在被现代的文明所取代，时代的脚步正走向新世纪。

春游灵山寺

距今约 1480 余年的灵山寺，藏在河南省淇县西北 10 千米的太行山中。清清山泉洗浴着她的肌肤，缕缕春风梳理着她的秀发，朵朵洁白的梨花插在她的鬓角，使她显得更加妩媚多姿了。她虽没有杭州灵隐寺那样气势恢宏，那样大家闺秀，却也历史悠久，景色迷人，别有一番小家碧玉的风韵。

据《淇县志》记载，灵山寺创建于南北朝梁武帝普通年间（520—527年），重修于唐开元年间。唐宋时代是灵山寺的鼎盛时期，高僧云集，钟磬阵阵，木鱼声声，四方游客蜂拥而至，香火极盛。灵山寺名声远扬，当时竟惊动了朝廷。唐高宗永徽六年（655年），灵山寺长老法如应召到长安，向皇帝汇报寺院情况。可见灵山寺知名度之高，朝廷对灵山寺之重视。

灵山寺院闻名遐迩，灵山得天独厚的自然景观，也令历代官员和文人骚客流连忘返。明代监察御史孙徵兰、明代山东副使裴骞、明代主事李继先等人，都在此留下了一篇篇吟咏灵山美景的诗文。特别是明代淇县知县于惠在《灵山是拾景碑记》中，将灵山美景概括总结为十景：危岩少进、群峰耸翠、列柿流丹、一径蓬壶、半岩风雨、九天鸣佩、巨崖走蛟、双剑横秋、东海龙吟、西山虎啸，灵山南麓的险、灵山山峰的秀、灵山秋色的迷人、灵山龙泉的气势，跃然纸上，流传至今。

因时间关系和季节原因，我未能领略灵山十景，但也领略到了十景之外的妙处。

寺院内的女娲宫，雕梁画栋，飞檐斗拱，金碧辉煌，仿佛使我置身于许仲琳在《封神演义》第一回中描写的情景，仿佛使我看到许仲琳笔下的殷纣王在前呼后拥中前来降香的场面。旁边一几案上，陈放着一晶莹如玉的五色石，上面依稀可辨各种图案，或童子戏耍、或飞禽走兽、或山水、或神像，这是对女娲抟土造人、炼石补天的尊崇敬仰，也是对女娲这位伟大母亲的真情神往。

出女娲宫，但见西南侧是高耸的女娲峰，真乃天开地设，鬼斧神工，仿佛使我看到了上古神话中女娲的形象，仿佛她抟黄土造人、炼五色石补天、折龟足支撑四极、治洪水、杀猛兽的古老传说，浮现在眼前……再环顾其他山峰，有的似猛虎蹲立、有的似神鸟展翅、有的似金龟探溪、有的似观音下凡……双目所及，无不成趣。

绕寺后，只见一条小河清澈见底，一路弹奏着古筝琵琶，傍古刹潺潺而过。至不远处，被一堤坝拦住，成一湖。湖面上倒映着蓝天、白云、绿树、青山，三三两两的游船在逍遥，上面有情侣喁喁私语，与湖中心凉亭中两对儿相拥的情人，构成一幅爱的画面。导游说，这条小河叫玉带河，自灵山黑龙潭突溢而出，如到雨季，河水就更大更深拍岸呼啸了。我想，那时就一定能看到灵山十景中的“半岩风雨”“九天鸣佩”“巨崖走蛟”和“东海龙吟”了。沿石阶拾级而上，来到山腰处一天然石洞前，此洞名曰千古佛洞。洞口镌一回文联：灵山寺山灵，古佛洞佛古。依山壁有一高约两米的佛像，入洞时须贴佛心而过，故曰“佛心有我，我心有佛，佛心人心，心心相印”。据导游说，此洞高 8 米，深 30 米，从这头钻进，可从那头钻出。凡来灵山者，无不钻洞一试，一可与佛交心，二可祛灾免病。我与文友牵手而入，顿觉此洞狭窄。洞内高低不平，曲曲折折，忽上，忽下，忽左，忽右，令人扑朔迷离。至洞出口处，须仰卧并脚蹬手扒方能出去。这种姿势、这种动作，平时哪里练过！

钻出洞口，我长出了一口气，顿感豁然开朗，神清气爽。都市里的尘嚣，心中的一切不快，尘世间欲望的渴求，早已跑得无影无踪了。

从朝阳寺到清凉庵

初夏的一天，我和文友们赴国家 4A 级景区古灵山采风。

下了一夜的雨，等我们准备 8 点出发时，很知趣地停了。车行十几分钟，便来到灵山景区第一大景点——距淇县县城 5 千米、位于朝阳山半山腰的朝阳寺。远远望去，朝阳山状若楼梯、犁铧，故又名楼铧山、尖山。据明清《淇县志》记载：朝阳山原为商纣王的行宫，是商纣王冬季采暖之处。东魏武定七年，始有僧人在此创建寺院，故称朝阳寺。因该寺在半山腰依峭壁而建，远看如悬挂空中，故又名朝阳悬空寺。

雨后的朝阳山宛如刚刚出浴的淑女，红红的悬空寺似她的脸庞，绿绿的植被如她的衣裙，潺潺的小溪像她的秀发，白的黄的小野花是她的饰品。她越发显得是那么可爱，那么迷人。摄影家们早已按捺不住，纷纷拿出了自己的“长枪短炮”。

沿石板路慢坡而上，便来到了闻名遐迩的朝阳悬空寺前。寺前状如一层梯田，恍若是登上了空中舞台。数十间寺庙坐北朝南，紧贴山体，雕梁画栋，飞檐斗拱，十分壮观。寺前数米外便是既宽又深的沟壑，给人以空旷的感觉。我不禁突发奇想，若在山口处建一大坝，拦住山洪和山泉，在此形成一湖，倒映着青山古寺，那景色将更加美不胜收，也使游人多了一个游玩的好去处。

走过寺庙，便是朝阳石窟——佛洞。洞外有石碑两通，一为“朝阳寺修造记”，上刻“大明嘉靖龙飞三十四年立”；一为同年“重修朝阳寺”。洞高约4米，进深5米，宽6米。洞内有石雕佛像、四大金刚和十八罗汉等塑像。四大金刚肩抬佛祖，十八罗汉分立两旁，个个精神抖擞，神态各异，形象逼真。据石窟正上方摩崖题记记载：东魏武定七年，荥阳郑之伯历时三十五年，在此“敬营石室一间，复颠造像八万四千躯”。所镌石佛大小不一，最小的仅如指甲盖大小，且刻工精细，栩栩如生。令人非常可惜非常遗憾的是，此石佛和全国众多的文物古迹的命运一样，在“文革”中惨遭毁坏。只有部分佛像被移入县城内摘心台公园保护，其中四面千佛碑碑顶及碑座已不存。此碑碑身四面雕佛，横竖成行，姿态相同，皆着通肩长衣，结跏趺坐，上下约60排，每排44～47尊。在摩崖题记正上方的崖壁上有一凹槽，凹槽内有一尊清顺治年间雕刻的侧卧佛像，身长2米，卧高1.7米。卧佛造型生动传神，刻工细腻，国内罕见。该佛祖胸露乳，悠然而卧，手掌托支头部，笑容可掬。虽不知是梦中的笑还是醒时的笑，但看上去就如闻其爽朗的笑声，自己也不觉受其感染，露出开心的笑意，纵有烦心之事也飘然而逝。在卧佛上方的石罅间，还有古柏一株，因其杈生九枝，人称九龙柏。古柏虽极缺水土滋养，但仍如伞如盖，苍劲刚健，

不屈不挠，顽强向上，令人仰望时不禁生出由衷的敬意，从内心里升腾起一种精神。

向西北拾级而上60米，便登上又一层“梯田”。“梯田”的山体上有一天然溶洞——滴水洞，洞高2.5米，进深6米，宽7米，洞顶呈穹形，不时有水珠滴落，给人以潮湿阴凉的感觉。洞西南不远处又一层“梯田”的崖壁上，刻有盈尺行书“花台”二字，为金代兴定二年（1218年）所刻。字的上方可见一尺余长的石榫槽，不难看出是当年建筑的遗痕。据清顺治十七年《淇县志》云：“金大定间赵善建，元季兵废。”原来，此处建有“三清殿”一座，并置花台于其中。旁边的摩崖题记“三清殿花台记”，首先记载了朝阳山“泉清而石怪，草木丛茂，烟霞葱倩，观其佳处不减终南少室。诚仙圣所宅。……足为福地”的美景，接着记载了金代百姓避兵戈扰攘到此，“人皆安恙，有居民赵善、百祥召集乡众，”慷慨解囊，在三清殿内修建花台享祀，以答贺朝阳山的庇护。乡众为感谢赵善，欲刻石纪念。但赵善坚决拒绝，不愿邀誉沽名。乡众仍坚持，为的是让后人记住其福德，硬是刻下了此碑记。由此可见百姓的感恩之心。据《淇具志》记载，此处还有明代士人的《朝阳寺摩崖诗》一首：“花台深处路径过，自望楼华残世低。洞口劈开圣吐镜，源头深列上天梯。坐观南姿白鹭舞，行听东岩紫鹳啼。人静求真谈古训，山童呼报夕阳西。”但踪迹难觅。

正行间，忽有溪水声传来，原来，在花台西北不远处有一山泉，泉水甘洌清澈，一尘不染。泉水顺山而下，形成山溪，一路叮咚着天籁之声，如珠落玉盘，似佳人抚筝，顷刻间便洗净了城市的喧嚣和游人的心灵。相传商纣王当年到此游玩时，马童常牵马饮此泉，故名饮马泉。明《淇县志》云：“在县西朝阳山上，泉水涌出，商纣饮马处，遗址尚存。”该泉上有龙王庙一座，上有对联一副：“青山不老云为气，绿水长流雨更新。”横额为：“有龙则灵。”

继续沿山道蜿蜒而上，时而可见“一线天”，时而可见无底深渊，一个个巨大的“盆景”，更是随处可见。待登上尖山的肩膀时，眼前便豁然开朗，北面是尖山之巅，西、南是巍巍群山，东面则是一马平川。习习山风吹来，真是令人心旷神怡。我不禁想起清代知县赵之屏当年到此吟咏的一首诗来：“千嶂浮晴霭，飘飘蔽远空。登高时寓目，身入碧云中。”

稍事休息，我们顺西面的大峡谷而下。至峡谷口，忽见西北半山腰的山凹处有庙宇数座，崖壁上还有石窟6个。这就是相传当年商纣王的避暑圣地——清凉庵。清凉庵创建于清康熙五十二年（1713年），住持僧海阔所立“清凉庵恩准执照碑记”中记述了“伏乞仁天大老爷恩准，朱笔批执照”的经过。雍正六年（1728年）“重修清凉庵记”的碑刻，则详细描述了这里独特的自然美景：“……有峰峙起，翘翘然堆螺髻于烟云，坚锥峰于碧落，夹颖峻极而高无与并者楼铧山也。山行六七里，迤逦而南，渐觉丘壑迥秀，林木畅茂，清流涌于丹崖，翠柏拂于峭壁，檐楣耸峙……岁有千余众。山水名胜不减蓬莱。”至今，庵后崖壁下仍有一清澈透凉的山泉，且四季不枯，吟唱不绝。若到雨季，更是飞瀑如玉，溪流淙淙，给游人一个清凉大世界。

日近中午，我们又向清凉庵下逶迤而去，前面的灵湖、主景区古灵山、石头城凉水泉等多处景点，还等着我们去享受它们各自不同的美呢！

纣王殿探幽

纣王殿因3000多年前商朝末代帝王纣王在此建宫殿屯兵训练而名。久而久之，纣王殿已作为村名沿袭至今。

纣王殿位于河南淇县（商朝时称朝歌）城西北25千米的太行山余脉的皱褶里，群山环抱，只有村东一条蛇样小路成为通向外界的纽带。用战略家的眼光来看，确有“一夫当关，万夫莫开”之势，难怪纣王选此建宫殿屯兵训练。举目四望，大山植被繁茂，每一道石缝间都盛长着侧柏、黄栋、黄栌、紫荆、皂角、五角枫，还有较少见的油桐、楸树等数十种树木及数不清的各类灌木，郁郁葱葱，生机无限。五颜六色的野花争奇斗艳，

娇态媚人。更有桃、梨、杏、核桃、板栗、苹果、柿子等树木，为山区的经济发展增添着活力和色彩。近在咫尺的山峰，似虎、似熊、似剑、似佛，自然天成，令人遐想。小村依山而建，高低不平，参差不齐，石头路、石头墙、石头台阶、石头房，举头弯腰，满眼皆石，使你一下子置身于石头的世界，一下子感觉到了山里人实（石）打实（石）的脾气性格和实（石）打实（石）的憨厚笑容。红彤彤的山楂如一个个微型的红灯笼越墙而出，犹如村姑羞涩的脸庞，朴实无华的花椒虽不引人注目，却送来一阵阵沁人肺腑的特有的馨香。村旁有一拦河坝，拦住了雨季倾泻的山洪，成一碧绿的湖，秋风吹皱秋水，吹响湖边茂密的芦苇，令人心旷神怡。湖水倒映着蓝天白云，绿树青山，倒映着浣衣的少妇和嬉水的顽童以及饮水的牛群，如诗如画，给小村增添了一幅秀美的彩照。

我们先到搞根雕的朋友老牛家落脚。老牛土生土长，自 20 世纪 90 年代初恋上根雕，至今已搞出数百件大大小小的作品，有的似猛虎上山，有的似仙鹤展翅，有的似金鸡独立，有的似龙飞凤舞……老牛和他的作品还上过《人民日报》呢!

拍了一些风土人情的照片后，我们便在老牛的向导下登山。“无限风光在险峰”，这里的最高峰便是三县垴，海拔 1019 米。所谓三县垴，就是淇县、汲县（现称卫辉）、林县（现称林州）三县交界处。我们都提议攀登三县垴，领略三县交界处的风光，体验站在三县交界处的感觉。

我们顺一山沟而上。老牛介绍说，这道沟叫铁炉沟，是当年纣王炼铁铸兵器的地方。沟中相对的两块梯田叫南炉台和北炉台，1958 年，还有人在此挖出铜、铁箭头和冶铁用的坩埚呢。当年纣王为克东夷（今安徽、江苏一带），从朝歌城来到这里，驻扎在西北到东南的大沟（后人称纣王沟）里。纣王沟东侧有一平台，叫杀人场，凡百姓闯入军事禁区或士兵违纪，都在此处死。南山的四条沟，除这条铁炉沟外，还有骑兵驻扎训练的马军峪、步兵驻扎训练的步兵峪、炼铜铸兵器的铜炉沟。在步兵峪的步寨岭上，有一人工凿的石台阶通向崖下一块平地，相传是当年纣王的嫔妃住的地方，新中国成立初期尚有古建筑，可惜十年浩劫时被毁。南山后的山沟是皇姑所住，人称皇姑庵。沟内杨柳依依，泉涌涧飞，蝴蝶翩翩，山花烂漫，景色诱人。传说皇姑漫步欣赏美景时，常被路旁酸枣树上的带钩儿圪针挂住衣裙，皇姑生气地说："这圪针要不带钩儿该有多好。"没想到皇姑一句气话，这里酸枣树上的圪针真的从此不再带钩儿了。

时光飞逝。虽说当年纣王的遗迹早已无迹可寻，但我仍仿佛看到了商军将士铸造兵器的身影；仿佛听到了商军将士训练时的呐喊；仿佛看到了纣王从这里挥师东进，力挫东夷，将中原文化传播到江淮，统一了中州；也仿佛看到了纣王因连年征战损耗太大，俘虏太多，被周武王乘虚而入，最后一败涂地，自焚而亡……

山越来越陡，走了还不到三分之一的路程，我们便汗流满面，坐到一棵柿树下小憩。这时山外艳阳高照，沟内却凉风习习，再饮几口山溪水，再用溪水洗把脸，真是十分惬意。老牛举手摘下一枝柿子，又扯过一秧山葡萄让我们品尝，那柿子的甘甜，那山葡萄的酸甜，真的是别有滋味。突然，我们发现一群黑马蜂像战时敌人的轰炸机一样在头顶盘旋。老牛说，这是黑蚂蜂，不要动它，你要招惹它，它就会撵着蜇你。它不像黄蚂蜂，你趴到地上就不蜇了。这种黑蚂蜂不管你跑到哪也要撵着蜇你，并且能蜇死人啊！顺着老牛的手指，我们看到了东边峭壁上一个比腰鼓大出许多的蜂窝。老牛说，用这种蜂窝作枕头，能专治头上的病。我说，蜂窝本来就是一味中药。说起中药，老牛用手随便一画说，这里中药材多得很，这是柴胡，这是防风，那是益母草，那是冬凌草，那是薄荷……山里人得个小病，熬点中药，一喝就好。说话间，一只野兔倏地穿过。老牛说，现在野兔也成国家保护动物了，野兔多得到处窜。还有獾，也很多。狼和老豹也有了，有一天，一只老豹与一群牛打了起来，老豹把一头小牛的脖子咬了个窟窿，跑了。我突然想，现在老豹要是出现在面前，不知会是什么情景。

一时无人说话，只有山风飒飒，只有不知名的小鸟婉转的鸣叫，更显得山谷幽静，幽静得使人联想到若是一人在此时的害怕。

山更陡了，刚才还是走，现在真的是攀登了。用手扒着岩石或抓住藤

条，汗流进眼内也顾不上擦，几步一歇地向上，向上。就连爬了几十年山的老牛，这时也感到了累，一直说要把他肩上替两位摄影者挎的三脚架、摄影包扔掉。这倒应了一句俗话，路远没轻重啊。我们又休息了两次，便开始最后的冲刺。人人心里都清楚，这是黎明前的黑暗，曙光就在前面。终于，我们登上了顶峰——三县垴！一个个欣喜若狂地向三县（市）的方向大声呼喊着；一个个举起炮筒似的镜头聚焦着奇石奇峰；一个个在刻着鹤壁、安阳、新乡的山石上留影……

不远处有一电视转播塔，我们又好奇地奔去。那是20世纪六七十年代建的，当时有100多人。毛主席逝世时，老牛和山民们还星夜爬山到这里看电视呢！有卫星转播后，人和机器便都撤走了。可想当年这些电视工作者该有多艰苦。当年石头垒的房基仍在，当年的篮球场仍在，他们青春洋溢的身影也浮现在我的眼前。如今仍有一地震台在这里，有一人每天抄表上报。可惜未见其人。

忽然传来狗叫声，原来近处有放羊人居住。见老牛带我们走来，放羊人忙打来一桶清澈的井水，饥渴难耐的我们真像是沙漠中遇到绿洲一样，兴奋地畅饮起来。放羊人又掐出一摞方便面让我们吃，考虑到放羊人将方便面带到这里不容易，我们谢绝了。但放羊人仍实实在在地劝，我们只好拿了两包，硬把钱留下。

上山容易下山难。从铜炉沟下山时，不仅坡陡，而且灌木丛丛，恰似热带丛林。脚下无路可寻，踩着光滑的草，拽着灌木枝条，一步步往下挪着。不一会儿，一个个汗流浃背，两腿酸软，筋疲力尽得坐下就不想起来。老牛这时却显出了韧性和毅力，除仍帮人挎着三脚架和摄影包外，他又砍了一捆益母草扛在肩上，在前面开辟着道路，将我们甩了很远后，才坐下等待。

钻出灌木丛，眼前豁然开朗，近处的玉龟望天峰、哼哈二将峰，远处的石林、擎天巨柱，尽收眼底。五彩斑斓的蝴蝶也翩翩舞来，展示着自己华丽的衣裳和优美的舞姿。摄影家们不失时机，又举起了炮筒似的镜头。我未带相机，但我把南太行的美摄进了心里，永远保存在不灭的记忆里。

老牛自豪说，比这美的地方还多哩！马军峪有五门洞和狐仙洞。五门洞位于半山腰，洞门朝北，五个门洞一字排开，既罕见又壮观。洞深约百米，洞顶有形态各异的钟乳石，洞内还居住着许多鸟。狐仙洞在紧邻五门洞里侧的山腰间，洞深约10米，高约6米，分上下两层。铁炉沟半山腰还有个透气洞，洞高约4米，深约15米，从山这边可达山那边绝壁，如站在那绝壁观景，气象万千，既刺激又惊险，不亚于华山、泰山。这铜炉沟有个鸡精洞，因传说住有成精的山鸡而得名。洞口不到1米，过去曾有人用绳捆住腰进洞，掏过山鸡哩。崖洞沟里还有一处崖洞，由上水石构成，崖高约50米，宽约百米，远看如张开的巨嘴，近看则可在不同的位置欣赏到不同的艺术造型。若到雨季，瀑布顺崖而下，崖洞便成为名副其实的水帘洞了。

因天太晚，我们只好遗憾而去。但纣王殿这个集历史遗迹、原始森林、洞、穴、泉、瀑、奇石、奇峰、绝壁以及各类山货和中草药于一身的藏在深闺人未识的深山俊鸟，一直飞翔在我的心里……

北朝的最高僧官——法上

法上生于公元495年的南北朝时期，俗姓刘，朝歌（今河南淇县）人。法上是佛学界领袖、地论元匠、律学大师慧光的上首弟子，他身材高大过人，肤色黧黑，性情温和。在东魏、北齐将近四十年中，他一直担任中央的最高僧官——昭玄统、大统，所领僧尼人数达二百多万，所辖寺院达四万余所。

法上自幼聪慧绝伦，5岁即入学读书，过目不忘。6岁时，他随叔叔到附近寺院看戏，不为喧闹热烈的戏剧所动，却自顾恋上佛经，琅琅而诵，竟把看戏的观众都吸引了过来。8岁时，他已博通儒家经典。9岁时，他读了《涅槃经》，开始产生了厌世求解脱的思想。至12岁，终于投本郡道药禅师出家。大约在公元514年，法上在少林寺投慧光大师为师，受具足戒，成为比丘。然后辞师到河南、河北一带游学，先至相州邺县（今河北临漳县西南邺镇），后回故乡，又至都城洛阳，最后到林虑山（今河南林州西）胡山寺潜心学问。

北魏孝文帝时，佛学、佛教之风盛行，许多后来成为名僧者均因听习了《涅槃经》而出家，并因精通《涅槃经》而闻名。法上也不例外，他受《涅槃经》的启蒙投身佛门后，更是在《涅槃经》的义理上苦下功夫，同时对与《涅槃》义理相通的经典《维摩经》《法华经》也很重视，并精心钻研。为了彻底领悟这两部经典的深奥经论，他四处求教，终于对《涅槃》《维摩》《法华》等经了如指掌，融会贯通。他深厚的佛学修养，受到了时人的推崇，赞称他为"圣沙弥"。

随着声名鹊起，法上始终谦虚谨慎，不骄不躁，仍然执着地追求着佛学的真谛。他勤学好问，机敏过人，常在讲座上向主讲人提问，甚至与主讲人辩论，往往搞得主讲人理屈词穷，下不了台。"黑沙弥（指法上）若来，高座（指讲经的和尚）逢灾也!"这句谚语，一时成为当时的笑谈。

法上治学特别刻苦认真。适逢灾年，衣食俱缺，在极端困苦的条件下，他仍是专心致志地研读经典，从不因饥饿寒冷而分心。饿了，"一粒之米加之以菜"（即以瓜菜为主食）；冷了，"一衣为服兼之以草"（即在单薄的衣服里塞进干草取暖）。就这样，他依然学问不辍，精神抖擞地抗过了饥寒交迫的艰难时光。在父亲病危的时候，他闻讯赶回家乡，不料见面的当天，父亲便病故了。为了不耽误听讲佛理，他只在家中住了一宿，第二天就忍心告别了母、姊，动身赶往洛阳。

经过多年不懈的刻苦努力，法上的佛学造诣达到了很高的水平，不仅著有《增一数法》40卷、《佛性论》2卷、《大乘义章》6卷、《众经录》1卷等，还常常应邀到各地讲解《十地》《地持》《楞伽》《涅槃》等经论。同时，他对算学、历数等也很精通，并有很强的社会活动能力和组织能力，在弘扬佛学、巩固和发展教团方面作出了很大的贡献，所以时人又编了一首谚语说："京师极望，道场法上。"

法上年近40岁时，开始在怀、卫一带（今河南省焦作、新乡、鹤壁、安阳等地）巡游教化。法上深厚的学养和崇高的威望，受到了时任吏部尚书的大将军高澄的赏识，在他的奏请下，法上被召入邺都（今河北临漳），担任了中央级权势极大的僧官——昭玄统。在昭玄统任上，法上一方面仍亲自讲学，“微言一鼓，众侣云屯”；另一方面把更多的精力放在教团的组织管理工作上。

法上55岁那年，高洋代东魏建立北齐，是为文宣帝，仍都邺城。文宣帝也是一位崇佛的皇帝，齐天保元年（550年），文宣帝设置了管理全国僧尼的中央机构“昭玄十统”，机构人员有五十余人，管理从东魏以来的二百多万僧尼，四万余所寺院。这个僧官机构，具有独立的立法和司法制度，具有选拔、任命、罢免下级州、郡、县僧官的权力，还有地方建造寺院的审批权，对僧众的宗教活动和日常生活的监督权，对寺院经济的管理权等。总之，从上到下形成了一个严密的行之有效的行政管理体系。文宣帝特别宠信法上，特下诏让法上担任戒师。在授戒仪式上，文宣帝披散一头长发布于地上，让法上踏过，可见对法上是多么的看重！多么的五体投地！天保二年（551年），文宣帝为了法上的缘故，特地下诏废除鹰师曹，鹰鹞放生，并将旧址改建为报德寺。北齐昭玄寺原有10位昭玄统，彼此不相统属，影响了行政效率。有关部门将情况上奏文宣帝，请求采取措施改变这种状况。文宣帝得奏，亲自在奏章上批注道：“法上师可为大统，余为通统。”自此，法上便成了北齐的最高僧官。

在魏、齐两代，法上连续担任昭玄统、大统将近40年，他“戒山峻峙，慧海澄深，德可轨人，威能肃物”，既有学问，又有行政能力，使得“道俗欢愉，朝廷胥悦”，“四万余寺，咸禀其风”。在全国僧团膨胀、戒法委顿的情况下，他统一了僧侣的服装，创定了制寺立净的制度，对于整顿教团起到了积极的作用。在他的领导之下，原来难以整治的伪滥混杂的社会风气终于得到了全面治理，使社会趋向了安定，北魏末年以来数十年间积累起来的僧尼管理失控的局面也得到了控制。僧史上表彰他说：“释门东敞，能扇清风”。

法上不仅博得了“内外阐扬，皁白咸充”的盛誉，被称为佛门栋梁，他的大名还远播到高丽国（今朝鲜北部）。高丽国自北魏以来，差不多年

年派使臣前来进贡，往来十分密切。高句丽平原王十八年（576年），大丞相王高德十分崇尚佛法，但有些问题弄不清楚，便特派遣僧人跟随使臣从平壤来到邺都，向法上求教。《三国史记》《北齐书》等中韩史料对两国间的这次重要往来皆失记载，只有《续高僧传·法上传》言之颇详。王丞相向法上请教的问题是：释迦文佛入涅槃以来至今几年？又于天竺几年才到汉地？初到时是何帝、何年号？又齐、陈二国的佛法，谁先传入？法上大师在回信中答复道："佛以姬周昭王二十四年甲寅岁生，十九出家，三十成道，当穆王二十四年癸未之岁。穆王闻西方有化人出，便即西入而竟不还。以此为验，四十九年在世。灭度以来，至今齐代武平七年丙申，凡经一千四百六十五年。后汉明帝永平十年，经法初来，魏晋相传，至今流布。"据有关专家考证法上大师这封回信认为，汉明帝永平十年（67年），佛法传入中国，始立白马寺，此说大致可信。但法上认为，释迦牟尼佛生于西周昭王二十四年甲寅，即公元前977年，灭度于公元前889年，十九岁出家，三十岁成道，按此推算，佛一生活了虚龄八十九岁，但信中的"四十九年在世"就不对了。如果"在世"专指"在世传法"而言，又应是五十九年才对。

法上晚年奉敕住持相州（今河北临漳县西南邺镇）定国寺。他自己又用信众布施所得财物，在邺城西山（今安阳市西北约三十千米的地方）造了一座合水寺（后改名为"修定寺"），又在合水寺的山顶上，造了一座庄严华丽的"弥勒堂"，供奉弥勒菩萨圣像。他希望死后能升兜率天宫，面见弥勒（即慈氏）之尊颜。合水寺共有150名僧人，日日念佛祈宫。北周武帝建德六年（577年），北齐灭亡，北方得到统一。在此以前的北周建德三年（574年），周武帝下诏禁断佛、道二教，毁经像，沙门、道士均令还俗，寺观塔庙，赐给王公。北齐灭亡后，武帝亲临邺宫，召集僧众宣布废佛，八州寺庙四万所，尽赐王公，充为宅第。僧侣减三百万，全部恢复军民身份，并编为户籍。数百年来官、私营造的一切佛塔的僧众，统统扫地出门，佛像尽毁，经典尽焚。原北齐境内的僧人，或隐匿民间，或逃亡山林，或渡江南迁，北方僧界霎时阴云密布，处于灭寂中。多亏合水寺深藏山中，躲过一劫。在此次法难中，法上外穿俗服，内着僧衣，念经诵佛，未曾中断。他祈愿着佛法的复兴，期盼着佛光的高照。北周大象二年（580 年）七月十八日，法上终于盼到了隋朝即将代周，佛法即将复兴的一天。他欣喜若狂，激动地用袈裟罩在头上，拖着羸弱的病体，坐上肩舆，让弟子们抬到山寺，对着弥勒像合掌礼拜 3 次，右绕 3 周，然后回到山舍，诵《维摩》《胜鬘》经，卷终而卒，春秋 86 岁。

法上一生清廉俭朴，虽居僧统高位，仍然衣着麻布，从未穿过绫罗绸缎，更无任何奢侈之物。他从不骑马乘车，终生步行。他坚持比较民主的学风，不强调必须与自己的学派和观点相同，任凭门徒按各自的兴趣选择学说。教学中，他由浅入深，循循善诱，面带微笑，绝滥刑罚，听者无不叹服。他的弟子慧远、法存、道慎、灵裕、融智等，也多有建树。

法上远去了 1400 多年，他将自己的一生献给了终生不渝的佛教事业，他不愧为中国历史上颇有成就的高僧之一，不愧为佛教界的光辉典范。

古今尽孝谈

百善孝为先。孝，是中华民族的优良传统。

孝的历史非常悠久。三千多年前殷商时期的甲骨卜辞中就已有“孝”字；中国最早的一部解释词义的著作《尔雅》，就已对“孝”下了定义：“善事父母为孝”；东汉许慎编著的《说文解字》也对篆体字“孝”作了解释：“善事父母者。从老省，从子，子承老也。”从“老”字省去右下角的形体，和“子”字组合而成一个会意字“孝”，阐明了“孝”就是子女对父母的一种善行和美德；我国第一部诗歌总集《诗经·小雅·蓼莪》中也吟诵道：“父兮生我，母兮鞠我，拊我蓄我，长我育我，顾我复我，出入腹我。欲报之德，昊天罔极。”同样表达了子女对父母极大的恩德应该报德以“孝”。

古往今来，孝，贯穿了中华民族的历史，也留下了许许多多尽孝的佳话。

司母戊鼎（也称“后母戊鼎”）是世界上罕见的中国殷商时期青铜器的代表作，重达832.84千克，纹饰美观庄重，工艺精巧，铸造技术非常复杂而又高超精湛，充分显示出商代后期青铜铸造不仅规模宏大，组织严密，分工细致，而且标志着商代青铜文化高度发达的世界级的发展水平。最早给该鼎命名的是郭沫若先生，之所以称司母戊鼎，他认为鼎腹内的铭文应释读为“司母戊”三字，即为“祭祀母亲戊”。但后来争议不断，多位学者认为鼎腹内的铭文应释读为“后母戊”，在古文字中，司、后是同一个字，“司”字应作“后”字解。因此，后来出版的《辞海》对“司母戊鼎”解释为：商代晚期的青铜器，鼎腹内有铭文“司母戊”三字（或释“后母戊”），是商王为祭祀其母戊而作。大多数专家认为，命名为“后母戊”要优于“司母戊”，其含意相当于“伟大”“了不起”“受人尊敬”，与“皇天后土”中的“后”同义。不管怎么说，该鼎是商王武丁的儿子为祭祀母亲而铸造的鼎，是献给“敬爱的母亲戊”的鼎。武丁的儿子如此这般，从孝的角度来说，不得不令人赞叹。

孔子的得意弟子子路，尊崇老师提倡将“孝”建立在“敬”的基础上的“孝”的理论，自己常以野菜充食，却从百里之外负米回家侍奉双亲。古代交通不便，背米步行百里，其辛苦可想而知。父母死后，他做了大官，随从车马百乘，所积粮食万钟，过着锦衣玉食的生活，但他却常常怀念父母，慨叹道：“即使我想吃野菜，为父母亲去负米，哪里能够再如愿以偿呢?”孔子赞道：“仲由侍奉父母，可以说是生时尽力，死后思念哪!”孔子另一位弟子闵子骞，生母早亡，父亲娶继母后，又生了两个儿子，继母对亲生儿子百般疼爱，对他却经常虐待。冬天，两个弟弟穿着用棉花做的棉袄，而他的棉袄却是用芦花做成。一次，他为父亲牵车时因寒冷打战，将绳子掉落地上，即刻遭到父亲的斥责和鞭打，芦花也随着被打飞了出来。这时父亲方知儿子受到虐待。回家后，父亲欲休逐后妻。闵子骞却跪求父亲饶恕继母，劝解道：“留下母亲只是我一个人受冷，休了母亲三个孩子都要挨冻。”父亲非常感动，就依了儿子。继母悔恨知错，从此对待闵子骞如同亲生。孔子曾赞扬闵子骞道：“孝哉，闵子骞!”

汉文帝刘恒是汉高祖的三儿子，为薄太后所生。他在位 24 年，重德治，兴礼仪，发展生产，社会稳定，人丁兴旺，在历史上与汉景帝同被誉为“文景之治”。同时，他也以仁孝闻名于天下。母亲卧病三年，他常常目不交睫，衣不解带，侍奉母亲从不懈怠。母亲所服的汤药，他亲口尝过后才放心让母亲服用。俗话说，久病床前无孝子，作为皇帝如此病床前尽孝，真是十分难得。

花木兰替父从军的故事，可谓是家喻户晓。在父亲年纪大，弟弟年纪小无法上战场的情况下，木兰毅然决定替父从军，从此开始了她长达十几年的军旅生活。疆场厮杀，性命攸关，这对男人来说都是非常残酷的，更别说木兰的女儿身。但木兰硬是凭着从小跟父亲练就的一身武艺，杀敌报国凯旋。在朝廷任命她为官时，她却不为乌纱所动，而是请求皇帝，解甲归田，孝敬双亲。

在古代二十四孝的故事中，还有许多尽孝的佳话，如：郯子身穿鹿皮，潜入深山鹿群之中，取鹿乳供亲，险被猎者误射；王祥衣不解带侍候患病父母，继母想吃活鲤鱼，他解开衣服卧冰求鲤等。

穿越几千年的时光隧道，孝道文化仍在中国大地发扬光大，尽孝的故事仍然层出不穷，四处传诵。

2007 年当选全国道德模范、感动中国 2007 年度十大新闻人物之一的谢延信，作为一名普通的煤矿工人，在妻子去世之后，他信守诺言，对瘫痪在床的岳父、年迈多病的岳母行孝 33 年。感动中国 2011 年度人物之一的孟佩杰，5 岁时生父因车祸去世，不久生母又因病去世。养父不堪生活压力离家出走，杳无音讯。小小年纪的她，从 8 岁开始就挑起了伺候瘫痪养母的重担，每天除上学外，买菜做饭，为养母洗漱梳头、换洗尿布、床单、被褥，擦洗身子、活动筋骨、敷药按摩、倒屎倒尿。12 年来，她悉心照料，任劳任怨，不离不弃。正如颁奖词中所说：在贫困中，她任劳任怨，乐观开朗，用青春的朝气驱赶种种不幸；在艰辛里，她无怨无悔，坚守清贫，让传统的孝道充满每个细节。虽然艰辛充满四千多个日子，可是她的笑容依然灿烂如花。感动中国2012年度人物之一的陈斌强，9岁时父亲因车祸去世。2007年，妈妈得了老年痴呆症，丧失了日常生活能力。为了能更好地照顾母亲，他每天用一根布条把母亲绑在自己身上，骑着电动车行驶30千米去学校上班，一连五年，风雨无阻。他一天到晚连轴转，晚上9时，服侍母亲睡下；凌晨1时，准时起床抱母亲上厕所；清晨5时，将母亲房间打扫干净，处理好母亲的大小便；早上7时，喂母亲吃饭，然后开始学校一天的工作。

古今数不尽的尽孝故事，极大地弘扬了孝文化，已成为中国传统文化的重要组成部分，并在中国历史的发展过程中发挥了许多积极的作用。首先，尽孝完善了人之初的善。儒家历来认为人之初性本善，以修身为基础。而孝道是修身养性的基础，通过尽孝，便可完善个人的道德修养，否则，如果没有孝心，则是最大的缺德，最大的恶。其次，尽孝促进了家庭和睦社会和谐。家庭是社会的细胞，家庭稳定则社会稳定，家庭不稳定则社会不稳定。尽孝也是爱心的体现，社会上多了爱心，社会才会和谐，社会和谐，国家才能兴旺发达。最后，尽孝形成了中国传统的思想和文化并得以代代传承。几千年来，被大思想家孔子、孟子所阐释和推崇的孝道思想和文化，规范了人的社会行为，促进了家庭的和睦和社会的稳定，也鼓舞了人们报效国家、爱国敬业的精神。这种中华民族的传统美德，必将作为我们宝贵的精神财富，代代相传。

当然，孝文化中也有一些糟粕，如古代二十四孝故事中的“埋儿奉母”。郭巨父亲死后，他把家产分给了两个弟弟，自己赡养母亲，后家境逐渐贫困，妻子生一男孩，郭巨担心养这个孩子必然影响赡养母亲，遂和妻子商议：“儿子可以再有，母亲死了不能复活，不如埋掉儿子，节省些粮食供养母亲。”当他和妻子挖坑时，忽然发现一坛黄金，上书“天赐郭巨，官不得取，民不得夺”。郭巨和妻大喜，这才放弃埋掉儿子，回家敬母养子。用自己亲骨肉的生命去换取赡养母亲，这对亲儿子来说是极其残忍的、极其不公的。诚然，父母给予了儿女生命，但父母绝对没有任何权利剥夺儿女的生命。在今天来说，剥夺儿女的生命是严重的犯罪。

另外，古代父母或祖父母死后，儿子或长孙须在家守制三年（二十七个月），在此期间，不任官、不应考、不嫁娶等，这也是不可取的。

今天，一些贪腐官员打着孝敬父母的幌子贪污受贿，这不仅是对孝文化的严重扭曲，也是对父母的最大不孝。湖北省武汉市东西湖区委原副书记肖作义受贿100多万元，他在谈受贿原因时说："我3岁丧父，母亲守寡将我抚养成人，我很想给母亲一个舒适的生活环境，现在非常后悔……"湖南省郴州市委原副书记曾锦春，他80多岁的老母亲得知儿子因腐败犯罪被判处死刑后，眼睛都哭瞎了。贪污受贿，锒铛入狱，不仅孝敬不了父母，反而是对父母最大的伤害。

在古今尽孝中，尽孝的方式无外是两种：一是钱物、二是孝心。如何才算孝与不孝？笔者认为，尽量满足父母钱物上的需求无可厚非，但要实事求是地根据自己的经济实力，量力而行。商王武丁的儿子为祭祀母亲能铸造举世闻名的大鼎，别人能行吗？其实，尽孝不在钱物的多少，关键是一颗孝心。子路百里负米、王祥卧冰求鲤、孟佩杰伺候养母、陈斌强绑母上班等，他们都没有丰厚的钱物尽孝，他们有的只是一颗纯洁无瑕的孝心。古今报效国家的边关将士、仁人志士，他们不仅没有丰厚的钱物尽孝，甚至连到床前尽孝的机会都没有，谁能说这是不孝？这是对国家和人民的大忠大孝（封建社会的一些"愚忠""愚孝"除外）！古语云：自古忠臣出孝门。革命先驱李大钊也曾说：忠是放大的孝，孝是缩小的忠。在行为上，看似忠孝不能双全，但在思想实质上，忠孝是统一的，密不可分的。优秀共产党员、领导干部的楷模孔繁森，就是实践忠孝统一的光辉典范。他曾说，一个共产党员爱的最高境界是爱人民。他是这样说的，也是这样做的。他忠于党、忠于祖国和人民，为了西藏人民，他不能给老母亲钱物上的享受，不能床前尽孝老母亲，可他却把这种"孝"全部献给了党，献给了祖国，献给了西藏人民。谁能说这不是一种大孝?!

尽孝不在钱物的多少，也不在场面的奢华。商王武丁的儿子为祭祀母亲铸造举世闻名的大鼎，虽说也是一份孝心，但换个角度看，不能不说这也是一种极大的奢华和浪费。古代的帝王将相，如今的某些官员，在父母生日或去世或三周年时，大操大办，场面隆重，竭尽奢侈，更有甚者，借机敛财，贪污受贿。这不仅败坏了社会风气，也与传统的孝道背道而驰。如果因此而受到查处，甚至锒铛入狱，岂不给父母的脸上抹黑？岂不让父母痛心？哪里还有孝心可谈！有这样一副对联：万恶淫为首，论迹不论心，论心世上无完人；百行孝为先，论心不论迹，论迹贫门无孝子。在很多人因工作无暇到父母身边尽孝的今天，一个电话、一句问候、一次快递，不也是尽孝吗？孝渗透在日常生活的点点滴滴中，只要常对父母尽一点孝心，父母就会感应到，就会感到无比的欣慰。

国以民为本，民以德为本，德以孝为本。当今，现实生活中还存在着一些对父母不爱、不孝、不养甚至对父母打骂、虐待、遗弃的现象。我们还须继续大力弘扬孝文化的精华，不断地提升人们的道德水平，让孝文化在社会主义精神文明建设中绽放得更加绚丽，从而使我们的家庭和社会更加和谐，家园建设得更加美好。

为商纣王翻案之我见

千秋功罪，后人自有评说。多年来，商朝末代君王帝辛（商纣王）在中国人的心目中，一直是一个暴君的形象，“助纣为虐”也早已成为形容帮助罪恶势力的成语。最近看了一些为商纣王翻案的文章，颇有感触。

从战国时期至今，始终有人为帝辛鸣不平。2000 多年前，孔子的学生子贡曾说：“纣之不善，不如是之甚也，是以君子恶居下流，天下之恶皆归焉。”（《论语·子张》）近代史学家顾颉刚撰《纣恶七十事发生的次第》，指出纣王的 70 条罪状是从周朝开始陆续加上去的，“战国增二十项，西汉增二十一项，东晋增十三项。”“现在传说的纣恶是层层累积发展的，时代愈近，纣罪愈多，也愈不可信。”中国科学院原院长、历史学家、考古学家郭沫若1959年6月到安阳考察时，对纣王高度评价道：“我来洹水忆殷辛（即纣王），统一神州赖此人。百克东夷身自殒，千秋公案与谁论？”他在《驳说儒》中也说：“像纣王这个对于我们民族发展上的功劳倒是不可淹没的。商代末年有一个很宏大的历史事件，便是经营东南，这几乎完全为周以来的史家所抹杀了。这件事，在我看来，比较起周人的剪灭殷室，于我们民族的贡献更要伟大。”在郭沫若的眼中，纣王最后兵败自焚，也是“一幕英雄末路的悲剧，大有点像后来的楚霸王，……他自己失败了而自焚的一节，不也足见他的气概吗？”（《驳说儒》）郭沫若还赋诗曰：“勿谓殷辛太暴虐，奴隶解放实先驱。武王克殷实侥幸，万恶朝宗归纣身。中原文化殷始创，殷人鹊巢周鸠居。殷辛之名当恢复，殷辛之冤当解除。秦始皇帝收其功，其功宏伟古无俦。但如溯流探其源，实由殷辛开其初。方今人民已做主，权衡公正无偏诬。谁如有功于民族，推翻公案莫踟蹰。”

毛泽东在评点二十四史中，也给予了纣王较高的评价：“纣王是很有本领的人，周武王把他说得很坏。他的俘虏政策做得不大好，所以以后失败了。”“把纣王、秦始皇、曹操看作坏人是错误的，其实纣王是个很有本事、能文能武的人。他经营东南，把东夷和中原的统一巩固起来，在历史上是有功的。”但他也指出了纣王失败的教训：“纣王伐徐州之夷，打了胜仗，但损失很大。俘虏太多，消化不了，周武王乘虚进攻，大批俘虏倒戈，结果商朝亡了国。”

2001年出版的《新华词典》对“纣王”一词这样解释道：“商朝最后一个国君，对中国古代的统一和各民族文化交流与发展有过一定贡献。”上海复旦大学教授钱文忠，在央视《百家讲坛》讲《三字经》中讲了纣王的荒淫残暴后，又客观地讲道：学术界有人认为，纣王并非是一无是处，也有好处，开拓江淮流域，促进北方文化向南方的传播，推行革新措施，反对神权，改革旧风俗，打破奴隶主世袭制，大量提拔新人，不看血统。也有人认为，纣王为统一提供了思想和物质基础，是统

一中国的一位先驱，并未得到公认。钱文忠认为，也正是纣王当时的积极措施，导致了纣王的灭亡。如开拓江淮流域要用兵，消耗国力，从而引起民怨沸腾等。

以上这些翻案言论，子贡和顾颉刚都为纣王的荒淫残暴作了辩护，缩小了纣王的罪行；毛泽东和郭沫若则回避了纣王荒淫残暴的一面，将纣王看成有功的民族英雄；钱文忠既依据《史记》讲了纣王剁九侯、脯鄂侯、宠妲己、筑酒池、悬肉林、剖比干、囚箕子等荒淫残暴的一面，也讲了学术界有人认为的纣王的好处，最后还讲了自己的看法。笔者认为，钱教授是站在非常客观公正的立场上讲的，他作出的是对纣王最公允的评价。

笔者认为，评价历史和历史人物关键是要客观公正，绝不能把历史和历史人物当作小姑娘任意打扮。在笔者看到的其他翻案文章中，一些彻底翻案者更是把《史记》等史书中记载的有关纣王的荒淫残暴一笔抹杀。凡记载有关纣王荒淫残暴的史书，翻案者便引出孟子曰："尽信书，则不如无书。吾于《武成》，取二三策而已矣。"以此否定史书的记载。而翻案者认为对己有利的只言片语，却又信这书那书，旁征博引，甚至断章取义。《孟子·离娄上》中曰："桀、纣之失天下也，失其民也；失其民者，失其心也。得天下有道：得其民，斯得天下矣；得其民有道：得其心，斯得民矣。得其心有道：所欲与之聚之，所恶勿施尔也。"孟子的这段话，怎么从未见翻案者引用过呢！"桀、纣者善为人所恶也，而汤、武者善为人所好也。人之所恶何也？曰：'污漫争夺，贪利是也。'人之所好者何也？曰：'礼义辞让，忠信是也。'"（《荀子·强国》）荀子这段话以及更多史料中记载有关纣王荒淫残暴的文字，怎么也从未见翻案者引用过呢！在引用《史记·殷本纪》中对纣王的描绘时，翻案者只引"帝纣资辨捷疾，闻见甚敏，材力过人，手格猛兽"，以下"知足以距谏，言足以饰非。矜人臣以能，高天下以声，以为皆出己之下"就省略了。更有甚者将文章的本意篡改为对己有利的武器，如《史记》记载确凿的微子出走、箕子被囚、比干剖心，都是在纣王荒淫残暴、腐败透顶、三人反复劝谏无效后才发生的，而翻案者却把孔子称之为“三仁”的说成是叛徒、内奸，是微子启因未能继承王位，而发生的宫廷政变。

《史记》是公认的正史，司马迁是公认的“史圣”，而彻底翻案者却以《史记·序》中所说的，其中有些史料取材于“旧俗风谣”，难免“残缺盖多”，而全盘否定所记载的纣王的荒淫残暴，兀自捕风捉影，臆想推测，把纣王说得完美无缺，甚至将比干剖心也一笔否定，主观臆断比干死于牧野之战。依据是，比干剖心按《尚书》和《史记》所载，应是周武王进攻朝歌之前，也就是目前被史学家所公认的公元前 1046 年，而国家级文物保护单位卫辉市比干庙前所塑的比干像上镌刻的比干卒年却为公元前 1029 年，也就是说，纣王自焚之后 17 年，比干才死去的。翻案者忽视了一个问题，由于历史记载的缺失，我国一直没有找到武王克商的确切年代，有的只是汉代以来人们推算的年代，因为推算依据和方法的不同，所推算的年代也不相同，据较权威的专家统计，关于武王克商的年代竟有 44 种说法，其年代最早的为公元前 1130 年，最晚的为公元前 1018 年，前后相差 112 年。何况翻案者说的反相差 17 年？再者，比干像上镌刻的比干卒年何年所刻？是否在“夏商周断代工程”公布之前？

可笑的是，还有的翻案者竟说：“《论语》中，孔子及其弟子不曾对纣王作过批判。”翻案者经常引用的“纣之不善，不如是之甚也，是以君子恶居下流，天下之恶皆归焉。”（《论语·子张》）虽说纣之不善并不像人们所说的那样坏，言外之意纣之不善还是有的。“微子去之，箕子为之奴，比干谏而死。”孔子曰：“殷有三仁焉。”（《论语·微子第十八》）这不明明是孔子对纣王的批判吗！除《论语》外，《潜夫论·慎微》中也记载道：“仲尼曰：‘汤、武非一善而王也，桀、纣非一恶而亡也。三代之举废也，在其所积。……善不积，不足以成名；恶不积，不足以灭身。’”孔子在此不仅对汤、武的善进行了总结，而且对桀、纣的恶也进行了批判。

肯定一切和否定一切都是错误的。难道纣王真的毫无荒淫残暴、腐败透顶的一面？难道史籍记载的都是胡说八道？在2009年4月的央视《百家讲坛》中，不仅钱文忠讲了纣王的荒淫残暴，河南大学王立群教授在“王立群读史记之秦始皇（三十五）李斯变节”中也讲道：商纣王杀了他的叔叔比干，囚禁了弟弟箕子。他的叔叔是被挖心而死，他把他叔叔的心掏了，这是商纣王很大的一个过失。杀其叔，囚其弟，最后导致商纣王亡国。

笔者认为，《尚书》《史记》等史书中记载的有关纣王的荒淫残暴是确有其事的，一些彻底翻案者的文章是或缺乏依据，或片面，或翻案心切感情用事的。

用唯物辩证法的观点来看，事物都是一分为二的。金无足赤，人无完人。纣王并非完美无缺，也并非一无是处，历史和历史人物是非常复杂的，用现在的眼光看待历史和用历史的眼光看待历史，结论往往有所不同。总之，商朝在纣王的手中灭亡了，作为亡国之君，怎能没有一点儿罪责呢！而真正要为纣王彻底翻案，还须出土新的文物资料佐证。

后　记

人生如旅途，或平平坦坦，或坎坎坷坷，或喜笑颜开，或忧郁苦闷。人生旅途中，有春的绽放，有夏的热烈，有秋的收获，也有冬的落寞与寂寥。

我的旅途兼而有之，所历所尝、所闻所见的喜怒哀乐、酸甜苦辣，都化作了绵绵细雨，洒落在我的字里行间；都化作了一个个音符，跳动在我的键盘；都发酵蒸馏，酿成一杯杯醇厚的酒，端在你的面前；都泡成了一盏盏雨前茶，捧在你的面前。

真情，是散文最重要的基因；真情，是打动读者的最重要的元素。没有真情的作品，犹如一杯凉水，淡而无味。但愿我能用真情引起你的共鸣，触动你的心弦，品味出人生旅途中的五味情感。

散文是美人，散文是情人；散文是美的化身，散文是美的使者；散文是小桥流水花前月下，散文是黄河瀑布大漠山川。这是我昨天和今天的追求，也是我永远的向往和憧憬。

剑冰先生在百忙中为拙著作序，读之令我感慨万千。作为河北老乡、淇县老乡、中学同学，他对我太了如指掌了。知我者，剑冰也！序中赞誉之词实不敢当，我即给剑冰打电话告之：您对我过奖了。他却不苟言笑，郑重其事地说：这不是过奖，确实如此。尽管剑冰这样郑重其事，仍令我心中忐忑。

感谢剑冰！

感谢策划、出版拙著的各位老师！

韩　峰

2013 年初冬